比较文学与世界文学 研究丛书

主编 曹顺庆

初编 第 **20** 册

英语世界的清代诗词译介与研究（中）

时 光 著

花木兰文化事业有限公司

国家图书馆出版品预行编目资料

英语世界的清代诗词译介与研究（中）／时光 著 —— 初版 ——
新北市：花木兰文化事业有限公司，2022〔民 111 〕
目 4+178 面；19×26 公分
（比较文学与世界文学研究丛书 初编 第 20 册）
ISBN 978-986-518-726-2（精装）

1.CST：清代文学 2.CST：翻译

810.8   110022069

ISBN-978-986-518-726-2

比较文学与世界文学研究丛书
初编　第二十册　　　　　ISBN：978-986-518-726-2

英语世界的清代诗词译介与研究（中）

作　　　者	时　光
主　　　编	曹顺庆
企　　　划	四川大学双一流学科暨比较文学研究基地
总　编　辑	杜洁祥
副总编辑	杨嘉乐
编辑主任	许郁翎
编　　　辑	张雅淋、潘玟静、刘子瑄　美术编辑 陈逸婷
出　　　版	花木兰文化事业有限公司
发 行 人	高小娟
联络地址	台湾 235 新北市中和区中安街七二号十三楼
	电话：02-2923-1455 ／ 传真：02-2923-1452
网　　　址	http://www.huamulan.tw 信箱 service@huamulans.com
印　　　刷	普罗文化出版广告事业
初　　　版	2022 年 3 月
定　　　价	初编 28 册（精装）台币 76,000 元

英语世界的清代诗词译介与研究（中）

时光 著

目

次

第四章　20 世纪下半叶以来英语世界中的清代诗词

一、西方汉学中心的转移与清代诗词译、研繁荣格局的形成

1942 年，唐敬杲在长文《近世纪来西洋人之中国学研究》中对于西方各国的汉学成就和发展态势总结如下："在西洋的中国学研究，为斯学之发祥地的法国，于言语学、考证学及艺术方面占优越的地位。德国曾经出了如利赫荷芬，于地质调查印着伟大足迹的人物，又在经济、社会、思想方面，尝为惊人的活跃，但从纳粹秉国以后，便就消声息影。俄国于方法论的时有杰构，惟少实际研究，研究者亦不多。英国于过去由着斋尔斯等多方面的劳作，甚见盛况，最近虽微有萧索之感，可是哈克卢特协会及其他出版事业之援助，外国优良研究之翻译，盛行学术的活动之资助之点，依然大足注目。美国不惜巨额资金为外国第一流研究家之招聘，学术的活动之援助，中国学研究高速地发展起来，尤于美术方面为甚；将来之造诣大当刮目相看。"[1]这段话简洁精炼地概括了西方汉学在数个世纪以来的发展轨迹；尤为可贵的是，论者在此还精准地把握住了英国汉学"微有萧索"、而美国汉学与此同时正"高速发展"的演进动态。

英美汉学这种发展上的落差，归根结底是两国政治、经济乃至文化实力在全球范围内此消彼长的自然结果。英国方面，在第一次世界大战与第二次世界大战的接连打击下，曾煊赫一时的"日不落帝国"的实力已是一落千丈，为了维护帝国在华的殖民政策和商业利益而一度"甚见盛况"的汉学事业亦

---

1 唐敬杲，近世纪西洋人之中国学研究[J]，东方文化，1942，1（2）：9-27。

随之萎缩。虽然自 20 世纪初开始，英国政府针对本国汉学研究的颓势而接连发布了"雷伊报告"（The Reay Report）、"斯卡布勒报告"（The Scarborough Report）、"海特报告"（The Hayter Report）、"帕克报告"（The Parker Report）等文件，用以指导和鼓励本国汉学的发展，虽然在上述文件的推动下，有关中国研究的师资数量有所增加，相关汉学课程的设置稍有丰富，中文图书资料增多，一系列汉学研究机构建立，但是受制于战争、资金以及英国汉学本身所具有的"功利化"特点等主客观因素，英国汉学的颓势并未就此止住，其在英语汉学界中的重要性日益下降。而起步于裨治文（Elijah C. Bridgeman）、卫三畏（Samuel W. Williams）等来华传教士的美国汉学，虽然在二战前以大学为主体设立了一批有关中国学的研究机构和院系，开设有一些中国课程，但是其师资力量和研究阵容相较于欧洲仍十分薄弱，"合格教师（指美国高校中从事中国研究和教学）的数量我们用两只手就可以计算过来"[2]；另外，其内在的研究理路仍是对欧洲汉学"重古典"、"重实证"的传统的继承，缺少自身的独立特征。二战以后，凭借着迅速增长的政治、军事实力，美国一跃成为对世界举足轻重的超级大国之一，以雄厚的资金支持和多元的移民环境吸引了大批来自欧洲及中国本土的优秀研究者的到来，在较短的时间内实现了汉学事业的兴盛和繁荣。1958 年，基于冷战这一时代大背景下全球利益的诉求，美国推行了《国防教育促进法》，更是从制度上进一步保障了汉学研究的蓬勃发展。华裔学者柳无忌（Wu-chi Liu）在谈及此法案时指出："在一九五零年代的末期，美国国会通过了一项'国防教育法律案'，鼓励美国青年学习外国语言。所以与国防有关，无非是知彼知己的意思，因为在法律中规定要修习的外国语，当时，大部分是与美国为敌国的语言，如中、苏与东欧，还有一些远东、近东以及非洲的语言。政府在各大学广设奖学金，成立研究中心，以招揽学生，学习西欧以外的语言。"[3]以上诸种条件结合在一起，使得"西方研究中国学术的中心从欧洲转移到美国，研究的目标从传统中国转向现代中国，研究方法也从文献考释发展为人文社会科学各学科的互相渗透……主导西方中国学术研究达数百年之久的欧洲汉学因此衰落"[4]。

---

2 Goodrich, L. C. "Chinese Studies in the United States." *Chinese Social and Political Science Review*, No. 1, 1931.

3 柳无忌，柳无忌散文选——古稀话旧[M]，北京：中国友谊出版公司，1984 年，第 129 页。

4 杨国桢，牛津大学中国学的变迁[J]，中国史研究动态，1995（8）：5-6。

　　从本书前三章的论述中可以看出，20世纪50年代以前英语世界对清代诗词的译介大多都是偶发的、零散的、间接的，有关清词诗词的专门性研究成果更是屈指可数；而进入到20世纪50年代以后，在西方汉学中心转移至美国的大背景下，清代诗词的系统译介和深入研究才真正在英语世界开展起来，在数量和深度方面皆实现了前所未有的突破。这主要体现在以下几方面：

　　其一，清代诗词译介的系统化、专门化、规范化。在20世纪50年代以前，清代诗词被译入至英语世界中，大都具有很强的随机性和偶然性，如19世纪早期斯蒂芬·韦斯顿（Stephen Weston）对于乾隆诗的翻译，以及《春园采茶词》、《兰墅十咏》的翻译等；有时译者的个人偏好与趣味还会对清代诗词的选译篇目产生不小的影响，例如，亨利·哈特（Henry H. Hart）在《西畴山庄》一书中就直言不讳地表示："我对于特定诗人和诗歌的个人偏好是它们进入本选集的唯一标准。许多伟大诗人的名字并未出现，而许多籍籍无名的诗人和诗歌却现身于此。"[5]由于亨利·哈特是20世纪50年代前英语世界译介清代诗歌最多者，其译集所呈现更多的是他个人视域下的清诗样貌，而非清诗客观、真实的形态。20世纪50年代以后，英语世界涌现出了一批大型中国文学选集，如白芝（Cyril Birch）编译的《中国文学选集》（*Anthology of Chinese Literature*）、柳无忌和罗郁正（Irving Yucheng Lo）主编的《葵晔集：中国诗歌三千年》（*Sunflower Splendor：Three Thousand Years of Chinese Poetry*）、宇文所安（Stephen Owen）编译的《诺顿中国文选：从初始到1911年》（*An Anthology of Chinese Literature：Beginnings to 1911*）、梅维恒（Victor Mair）编译的《哥伦比亚中国古典文学选集》（*The Columbia Anthology of Traditional Chinese Literature*）等，虽然编撰和译介理念各有不同，但是基本上都能将清代诗词史中最重要的作家作品系统地呈现出来。在这一时期，英语世界甚至还出现了专门性的清代诗词的断代译集，即罗郁正、舒威霖（William Schultz）主编的《待麟集：清代诗词选》（*Waiting for the Unicorn：Poems and Lyrics of China's Last Dynasty, 1644-1911*），此书向英语世界的读者集中地展示了清代诗词所具有的独立的审美价值和艺术魅力。另外，这一时期还有不少有特定主题的译集涉及到了清

5　Hart. Henry H.A *Chinese Market: Lyrics from the Chinese in English Verse*. Peking: The French Bookstore, 1931. pp. x-xi.

代诗词，如杰罗姆·P·西顿（Jerome P. Seaton）的《不拜佛：袁枚诗歌选集》（*I Don't Bow to Buddhas : Selected Poems of Yuan Mei*）专以袁枚之诗为翻译对象，又如伊维德（Wilt Idema）编译的《两个世纪的满族女性诗人选集》（*Two Centuries of Manchu Women Poets : An Anthology*）专门译介满族女诗人的作品，再如《云应知我：中国诗僧集》（*The Clouds Should Know Me by Now : Buddhist Poet Monks of China*）、《禅诗集》（*The Poetry of Zen*）及《空门之女：中国女尼诗歌集》（*Daughters of Emptiness : Poems of Chinese Buddhist Nuns*）等译集，对中国历代僧尼的诗作予以了特别关注。还需要提及，相较于 20 世纪 50 年代之前清代诗词译介中存在着的改动诗题、增删内容且不指明原文出处的"乱象"，20 世纪 50 年代以来中国古典诗词的译介开始走向规范化，对原文的忠实性要高于其变异性，有利于研究者及一般读者在译文与原文之间进行比对。

其二，英语世界的中国文学史对清代诗词有了较为客观全面的书写。在 20 世纪 50 年代以前，英语世界严格意义上的中国文学史著作只有翟理斯（H. A. Giles）的《中国文学史》（*A History of Chinese Literature*）一书。囿于个人兴趣和精力，翟理斯仅在书中介绍了乾隆、袁枚、赵翼、方维仪这四位清代诗人，对清诗的艺术价值基本持否定态度，认为"清代的诗，尤其是 19 世纪的诗，大都是矫揉造作的；它们缺少蕴藉，即便对最迟钝的读者来说，也显得太过浅陋"[6]——这种基于有限文本而作出的判断显然有失公允。至于词体在有清一代的复振，翟理斯在此书中只字未提。据此，《中国文学史》对清代诗词的书写是残缺片面且带有修史者强烈个人好恶色彩的。20 世纪 50 年代以来，随着中国研究机构在西方教育体系中广泛成立，为适应日益增长的教与学的需求，一批中国文学史著作在英语世界中应运而生，如陈受颐的《中国文学史导论》（*Chinese Literature : A Historical Introduction*）、柳无忌的《中国文学概论》（*An Introduction to Chinese Literature*）、梅维恒编写的《哥伦比亚中国文学史》（*The Columbia History of Chinese Literature*）、孙康宜（Kang-i Sun Chang）和宇文所安合编的《剑桥中国文学史》（*The Cambridge History of Chinese Literature*）等书，相较于翟理斯的《中国文学史》，其介绍清代诗词的部分在材料上更为全面、在评价上更为客观。尤其是《哥伦比亚中国文

---

6 Giles, H.A. *A History of Chinese Literature*. London: William Heinemann, 1901, p. 416.

学史》、《剑桥中国文学史》两书，规模宏大，执笔者多为英语世界一流的学者专家，对包括清代诗词在内的中国文学的书写体例和考察维度上极富新意。前者"从中国文学的语言和思想基础开始，然后展开对诗歌、散文、小说、戏剧和文论的讨论，最后是对大众文学和周边影响"，尝试"以超越时间与文类的全新棱镜来审视中国文学史"[7]；后者"尽量脱离那种将该领域机械地分割为文类（genres）的做法，而采取更具整体性的文化史方法：即一种文学文学史（history of literary culture）"[8]。两书问题意识突出，史论结合，代表了西方的中国文学研究的最高水准，其编纂体例和部分观点亦堪为国内相关学术领域之借镜。

其三，清代诗词在英语世界的研究逐渐走向细化、深化。20世纪50年代以前，英语世界对清代诗词主要还停留在浅层次的译与介，罕有细致深入的研究成果的出现。20世纪50年代以后，英语世界对于清代诗词的研究才逐渐生发、繁盛起来，体现在以下四方面：

（1）出现了一批清代诗人、词人的专论。诸如钱谦益、吴历、王士禛、袁枚、郑燮、贺双卿、黄遵宪、龚自珍、郑珍、陈衍等，在英语世界皆有相应的硕博论文或学术专著对其进行系统研究，像阿瑟·韦利（Arthur Waley）的《袁枚：18世纪的中国诗人》（*Yuan Mei: Eighteenth Century Chinese Poet*）、施吉瑞（Jerry Schmidt）的《人境庐内：黄遵宪其人其诗考》（*Within the Human Realm: The Poetry of Huang Zunxian, 1848-1905*）和《随园：袁枚的生平、文学批评及诗歌》（*Harmony Garden: The Life, Literary Criticism, and Poetry of Yuan Mei*）及《诗人郑珍与中国现代性的崛起》（*The Poet of Zheng Zhen (1806-1864) and the Rise of Chinese Modernity*）、齐皎瀚（Jonathan Chaves）的《本源之咏：中国画家吴历诗作中的自然与神》（*Singing of the source: Nature and God in the poetry of the Chinese Painter Wu Li*）等著作，析精剖微，皆具有较高的学术价值。

（2）开始论及清代诸种诗派与词派。流派纷呈是清代诗词史的重要特征之一，展开对清代各诗词流派的研究是对清代诗词史认识深化的自然结

7　[美]梅维恒编，马小悟、张治、刘文楠译，哥伦比亚中国文学史[M]，北京：新星出版社，2016年，第 IV-VIII 页。

8　孙康宜、宇文所安编，剑桥中国文学史[M]，北京：生活.读书.新知三联书店，2013年，第2-3页。

果，像麦大伟（David R. McCraw）的专著《十七世纪中国词人》（*Chinese Lyricists of the Seventeenth Century*）、寇志明（Jon Eugene von Kowallis）的《微妙的革命：清末民初的"旧派"诗人》等就是这类研究成果中的代表性著述。

（3）初步探析清代的诗学和词学。清代空前繁荣的诗词创作实践以及蔚为壮观的诗词作家队伍，刺激了诗学、词学领域的高度发达。以刘若愚（James J.Y. Liu）的中西诗学比较实践、林理彰（Richard John Lynn）以《传统与综合：作为诗人和诗论家的王士禛》（"Tradition and Synthesis: Wang Shih-chen as a Poet and Critic"）为题的博士论文及其随后围绕"神韵"说发表的一系列期刊论文、澳大利亚华裔学者刘渭平（Wei-ping Liu）的博士论文《清代诗学之发展》（"A Study of the Development of Chinese Poetic Theories in the Ch'ing Dynasty"）、叶嘉莹（Chia-ying Yeh）的长文《常州词派的词学批评》（"The Ch'ang-Chou School of Tz'u Criticism"）为代表的诸种著述，就是英语世界对清代为后人留下的这一丰富理论遗产的初步研探。

（4）逐渐拥有了独特的研究对象、视角与方法。例如，20 世纪 90 年代以来，在女性主义和社会性别理论的影响下，英语世界的学者开始重新审视女性在中国诗词上所扮演的角色，在利用丰富的清代女性诗词别集的文献基础上，完成了一批富有启发性的论述，推动女性文学研究成为了中国古典文学研究的重要生发点；孙康宜、钱南秀、方秀洁（Grace S. Fong）、管佩达（Beata Grant）等人在其中着力甚多，在她们的不懈努力下，女性以及女性诗词实际上已经成为了英语世界中清代诗词研究的主流方向之一。

当然，英语世界在清代诗词的译介和研究领域取得的上述成绩并不是一蹴而就的，它其实是英语世界自 20 世纪 50 年代以来资金投入、制度保障、师资培养以及自身学术积累的产物，具有十分明显的阶段性特征。依据这一时期诸种成果的数量分布及内容性质，结合相关的政治、文化事件，20 世纪 50 年代以来，清代诗词在英语世界的译介与研究大致可以分为三个阶段：酝酿期（50-60 年代）、成熟期（70-80 年代）、深化期（90 年代以来）。下面分别对各个阶段的代表性译介成果予以简要述评。

二、20 世纪 50-60 年代英语世界的清代诗词译介

进入到 20 世纪下半叶，首先揭开译介清代诗词序幕的翻译实践，并没有出现在以英语为母语或通用语的国家和地区，而发生于刚刚诞生不久的新中

国。作为"新中国的一位诚实忠诚、不屈不挠的朋友"[9]、曾在中国共产党领导下的民族解放斗争中做出过无私奉献的新西兰友人路易·艾黎（Rewi Alley），怀着对于新共和国的诚挚感情以及向国际宣传中国正面形象的美好愿望，从 50 年代初期开始，开始主动提笔翻译中国古代及近现代的诗词作品，认为中国的这些诗词作品"有大量珍贵的材料可供今天已有点迷失方向的世界借鉴"[10]。自 1954 年起，到 1987 年去世，三十余年间，路易·艾黎译笔始终不辍，先后翻译、出版了十余部中国诗歌译集，其中涉及清代诗歌的主要有以下三部：1954 年出版的《世代和平：中国诗译集》（*Peace Through the Ages, Translation from the Poets of China*）、1958 年出版的《人民歌唱：中国诗歌译集续编》（*The People Sing: More Translations of Poems and Songs of the People of China*）以及 1962 年出版的《反抗之诗：近代中国人民的声音》（*Poems of Revolt: Some Chinese Voices Over the Last Century*）。

在《世代和平：中国诗译集》的"前言"中，路易·艾黎认为"历经时代删汰而呈于我们面前的中国诗歌几乎皆是和平之诗"，坦言自己"并非是个汉学家"，而"单纯只是一个为中国诗歌领域丰富多样的文化遗产所着迷，并由此发愿去帮助其他人去了解它的普通人"[11]。与"和平"这一主旨对应，按从先秦到现当代的时代顺序，路易·艾黎在此书中选译的皆是那些控诉战争、颂赞和平的诗作，如《诗经》中的《击鼓》和《君子于役》、汉代乐府《十五从军征》、杜甫的《兵车行》以及艾青的《保卫和平！》等。其中，清代诗歌部分，入选的是赵翼的《海上》[12]和沈德潜的《塞下曲》组诗[13]。前者乃赵翼在乾隆五十一

---

9 语出宋庆龄得知文革中路易·艾黎受到造反派的冲击后，在 1968 年 8 月 31 日为其自愿出具的证明信。

10 [新西兰]路易·艾黎著，路易·艾黎研究室译，艾黎自传[M]，兰州：甘肃人民出版社，1987 年，第 247 页。

11 Alley, Rewi. *Peace Through the Ages: Translations from the Poets of China*. Peking, China, 1954, pp. iii-iv.

12 见赵翼《瓯北集·卷三十一》，诗曰："极目苍茫水接空，兵氛遥指海天东。人油作炬燃宵黑，鱼眼如星射浪红。炎徼无村非瘴疠，战场有鬼是英雄。纷纷伏莽何时定，翘望征南矍铄翁。"

13 见沈德潜《归愚诗钞·卷一》，共五首，路易·艾黎翻译了其中的前四首，其一曰："驾鹅声急半空哀，风旋龙沙欲成堆。饮罢酪浆天色暮，月明独上李陵台。"其二曰："敕勒川头练甲兵，黄羊谷口竖干旌。云昏万马难分色，雪急三军不辨营。"其三曰："屯兵绝域出伊甘，白雁金笳听不堪。二十万人回首望，河源翻在大荒南。"其四曰："千重沙碛万重山，三载烧荒未拟还。流尽征夫眼中血，谁人月下唱《阳关》？"

年跟随清军平定台湾林爽文之变时，有感于闽台壮阔景色及战事激烈情形的吟咏之作；后者是沈德潜仿唐朝边塞诗风格的组诗，共四首，极言边地之苦与思乡之切。显然，沈、赵这两首/组诗的入选此书的关键因素在于其主旨，而非是其艺术价值。到了《人民歌唱：中国诗歌译集续编》中，路易·艾黎选译中国诗歌的主题则转向了历史的创造者——"人民"，他指出"在悠长绵延的历史中，中国人民通过一些最伟大的诗行在表达着自己"，并表示"对世界其他民族而言，在今天去了解这些不仅有益，而且必需"[14]。全书分三部分，前两部分选译了自先秦至 1956 年之间反映民间疾苦及人间悲欢的古典及现当代诗歌作品，第三部分则专门翻译了各地采集而来的民间歌谣——这样的框架设计，不得不让人与当时正在全国范围内轰轰烈烈开展的"新民歌运动"[15]联系起来。其中，清代诗歌部分，路易·艾黎择取了 12 位清代诗人、词人的作品进行了翻译，所译之诗如吴嘉纪的《朝雨下》[16]、纳兰性德的《南乡子·捣衣》[17]以及秋瑾的《黄海舟中感怀》[18]等，或关心民瘼民生，或记述怨妇思夫，或宣泄家国之恨，与全书主题挈合。在 1962 年出版的《反抗之诗：近代中国人民之声》中，路易·艾黎又将诗歌选译的主要方向对准了近代自太平天国到捻军起义，再至义和团运动，乃至中共红军、八路军及解放军时期流传于民间的诗歌和谣曲，多由无名作者所作。此书可以说是路易·艾黎在当时官方意识形态对近代以来农民起义以及民族解放战争的叙述模式下辑选、翻译而成的译诗集。从上述梳理中，我们不难看出，虽然路易·艾

---

14 Alley, Rewi. *The People Sing: More Translations of Poems and Songs of the People of China*. Peking, China, 1958, pp. 3-4.

15 1958 年 3 月，毛泽东在中共中央成都会议上表示："中国诗的出路，第一是民歌，第二是古典。在这个基础上，两者结合产生出新诗来，形式是民族的，内容应当是现实主义与浪漫主义的对立统一。"随后的汉口会议中，毛泽东再次谈及民歌问题。在他的提倡下，一场浩大的民歌收集活动开展了起来。"新民歌运动"是一场自上而下的特殊诗歌运动，充满了意识形态化特色。

16 《朝雨下》：朝雨下，田中水深没禾稼，饥禽聒聒啼桑柘。暮雨下，富儿漉酒聚侪侣，酒厚只愁身醉死。雨不休，暑天天与富家秋；檐溜淙淙凉四座，座中轻薄已批裘。雨益大，贫家未夕关门卧，前日昨日三日饿，至今门外无人过。

17 《南乡子·捣衣》：鸳瓦已新霜，欲寄寒衣转自伤。见说征夫容易瘦，端相，梦里回时仔细量。支枕怯空房，且拭清砧就月光。已是深秋兼独夜，凄凉，月到西南更断肠。

18 《黄海舟中感怀》：闻道当年鏖战地，只今犹带血痕流。驰驱戎马中原梦，破碎河山故国羞。领海无权悲索寞，磨刀有日快恩仇。天风吹面冷然过，十万云烟眼底收。

黎的译介行为是自觉、主动和真诚的，他本人也为中诗英译事业注入了大量心血，但是其翻译实际上不可避免地带有浓烈的意识形态的色彩，再加上印刷和发售渠道的现实条件制约，导致他的这几种译本实际上在以英语为母语或通用语的世界中流传不广，影响力十分有限。

整体来讲，路易·艾黎的译文主要采用的是自由体散译的形式，重在传达中国诗的主旨，追求语言上的简洁明白，他在自传里对自己译介理念的概括十分中肯和到位："中国诗译者的首要任务似乎是把原作的精神表达出来，即使不能译出原作的力量和音律。……如果追求诗的押韵或咬文嚼字，译文就不会精彩。语言不可造作，而必须流畅，如溪水流过圆石一般。语音形式确有不同，但必须传神。"[19]下引纳兰词《南乡子·捣衣》的译文，就很好地代表了路易·艾黎的译介风格：

ON PREPARING CLOTHING

Frost lies thick over

roof tiles; and I am reminded

that now is the time to send

winter clothes; yet do I

hardly know what to do; they say

soldiers become so thin, so

would those I send him fit?

Maybe in my dreams he could return

and I could measure him,

so try to go to sleep and meet him,

but my room is so lonely that sleep

will not come, and I go out under

the moonlight washing clothes, so that

I am alone with the moon and my sorrow;

then when the moon sets in the south-west

I feel my very heart would break.

以英语为母语或通用语的世界迟至 50 年代末才出现了一本中文题为《情

---

19 [新西兰]路易·艾黎著，路易·艾黎研究室译，艾黎自传[M]，兰州：甘肃人民出版社，1987 年，第 247-248 页。

诗》（*Chinese Love Poems*）的译诗选集。此书由 D. J. 克雷默（D. J. Klemer）编辑，1959 年在纽约出版，书中所出现的译诗皆辑选自此前英语世界已经出版的中诗英译集，并未贡献任何新译文。我们在第三章中介绍吴经熊翻译纳兰词的情况时，曾提及此书与 1942 年出版的《中国情诗：上古到现代》（*Chinese Love Poems：From Most Ancient to Modern Times*）一书在出版动机和辑选体例上十分近似，也已明确指出了书中辑选的吴译纳兰词的篇目。除了纳兰词外，《情诗》一书中还录有樊增祥、李鸿章等多位清代诗人的诗作，译文多辑选自亨利·哈特、詹姆士·怀特尔（James Whitall）的译著，这些我们在上文已有详论，不再赘述。

在这一时期里，以英语为母语的世界里真正意义上涉及清代诗词译介的新译本是《企鹅中国诗选》（*The Penguin Book of Chinese Verse*）。此书 1962 年在巴尔的摩出版，由英国汉学家戴伟士（A. R. Davis）担任编辑和撰写导言，由罗旭龢（Robert Kotewall）和史美（Norman L. Smith）两人负责诗词译介。《企鹅中国诗选》是一本优点和缺点都很明显的中诗英译集。它的优点主要有两方面：（一）注解准确详实，体例严谨完备。和英语世界之前出现的中诗英译集相比，《企鹅中国诗选》在译诗时对原诗的忠实度很高，对于诗题和诗歌本身的内容没有任意的删削、变异，对于难以在译文中解释清楚的典故，都予以适当的注解；更重要的是，为方便读者对照原文，此书特意在目录中的每一首诗的诗题之下，附有简短的作者小传以及此诗原文出处（具体到几卷几页），在规范化和严谨性上为英语世界中后来的中诗英译集提供了极佳的典范。（二）涵盖中国诗史，时间跨度大。此书自《诗经》的《衡门》一直译到现代诗人胡适、冰心等人的作品，贯通了整个中国古典诗史，还兼及了新文化运动以来崛起的白话诗，可以说时间跨度很大了。戴伟士在"导言"中就认为这本译诗集"比以往同类著作时间跨度要广得多"[20]，英国汉学家霍克思（David Hawkes）则进一步指出，此书"对宋、明、清诗歌的大量翻译"是"这本书相较于之前其他著作更具代表性的方面之一"[21]。《企鹅中国诗选》的缺点和它的第二个优点紧密相关：虽然此书时间跨度的较广，但正如戴伟

---

20 Davis, A. R. ed., Robert Kotewall & Norman L. Smith, trans. *The Penguin Book of Chinese Verse*. Baltimore: Penguin Books, 1962, p.xxxxix.

21 Hawkes, D. "Review of *The Penguin Books of Chinese Verse* by Robert Kotewall & Norman L. Smith." *Journal of the Royal Asiatic Society of Great Britain and Ireland*, 1963 (Oct.), pp. 261-262.

士所言，"编选这本书并不是为了展现中国诗歌史"，而是两位译者"依照自己的意愿，通力合作数年"、"只翻译那些自己感兴趣的以及便于译为英语的诗歌"，并未"过多地考虑中国本土的诗歌观念"[22]。而这样在客观上造成的结果就是，大量文学史上非主流的诗人、词人的作品被选译，而一些重要的作家、作品反倒未被提及。以清代为例，《企鹅中国诗选》译有 16 位清人的 25 首诗词，其中虽有施闰章、王士禛、袁枚、郭麐、龚自珍、黄遵宪等清代著名诗人的作品，但余下的诗人、词人大多默默无名，如梁清标、许缵曾、僧正岩、王吉武、万邦荣、赵关晓、叶抱崧等人，在当时以及现在影响力都较小，难以代表清代诗词的总体艺术成就——这与亨利·哈特（Henry H. Hart）的几部中诗英译集所存在的缺陷是近似的。

如果说《企鹅中国诗选》是英语世界 50-60 年代中诗英译走向规范化的代表作品的话，那么艾伦·艾丽（Alan Ayling）与邓肯·迈根托斯（Duncan Mackintosh）合译的《中国词选》（*A Collection of Chinese Lyrics*, 1965）、《中国词选续编》（*A Further Collection of Chinese Lyrics and Other Poems*, 1969）两书的出现则是这一时期中词英译走向规范化的重要标志。和《企鹅中国诗选》一样，《中国词选》和《中国词选续编》两书也是按照朝代次序对中国词史上具有代表性的词人、词作进行了选译，且对所译的词人都附上了作者小传，辅助读者了解词人生平和创作背景；此外，编者不但专门邀请了中国学者将每首词的原文抄录于译文之旁，便于进行中英比对，还特意制作了数则附录，分别介绍了词的演进轨迹、音韵格律以及书中出现的诸词牌的形制等，为英语世界的读者欣赏中国古典词提供了十分详实的信息。《中国词选》、《中国词选续编》两书在选译篇目上主要以五代词、宋词为主，其中李煜、苏轼、辛弃疾三人的作品得到了最多的译介。不过，清词在两书中亦有译及：《中国词选》翻译了纳兰性德的《长相思》（山一程）、《画堂春》（一生一代一双人）以及左辅的《南浦·夜寻琵琶亭》（浔阳江上恰三更）三首词，《中国词选续编》翻译了纳兰性德的《如梦令》（万帐穹庐人醉）一词。艾伦·艾丽和邓肯·迈根托斯两人的翻译风格十分独特，以纳兰性德《长相思》（山一程）的译文为例：

    P'U - CH'ANG HSIANG SSU

    The mountain, a march;

---

22 Davis, A. R. ed., Robert Kotewall & Norman L. Smith, trans. *The Penguin Book of Chinese Verse*. Baltimore: Penguin Books, 1962, p. xxxxix.

The river, a march;

To the uplands and over the Yü Kuan Pass I go.

Countless lamps in the tented darkness glow.

A night-watch of wind,

A night-watch of snow-

And a clamour that shatters my sleepless home-sick heart.

I know a garden where it is not so.

在《中国词选》的"前言"中，两位译者认为，"在翻译中国诗时，早期的有些译者翻译得太过古雅而令人兴味索然，有些译者——即使是很出色——则放弃了使用韵律，而这是中国诗歌——尤其是词——最显著、最常见的特征（ornamentation）"，有鉴于此，"为了试图保留中国精神"，他们的译文会"尽可能地用英诗的形式来体现每首词的意义（meaning）、形式（shape）和特征（ornamentation）"[23]——这显然与许渊冲先生提出的"三美论"[24]有异曲同工之妙。在上述译介理念的指导下，两书中的译文虽皆为韵体，但其语言却明白流畅、清新易懂，并且这些译文不仅在意义上贴近于原词，就连每行句子的长短以及韵律格式都最大程度上向原词靠近。

中词英译向来是常被忽略的领域，在此之前，英语世界仅有克拉拉·坎德林（Clara Candlin）的《风信集：宋代诗词歌赋选译》（*The Herald Wind: Translation of Sung Dynasty Poems, Lyrics and Songs*, 1933）和初大告的《中华隽词》（*Chinese Lyrics*, 1937）是专门翻译中国古典词的选集，《中国词选》、《中国词选续编》的问世，实际上是英语世界时隔30余年后再度出现的中词英译集，具有不言而喻的重要意义。

除了上述几部中国诗词翻译选集外，英语世界这一时期的期刊论文、学位论文、学术专著以及纪念文集中不可避免地也译有若干清代诗词作品以及清代诗学理论条目：

（1）期刊论文和学位论文

期刊论文方面。20世纪50年代，著名史学家、教育家洪业（William Hung）

---

23 Ayling, Alan, Duncan Mackintosh. A *Collection of Chinese Lyrics*. London: Routledge and Kegan Paul, 1965, p.xiii.

24 许渊冲发表在1979年第一期《外国语》的《译诗研究》一文中说："……我觉得这个原则也可以用于译诗。'内容'就是要传达原诗的'意美'，'押大致相近的韵'就是要传达原诗的'音美'，'有节调'就既要传达'音美'，又要传达'形美'。"

在《哈佛亚洲学报》（*Harvard Journal of Asiatic Studies*）上接连发表了两篇有关清代诗歌的论文，分别题为《黄遵宪的〈罢美国留学生感赋〉》（"Huang Tsun-Hsien's Poem 'The Closure of The Educational Mission in America'"）[25]、《钱大昕的三首有关元代历史的诗作》（"Three of Ch'ien Ta-Hsin's Poems on Yüan History"）[26]。需要注意，这两篇文章并不是通行意义所理解的"学术论文"，而更像是洪业在翻译原诗的基础上，以中国传统的笺校、注疏的方式对译文进行的细致解读。在前一篇文章中，洪业完整地将黄遵宪有感于1881年清廷裁撤中国第一批留美幼童一事[27]而所作的长诗《罢美国留学生感赋》译成了英语，接着以近20页的篇幅对原诗中的文学典故和涉及史实进行了详细注释，并在第一则注解中表示，鉴于钱仲联在《人境庐诗草笺注》中对此诗的文学典故已有质量较高的注解，他将会"更加注重对史实——尤其是钱仲联在《笺注》中远未充分说明的中国官派留学史——的梳理"；在后一篇文章中，洪业不但翻译、笺注了清代史学大家钱大昕的《元诗杂咏二十首》的前三首[28]，还在文前导语中对于钱大昕的元史研究和史学成就进行了简要介绍。很显然，洪业在这两篇文章中的落脚点并不在诗歌翻译，而在于诗歌文本背后的历史史实。进入到60年代，华裔学者翁聆雨（Ramon L. Y. Woon）、罗郁正合作撰写的《中国最后一个王朝的诗人与诗歌》（"Poets and Poetry of China's Last

---

25 Hung, William. "Huang Tsun-Hsien's Poem 'The Closure of The Educational Mission in America.'" *Harvard Journal of Asiatic Studies*, Vol. 18, No. 1/2, 1955, pp. 50-73.

26 Hung, William. "Three of Ch'ien Ta-Hsin's Poems on Yüan History." *Harvard Journal of Asiatic Studies*, Vol. 19, No. 1/2, 1956, pp. 1-32.

27 发表在《东方杂志》第14卷12号上的《留美中国学生会小史》一文对此事介绍甚详："迨至同治末年，湘乡曾国藩奏请派幼童出洋留学，议成于一八七〇年，使丰顺丁日昌募集学生；翌年，适吴川陈兰彬出使美国，遂命香山容闳率学生同来。……至光绪七年，改派南丰吴惠善为监督，斯人甚好示威，一如往日之学司，而其妆模作样，则有过之无不及，故当接任之后，即招各生到华盛顿使署中教训，各生谒见时，均不行拜跪礼，监督僚友金某大怒，谓各生适异忘本，目无师长，固无论其学难期成材，即成亦不能为中国用。闻陈兰彬系金某之门生，且金某又为某亲贵之红员，而有势力者；故陈仰其鼻息，又欲献媚以博其欢心，是以具奏请将留学生裁撤，署中各员，均窃非之，但无敢言者，独容闳力争，终无效果，卒至光绪七年，遂将留学生一律撤回。此为第一期留学界绝命时代，时嘉应黄遵宪任金山领事官，闻此憾甚，赋罢美国留学生一首，述其事颇详。"

28 见钱大昕《潜研堂诗集》（卷三），其一曰："一介相邀泛渌醑，角张为许嫁娉婷。南鸿一夜惊飞去，枉信人间有白翎。"其二曰："铁券金符异代书，艰难王业未宁居。班朱泥水浑流在，莫忘君臣信誓初。"其三曰："凌兢瘦马各衔枚，毡罽跳皮誓不回。传语乃蛮诸部长，统军盍唤可敦来。"

Empire")在《文学东西》(*Literature East & West*)上发表,该文标题虽为"中国最后一个王朝的诗人与诗歌",但实际上却只介绍了晚清诗坛中最具影响力的四个诗歌流派[29]——汉魏六朝派、中晚唐派、"同光体"、新派诗——及其各自流派的代表诗人、诗作。两位作者指出,"在中国的漫长诗史里,晚清六十年固守传统诗歌的诗人在谢幕前的挣扎很少被文学史家所注意",这些动荡时代下产生的诗歌无疑值得关注,因为"无论从理论还是实践上,这些个性十足的作品反映出一种固执、好奇而又真诚的融会东西的愿望",而上述晚清四大诗歌流派则为我们"揭示了中国诗史的一个特殊的阶段,在此期间,中国诗歌在形式上经历了从传统到激进的变化,在情绪上经历了从克制到张扬的变化,在主题上经历了从国家主义到世界主义的变化"[30],具有"诗"与"史"的双重价值。此文以王闿运为汉魏六朝派的代表,以樊增祥、易顺鼎为中晚唐派的代表,以陈三立、郑孝胥、陈衍、范当世为"同光体"的代表,以黄遵宪、康有为、苏曼殊为新派诗的代表,不但介绍了这十位晚清诗人的生平,还在行文中翻译了他们每个人的若干首代表作,这些诗人、诗作大部分都是第一次被译介到英语世界之中。

学位论文方面。澳大利亚华裔学者刘渭平 1967 年在悉尼大学完成了以《清代诗学之发展》为题的博士论文,这是笔者目前所见到的英语世界第一本、也是迄今为止唯一一本专门以清代诗学理论为研究对象的学位论文。这篇博士论文共有 8 章,除去第一章"导言"和第八章"结语",剩下六章的标题依次为"清代诗论的源起"、"清初诗论"、"王士禛与神韵派"、"赵执信与翁方纲"、"袁枚和性灵派"、"晚清诗论",文中对所涉诗人的诗作、诗论片段进行了大量翻译,其论述基本上涵盖了清代诗论最重要的理论范畴,完整地展示了清代诗论的内在演进逻辑和外在发展脉络。对于这一重要文献,后文还有专门的章节来论述。

(2)学术专著和纪念文集

在这一时期的学术专著中,涉及到清代诗词译介的主要有英国著名译者阿瑟·韦利)的《袁枚:18 世纪的中国诗人》和美国华裔学者刘若愚的《中

---

29 文中分别将汉魏六朝派、中晚唐派、"同光体"、新派诗称为"伪古典派"(the Pseudo-classical)、"典故繁复华丽派"(the Ornate School of Allusionists)、"复古派"(the Revivalists)、"改革派"(the Progressives)。

30 Woon, Ramon L. Y., Irving Y. Lo. "Poets and Poetry of China's Last Empire." *Literature East & West*, Vol. IX, No. 4, 1965, pp. 331-361.

国诗学》（*The Art of Chinese Poetry*, 1962）两书。前者是西方首部系统评述、研究袁枚这一清代诗坛翘楚的生平及其诗歌的著作，对袁枚在全世界文学声誉的树立发挥着至关重要的作用，其中译有多首袁枚的诗作——这是继克兰默·宾（L. Cranmer-Byng）的《灯节》（*A Feast of Lanterns*）后，英语世界对袁枚诗歌的第二次大规模翻译；后者作为一部极具创新精神和建构意义的中国诗歌研究专著，在西方汉学界影响巨大，是许多后进的欧美汉学家研究中国诗歌的入门必备书目，在书中的第二部分，作者参照了清代诗学、词学的代表人物——沈德潜、袁枚、翁方纲、王夫之、王士祯、王国维等——的观点，将中国传统诗论体系概括为四种类型（"教化论"、"唯我论"、"技巧论"、"妙悟说"），并译有上述诸家的数则诗论片段。

纪念文集方面。1967 年，美国华裔学者、康有为的外孙罗荣邦（Lo Jung-pang）为纪念康有为诞辰 100 周年而编译的《康有为：传记与论丛》（*K'ang Yu-wei: A Biography and a Symposium*）一书在亚利桑那大学出版社出版。此书除了译有康有为完整的英文年谱外，还附有六篇学术论文。其中，由著名汉学家卫德明（Hellmut Wilhelm）撰写的《明夷阁诗集》（"The Poems from the Hall of Obscured Brightness"）一文，和上文提及的洪业的两篇期刊论文的结构相近，作者先是简要探讨了康有为这位晚清维新运动领袖的诗学思想及诗歌创作情况，接着从康有为的《明夷阁诗集》选译了 12 首诗[31]，并对这些诗进行了详细的笺注；而由萧公权所作的《康有为的科学漫游——〈诸天讲〉》一文，则主要关注了康有为融中西天文知识于一炉的科学著作《诸天讲》，文中翻译了《诸天讲》中由康有为所作的《银河天歌》、《霞云天诗》两诗。

以上即为 20 世纪 50-60 年代英语世界清代诗词译介的大致情况。在这一

---

31 见《康南海先生诗集·卷四．明夷阁诗集》，这 12 首诗依次为《戊戌元旦朝贺，是日日食，上避正殿，散朝遇于晦若礼部，同游诸殿，口占》《胶旅割后，各国索地，吾与各省志士开会自保，末乃合全国士大夫开保国会，集者数千人，累被飞章，散会谢客，门可罗雀矣》《戊戌八月纪变八首》（其二、其四）、《戊戌八月国变记事》（其三）、《明夷阁与梁铁君饮酒话旧事竟夕》（其一、其二、其三）、《己亥元旦与王照、梁启超、罗普在日本东京明夷阁望阙行礼》、《己亥二月由日本乘"和泉丸"渡太平洋》、《到伦敦，馆于前海部尚书柏丽斯辉子爵，子爵代请于英廷扶救复辟，议院开议，进步党人数少十四人，议辛沮，以英使窦纳乐惑吾总署诬言也，遂去英，时闰四月》、《己亥六月十三日，与义士李福基、冯秀石及子俊卿、徐为经、骆月湖、刘康恒等创立保皇会，于二十八日至域多利中华会馆，率邦人恭祝圣寿，龙旗摇飏，观者如云。湾高华与二埠同日举行，海外祝嘏自此始》。

阶段，不管是路易·艾黎带有意识形态宣传性质的译介，还是欧美译者按照个人喜好或兴趣的译介，都或多或少地触及到了清代诗词这一领域，这充分证明了清代诗词所具有的艺术感染力和特殊文学史地位。随着中诗英译走向系统化和规范化以及文学史、学术专著和论文在清代诗词研究领域的起步，英语世界的读者逐渐开始对清代诗词熟知起来。

三、20 世纪 70-80 年代英语世界的清代诗词译介

黄鸣奋在其《英语世界中国古典文学之传播》一书中，认为"英语世界"包括了三个层面，"它们分别以英语为母语、通用语和外国语"。进入到 70 年代以来，这三个层面上的"英语世界"都涌现了一批直接或间接涉及清代诗词译介的成果：以英语为母语的"英语世界"受益于政府及社会资金投入的进一步增长、中国研究在高校教育体制中地位的进一步提高，以及华人、华裔学者的陆续加入，其产生的译介成果最为丰富，类型最为多样；以英语为通用语——以香港为中心——的"英语世界"的译者出于对传统文化的热爱，通过创刊办报以及出版译集等形式，自觉地利用自身特殊的政治、地缘和文化上优势，积极向英语世界译介中国古典诗词，成为沟通中西的重要"桥梁"和"媒介"；60 年代末以来，以英语为外国语——以中国大陆为中心——的"英语世界"的中诗英译活动经历了十年的沉寂，直至进入到新时期后，这种情况才渐渐有了改善。

下面分别对"英语世界"这三个层面中清代诗词的代表性译介成果予以介绍。

（一）以英语为母语的"英语世界"

为了满足中国文学不断增长的教学需求以及普通读者对于中国文学的日益浓厚的兴趣，英语世界这一时期编译了数部规模宏大、质量上乘的中国文学译集，清代诗词作为中国文学的一部分，自然也进入到了这些译著的视野之中。

1972 年，著名汉学家白芝组织英语世界的权威学者编译了《中国文学选集：自 14 世纪到当代》（*Anthology of Chinese Literature: From the 14th Century to the Present Day*）一书，此书其实是 1965 年出版、也是由他主编的《中国文学选集：自早期至 14 世纪》（*Anthology of Chinese Literature: From Early Times to the Fourteenth Century*）的续编，两书合在一起，共同构成了一部将

自先秦到当代的诗词、散文、小说、戏剧等多种文体囊括在内的大型中国文学综合译集。编者在"导言"中自信地表示，"本书的参考书目列出了西方语言中以前的一些中国文学选集，不过，它们之中显然没有能将哪怕是最简略的中国文学呈现出来的"，而"受益于众多译者的合作，本书是最全面的英语中国文学选集"[32]。这部选集后来成为了美国20世纪60、70年代各大学东亚系的中国文学课程中最常用的教材，在很长的一段时间内都是西方汉学界权威的译介范本。

　　谈及整体的译介理念，编者指出，"我们不得不放弃那些几十年前的质量不错的译文——它们的语言风格早已过时，也不得不放弃那些学究气十足的译文——它们的优点要穿过脚注的重重迷雾才能瞥见"[33]，换言之，编者在编选此书时，对于译文在语言上的时效性和在表达上的直接性有着自觉追求。我们看到，在这一理念的指引下，本书中的译文大多是新出的，其译文风格平实流畅，除非必要，否则一般很少出现注解。至于具体的篇目选译，编者一方面受到了西方文学观的影响，"我们对文学的定义是现代西方式的，而非传统中国式的，是狭义的，而非广义的"[34]，另一方面也服务于上述译介理念，即，编译者倾向于选择那些在主题和内容上不需要进行太多解释的作品，尽量对英语世界的读者不构成文化知识和观念上挑战。编者坦然承认，很多著名人物在此书下卷中都没有出现，"这有时是因为他们的主要贡献不在西方人所定义的'文学'的领域之中"，如王阳明、顾炎武、戴震就属于这种情况，有时则源于"像王士禛这样的诗人的作品虽然有趣，但却因满是学问和典故而难以接近"[35]。

　　因此，在内容和语言上更容易为西方读者所理解的词成了编者在选译清代诗词时的重点领域，书中共译有13位清代词人（陈子龙、吴伟业、今释澹归、王夫之、陈维崧、朱彝尊、纳兰性德、蒋士铨、左辅、蒋春霖、王鹏运、黄兴、毛泽东）的35首词作，大致勾勒了清代词史的基本风貌，而清代诗人中仅有袁枚一人入选。需要指出，此书在译介清代诗体与词体上的不平衡，

---

32 Birch, Burton. ed. *Anthology of Chinese Literature: From Early Times to the Fourteen Century*. New York: Grove Press, 1965, p.xxiv.

33 Birch, Burton. ed. *Anthology of Chinese Literature: From Early Times to the Fourteen Century*. p. xxv.

34 Birch, Burton. ed. *Anthology of Chinese Literature: From Early Times to the Fourteen Century*. p. xxiv.

35 Birch, Burton. ed. *Anthology of Chinese Literature: From the Fourteen Century to the Present Day*. p. xxv.

不仅只受到了编者的文学观与译介理念的影响，这还与其对清词的文学价值的体认有密不可分的关联：在此书下卷的"导言"中，白芝指出，"词本是沦落的风尘女子的悲叹"，是"宋代的文人们拓宽了词的主题范围"，而到了清代，"我们在其间发现了更多的主题和情绪"[36]。可以说，此书从论述和译介上对于清词价值进行了双重确认。

1975 年，美国华裔学者柳无忌、罗郁正两人合编的《葵晔集：中国诗歌三千年》（*Sunflower Splendor：Three Thousand Years of Chinese Poetry*）在印第安纳大学出版社出版。此书精心择选、翻译了中国三千年诗史中最为重要的诗人、词人的作品，参与翻译的人员皆是当时西方汉学研究领域的著名专家学者，不论是在编选体例还是译文质量上，都足以代表中诗英译的最高水平。此书出版后受到了西方各界读者的欢迎和好评，不到半年就发行 17000 余册，许多美国大学和研究机构都将其列为中国文学课的必备教材，《纽约时报》当年 12 月刊出的一篇书评认为该书是"西方语言中迄今为止最完整、最好的中国诗歌译本"[37]。其中，此书的第六章"悠久的传统：继承与挑战（明：1368-1644，清：1644-1911，民国以后：1912-)"共译有 15 位清代作家[38]的 88 首诗词作品，基本上涵盖了清代各个时期最具代表性的作家、作品。由于两位主编皆为旧学根基扎实的华裔学者，在具体的作者和篇目择选上，他们的眼光要比英语世界以往译诗集的编选者更为通达公允：（1）诗词大体均衡。由于清代在诗体和词体上取得的成就不相上下，偏废任何一端都不符合历史事实，因此，本书在清诗、清词的译介数量是大致相当的；另外，编者还特别注意到清代文人诗词兼长的情况，对吴伟业、朱彝尊、郑燮等人都是诗词皆译的。（2）兼顾各个时期。清代诗词在清初、盛清以及晚清等阶段很明显地呈现出不同的特征，编者在择选作家作品时有意在各个时期之间保持了平衡；此外，由于编者个人的学术兴趣，他还将苏曼殊这位近代著名诗僧置入选集中，在英语世界完成了对其人其诗 "经典化"的进程。不过，《葵晔集》中并未将英语世界最具盛名的袁枚纳入其中，这或许是由于英语世界此前已有较多的袁

36 Birch, Burton. ed. *Anthology of Chinese Literature: From the Fourteenth Century to the Present Day*. p. xxvi.

37 转引自：江岚，葵晔．待麟：罗郁正与清诗英译[J]，苏州大学学报，2014，35（05）：133-140+192.

38 依次为钱谦益、陈子龙、吴伟业、朱彝尊、王士祯、纳兰性德、郑燮、赵翼、黄景仁、龚自珍、顾太清、蒋春霖、黄遵宪、王国维、苏曼殊。

枚诗歌译本的缘故。

　　进入 80 年代后，在规模上能与白芝的《中国文学选集》以及柳、罗二人的《葵晔集》相提并论的，惟有齐皎瀚在 1986 年出版的《哥伦比亚元明清诗选》（*The Columbia Book of Later Chinese Poetry: Yuan, Ming and Ch'ing Dynasties*）一书。和白芝的《中国文学选集》分上下卷的情况类似，齐皎瀚的《哥伦比亚元明清诗选》其实是华兹生（Burton Watson）1984 年出版的《哥伦比亚上古至 13 世纪中国诗选》（*The Columbia Book of Chinese Poetry: From Early Times to the Thirteenth Century*）一书的续编；两者所不同的是，白芝的《中国文学选集》由多位译者通力合作完成，而《哥伦比亚元明清诗选》则是由齐皎瀚本人独立完成。齐皎瀚是一位个性十足的译者，他在此书中的篇目选译和译介风格都相当独特。在"导言"中，他直白地表示，"我忽略了很多重要的文学人物，一方面是因为我找不到行之有效的方式去翻译他们，另一方面则只不过是因为他们不符合我的胃口而已"[39]。这种极端推崇个人趣味的结果，自然就是予以一些不太有代表性的非主流诗人的"过度"关注：齐皎瀚的学术兴趣并不仅限于中国文学领域，他还是一位颇有造诣的中国艺术史家，非常痴迷于中国的书法和绘画，因此，在《哥伦比亚元明清诗选》的清代部分，齐皎瀚虽翻译了钱谦益、吴伟业、吴嘉纪、王士禛、袁枚这几位较具代表性的清代诗人的作品，但也花费了大量的篇幅在恽格（字寿平，字南田）、石涛（法名道济、原济、超济等）、郑燮、金农等这些以画名世的"诗画家"（the painter-poet）身上，甚至还视恽格为"清诗史中的绝句大家之一"[40]、以《老残游记》的作者刘鹗的诗歌作为清诗终结的标志——这显然与通行的清代诗史观相忤触。在学术研究之余，齐皎瀚还从事诗歌创作，故而他的翻译带有很鲜明的"诗人译诗"的特点：他的译文明白晓畅、清晰易懂，善于传达原诗所蕴含的情绪，格外注意去还原中文原诗的节奏、停顿，有时使得其译文的句法显得十分"汉语化"。最能体现这一特点的，莫过于齐皎瀚在本书中对王士禛《即目》一诗的翻译：

　　　　《即目》

　　　　苍苍远烟起，槭槭疏林响。

---

39 Chaves, Jonathan. *The Columbia Book of Later Chinese Poetry: Yuan, Ming, and Ch'ing Dynasties (1279-1911)*. New York: Columbia University Press, 1986, p. 11.

40 Chaves, Jonathan. *The Columbia Book of Later Chinese Poetry: Yuan, Ming, and Ch'ing Dynasties (1279-1911)*. pp. 9-10.

落日隐西山，人耕古原上。

THINGS SEEN

Dark, Dark, far mists rise;

Swish, swish, sparse woods echo.

Setting sun, west mountains disappear;

A man is plowing the ancient plain. [41]

总之，《哥伦比亚元明清诗选》是一部优点和缺点都十分明显的译著：正像诸多论家注意到的一样，齐皎瀚的译文无疑具有很高的水准，但是太过反映其个人趣味的选译篇目，显然无法较为客观全面地反映元、明、清三代具体的诗词创作情况。

如果说白芝的《中国文学选集》、柳无忌和罗郁正的《葵晔集》以及齐皎瀚的《哥伦比亚元明清诗选》分别在中国文学史、中国诗歌史的序列中对清代诗词的地位进行了确认的话，那么英语世界 1986 年出版的、由罗郁正与舒威霖主编的《待麟集：清代诗词选》一书则断代选集的形式集中而系统地展现了清代诗词独立的艺术魅力和不可取代的文学史价值。《待麟集》的书名来源于李白的"希圣如有立/绝笔于获麟"（《古风五十九首·其一》）和杜甫的"高兴知笼鸟/斯文起获麟"（《寄张十二山人彪三十韵》），寄寓了编者希望世界永享太平的美好希望。全书诗词兼收，分为 17 世纪、18 世纪、19 世纪三大部分，共计选译有钱谦益、吴伟业、陈维崧、纳兰性德、袁枚、蒋士铨、龚自珍、王闿运、黄遵宪、康有为、王国维等 72 位清人的 394 首诗词作品，译者阵容堪称豪华，汇聚了一批英语世界最权威的专家、学者，包括了孙康宜（Kang-i Sun Chang）、倪豪士（William H. Nienhauser, Jr.）、施吉瑞（Jerry D. Schmidt）、史景迁（Jonathan D. Spence）、司徒琳（Lynn Struve）、余国藩（Antony C. Yu）等人，是英语世界第一部、也是到目前为止的唯一一部清代诗词断代译集，有论者评价到，"作为浩如烟海的清代诗歌的精粹呈现，此书充实了汉诗英译的宝库，填补了一项缺失太久的空白"[42]，它的出现，"对英美学者重新评价并提高对清诗的学术判断，更清晰地

---

41 Chaves, Jonathan. *The Columbia Book of Later Chinese Poetry: Yuan, Ming, and Ch'ing Dynasties (1279-1911).* p. 405.

42 Yeh, Michelle. "Review of *Waiting for the Unicorn, Poems and Lyrics of China's Last Dynasty, 1644-1911* by Irving Yucheng Lo, William Schultz." *World Literature Today*, Vol.62, No.1, 1988, pp. 179-179.

认识中国诗歌史各个重要环节的转承流变，更客观地总结中国诗学的历史源流及其内在的逻辑性，都具有不可轻视的学术首创性，其开山之功是毋庸置疑的"[43]。

除上述四部规模较大的中国文学综合译集和中国诗歌英译集之外，这一时期以英语为母语的"英语世界"中还出版有其他一些零星翻译有清代诗词的译著：

20 世纪 50 年代"旧金山文艺复兴"（the San Francisco Renaissance）的核心人物、被视为是"垮掉派之父"（Father of the Beats）的王红公（Kenneth Rexroth）不但在美国现代诗坛影响力巨大，而且在中诗英译领域也占有不容小觑的一席之地。自 20 世纪 50 年代以来，王红公翻译了大量的中国古典诗词，先后出版有《中国诗百首》（*One Hundred Poems from the Chinese*, 1956）、《爱与流年：中国诗百首续编》（*Love and the Turning Year: One Hundred More Poems from the Chinese*, 1970）、《兰舟：中国女诗人》（*Orchid Boat : Women Poets of China*, 1972）、《李清照诗词全集》（*Li Ch'ing-chao: Complete Poems*, 1979）等译著。其中，1956 年出版的《中国诗百首》对"垮掉派"诗人影响很大，曾被多次再版重印，不过其选译的诗词主要集中在唐宋两代，并未涉及清代的作品；1970 年，王红公出版了《中国诗百首》的续作——《爱与流年：中国诗百首续编》，在时间跨度上较前者更广，从汉代班婕妤的《怨歌行》一路译到了清代吴伟业、王士禛、袁枚、蒋士铨、曾国藩等人的作品；1972 年，王红公与中国学者钟玲合译的《兰舟：中国女诗人》是英语世界第一次以中国女性诗词为主题的译集，其书小而精当，展现了中国历代女性诗人的基本创作风貌，清代部分译有邵飞飞、王微、贺双卿、孙云凤、吴藻、俞庆曾、秋瑾等人的诗词作品，后来，由阿力奇·巴恩斯通（Aliki Barnstone）和威利斯·巴恩斯通（Willis Barnstone）合作编选、收入全世界各个文明不同时代女性诗人作品的鸿篇巨制《古今女诗人选集》（*Book of Women Poets from Antiquity to Now*, 1980）中，亦曾收有王微、孙云凤、吴藻、秋瑾等清代女诗人的作品，其采取的译文皆来自《兰舟：中国女诗人》一书。

此外，长期专注于中词英译领域、在上一阶段出版了《中国词选》、《中

---

43 江岚，蔡晔．待麟：罗郁正与清诗英译[J]．苏州大学学报，2014，35（05）：133-140+192。

国词选续编》的艾伦·艾丽与邓肯·迈根托斯 1976 年出版了他们的另一部中词译集——《画屏：中国词选》（*A Folding Screen: Selected Chinese Lyrics from T'ang to Mao Tse-tung*），题名典出苏轼的《行香子·过七里濑》中的"重重似画/曲曲如屏"一句，书中所收纳兰性德的《长相思》（山一程）的译文，与 1965 年《中国词选》中的译文并无二致。1980 年在旧金山出版、由 C·H·克沃克（C.H. Kwock）和文森特·迈克休（Vincent McHugh）合作翻译的《有朋自远方来：中国古诗 150 首》（*Old Friend from Far Away: 150 Chinese Poems from the Great Dynasties*）是一部相当特立独行的译集，它并未采取按照朝代顺序这样通行的编次方式，而是依据诗歌主题将全书划为"为何吾居山中"、"仕女与隐者"、"对草怜悯"、"不成器的恋人"、"酒徒、将军及其他"五部分，其译文句法跳脱灵动，对原文时有增删，重"神"不重"形"，其中译有赵翼、袁枚、郑燮这三位清人的诗词作品。

（二）以英语为通用语的"英语世界"

在以英语为通用语的"英语世界"中，香港依靠其特殊的地缘政治地位以及中西杂糅的天然文化优势，在中国文学对外传播的进程里发挥着不可替代的作用。其中，《译丛》（*Renditions*）杂志 1973 年在香港中文大学的创办和发行，无疑是这一时期最富成效、也最引人瞩目的译介中国文学的实践之一。在"发刊词"中，《译丛》杂志对自身的创办宗旨有着清晰的定位——"《译丛》致力于向西方读者介绍中国文化，满足外国读者对中国文化的兴趣，以中国的视域向其提供原始素材"[44]。从此刊后来在中国文学译介领域的影响力来看，它基本上成功地实现了其创立伊始所设立目标，经过多年的努力经营，"在西方，大众读者将其视为了解中国文化的门户，专家学者则认为他是一个追求卓越的中国文学翻译研究学术阵地"[45]，"部分译作被国外大学选为教材，被誉为'洞察中国文学的窗口'"[46]。

作为一份半年刊，《译丛》每年发行"春季"、"秋季"两期，每期约 15 万字，自 1973 年创刊，截止至 2018 年年底，四十五年间，从未中断，前后共发行 90 期（含 15 册春\秋季合刊）。《译丛》的刊期安排和栏目设置非常

---

44 Li, Chon-ming. "Foreword." *Renditions*, 1973, No. 1, p. 3.

45 葛文峰，李延林，香港《译丛》杂志与中国文化翻译出版[J]，出版科学，2014，22（6）：88-92。

46 林煌天，中国翻译词典[M]，武汉：湖北教育出版社，1997 年，第 838 页。

有特色。编辑部会不定期地组织译者围绕某一具体的文学体裁、文化事件或作家作品进行专门的译介、研究，并将这些成果辑为"专号"（Special Issue）发行，在目前发行的 90 期杂志中，有一半以上（计 42 期，含合刊）皆为这样的专号，其主题十分多元：有依据不同文体而设置的专号，如"中国小说"（第 2 期）、"中国戏剧"（第 3 期）、"古典词"（第 11/12 期）、"诗与诗学"（第 21/22 期）、"古典散文"（第 33/34 期）、"现代中国小说"（第 67 期）、"中国科幻小说"（第 77/78 期）等；有按照不同地区而设置的专号，如"90年代的香港"（第 47/48 期）、"香港散文"（第 66 期）、"当代台湾文学"（第 35/36 期）等；有根据不同时代而设置专号，如"中国当代文学"（第 19/20 期）、"20 世纪回忆录"（第 38 期）、"乡村文学与'大跃进'"（第 68 期）、"明清文学的暴力"（第 70 期）等；有针对某一文学人物或作家而设置的专号，如"王昭君"（第 59/60 期）、"杨绛"（第 76 期）、"张爱玲"（第 45期）等；有特别为女性文学而开辟的专号，如"当代女性作家"（第 27/28 期）、"中国传统女性"（第 64 期）等。《译丛》每期的常设栏目有"诗歌"、"小说"、"散文"、"戏剧"等，分门别类地刊发各个文体的相关译文，和设置"专号"类似，该刊也时常在常设栏目之外开设特别栏目，这些特别栏目往往会以占当期一半以上的篇幅，围绕特定主题进行集中译介和研究，如第 26 期的"鲁迅特辑"、第 32 期的"冰心特辑"、第 37 期的"后朦胧诗特辑"、第 61 期的"台湾新诗特辑"、第 73 期"香港旧诗特辑"等。《译丛》杂志的这些精心安排，有利于它向英语世界的读者集中地展示中国文学的特定侧面，有效地避免了一般期刊杂志存在着的信息碎片化、零散化的弊端。

在近半个世纪的办刊历程中，《译丛》杂志翻译了大量的中国古代、近代以及现当代的文学作品，涵盖了诗歌、散文、小说、戏剧等不同文体种类，涉及"两岸三地"重要的作家、作品，其勤勉不倦地传播中华文化的努力，堪与 20 世纪上半叶国人自办的英文刊物《天下》月刊（T'ien Hsia Monthly）的译介实践遥相呼应，二者都为英语世界的读者正确地感知、了解、评价中国文学的整体风貌与艺术价值做出了不可磨灭的卓越贡献。由于在篇目选译上古今并重的特点，我们在《译丛》杂志中能发现不少有关清代诗词的踪迹，具体的译介和研究的篇目信息详见表 4-1：

表 4-1　香港《译丛》杂志中的清代诗词篇目信息[47]

年　份	刊　期	篇　名	作/译者	备　注
1973	No. 1	"Translations by John Turner"	唐安石	译有纳兰性德的《长相思》（山一程）一词
1976	No. 6	"Chu Ta's 'Shih Shuo Hsin Yü' Poems"	王方宇、魏黄艾玲	译有八首朱耷取材于《世说新语》的诗作
		"Plant Paintings of Two Yang-chou Masters"	谭志成	文中译有郑燮、汪士慎这两位名列"扬州八怪"的艺术家的多首诗作
1977	No. 7	"Two Types of Misinterpretation —Some Poems from *Red Chamber Dream*"	宋淇	对比、评述了《红楼梦》二十三回的"四时即事"诗的张心沧译本与霍克思译本的优劣
1979	No. 11&12	"Behind the Lines: *T'zu* Poets and Their Private Selves"	蔡濯堂	节译了清人张宗橚的《词林纪事》一书
		"Eleven *T'zu* by Nalan Hsinteh"	吴经熊	完整转载了吴经熊发表在《天下》月刊上的11首纳兰词的英译译文
1980	No. 13	"TS'AO HSÜEH-CH'IN: *T'ao-hua hsing*"	霍克思、杨宪益与戴乃迭	收录了曹雪芹《桃花行》一诗的霍克思译本和杨宪益、戴乃迭译本
1981	No. 15	"A Poet's-eye View of History"	宋淇（作）、莫咏贤（译）	文中译有清人潘耒的《广武》一诗
		"Hung Hsiu-ch'üan's Early Thought and the Taiping Revolution"	王庆成（作）、柯文南（译）	文中译有洪秀全的多首诗作
1984	No. 21&22	"Five Poems"	霍克思	译有曹雪芹的《红梅花》
		"Brush and Breath: Poems on Poetry from Ch'ing Dynasty"	闵福德	译有张问陶、赵翼、舒位、袁枚的多首"论诗诗"

47 为了完整呈现《译丛》对清代诗词英译的贡献，本表统计的刊期为 1-84 期，时间范围是 1973-2015 年。

1986	No. 26	"Selected Classical Poems"	寇志明	译有 10 首鲁迅的旧体诗
1988	No. 29&30	"HUANG ZUNXIAN: Hong Kong"	赖恬昌	黄遵宪《到香港》一诗的英译
		"KANG YOUWEI: Hong Kong and Macau"		康有为《香港观赛珍会阅欧戏，遂游濠镜观马戏，为见欧俗百戏之始》一诗的英译
1990	No. 33&34	"WANG FUZHI: Three excerpts from *Shi Guangzhuan*"	黄兆杰	王夫之的诗学著作《诗广传》中的三则内容的英译
2002	No. 58	"Plum Blossom and Snow: Three *Ci* Poems"	孔慧怡	译有纳兰性德的《采桑子.塞上咏雪花》一词
2003	No. 59&60	"Poetry"	卜立德、包慧怡、白润德等	第 59/60 期为"王昭君"专号，胡夏客、刘廷献、葛宜、颜光敏、黄之隽、袁枚、李含章、郭漱玉、王令闻、徐德音、鲍桂星、升寅、周秀眉这十三位清人咏王昭君的诗作被译为英语
2005	No. 64	"Yuan Shu: A Lament for My Sister"	卜立德	译有袁树《哭三姊四首》
		"YUAN SUWEN: Eight Poems"	雷迈伦	译有袁机的八首诗
		"QIU JIN: Two Poems"	曾丽雯、伦戴维	译有秋瑾的《有怀.游日本时作》、《日人石井君素和即用原韵》两首诗
		"Three Poems on the Burial of Qiu Jin"	吴芝瑛、徐自华（作者）|孔慧怡（译者）	译有吴芝瑛的《哀山阴》和徐自华的《十一月二七日为璿卿葬事风雪渡江感而作》（其一、其二）
2006	No. 66	"Ten Poems on Yangzhou"	雷迈伦	译有龚自珍的《过扬州》

2008	No. 70	"A Widow's Journey during the Taiping Rebellion: Zuo Xijia's Poetic Record"	方秀洁	中文题名为"扶柩纪程：左锡嘉之卷葹吟"，译有晚清才女左锡嘉的四首诗
2013	No. 79	"The Geographic Measure of Traditional Poetic Discourse: Reading Huang Zunxian's '*Poems on Miscellaneous Subjects from Japan*'"	陈威、张蕴爽	将郑毓瑜的《旧语诗的地理尺度：以黄遵宪〈日本杂事诗〉中的典故运用为例》一文译为了英语
		"Selections from Huang Zunxian's Writings on Japan"		译有黄遵宪《日本杂事诗》中的 14 首诗作
2015	No. 83	"Luo Qilan: Seven Poems"	李德宁	译有骆绮兰的 7 首诗

从上表可知，《译丛》杂志虽未以清代诗词作为专门的译介对象，但是在持续近半个世纪的刊行过程中，还是为英语世界的读者贡献了不少高质量的清代诗词译文的。在这些译文中，较有特色有以下几类：（1）"论诗诗"。这类诗歌作品兼具文学性与思想性，是清代诗学理论遗产中不可或缺的重要组成部分，继吴经熊在《天下》月刊中首次将赵翼的几首论诗绝句[48]翻译至英语世界之后，《译丛》杂志又一次对此类作品[49]进行了推介，无疑有助于深化英语世界对清代诗学的理解。（2）晚清诗坛的作品。晚清是中国古典诗歌从传统走向现代的关键过渡期，当时诗人一方面用诗笔积极地纪录着动荡的时局，一方面在中西文化激烈碰撞中自觉或不自觉地推动了诗体在内容与形式上的双重变革，这无疑赋予了晚清诗歌在文、史两方面的特殊价值，《译丛》杂志对于龚自珍、黄遵宪、康有为、秋瑾以及鲁迅等人的诗歌创作的呈现，颇具慧眼。（3）清代女性诗词。进入 90 年代以来，女性主义和社会性别理论开始逐渐成为英语世界中清代诗歌研究者最重要的理论武器之一，清代丰富的妇女文学创作因而得到了前所未有的重视，并被大量译介到英语世界之中，《译丛》杂志对于袁机、骆绮兰、左锡嘉、秋瑾等女性作家的翻译活动，正是这一女性主义研究热潮影响下的产物。

---

48 赵翼《论诗》（其一、其二、其三），载《天下》月刊第 6 卷第 3 期。

49 张问陶《论诗绝句》（三首）、赵翼《论诗绝句》（五首）、舒位《论诗》、袁枚《续诗品》（七首）。

除了发行杂志外，《译丛》编辑部分别从 1976、1986 年开始，在香港中文大学出版社出版"《译丛》丛书"（Renditions Books）和"《译丛》文库"（Renditions Paperbacks）系列图书，至今已不定期出版 46 部，每部的海外发行量均在 2000 册以上，是英语世界中颇有知名度的出版品牌。其中，"《译丛》丛书"中已出版的 15 本书里，大部分都是实体书化的《译丛》杂志专号，例如，1980 年出版的《无乐之歌：中国词》（Song without Music：Chinese Tz'u Poetry）和 1985 年出版的《知音集：中国诗与诗学》（A Brotherhood in Song：Chinese Poetry and Poetics）两书的内容，其实分别与《译丛》杂志第 11/12 期"古典词"专号、第 21/22 期"诗与诗学"专号完全一致，两期专号中涉及清代诗词的部分自然也都如数出现在了这两部书中；另外，"《译丛》文库"系列图书在 1990 年再版了唐安石（John A. Turner）的《中诗英译金库》（A Golden Treasury of Chinese Poetry，1976 年初版）一书，此书翻译了从先秦到清代的 121 首诗词，清代部分主要由纳兰性德、赵翼、袁枚、李调元四人的作品构成。

在《译丛》杂志、《译丛》丛书、《译丛》文库这三者构成的中国诗词英译阵营之外，1978 年香港还出版有一本题为《牧牛儿及其他诗》（The Young Cowherd and Other Poems）的译诗集，书名取自陆游的《牧牛儿》（溪深不须忧）一诗，清代部分译有袁枚诗 3 首、黄景仁诗 1 首，另还有若干清代的题画诗。值得注意的是，本书的两位译者赖恬昌（T.C. Lai）、赖嘉年（Monica Lai）皆与《译丛》杂志有着密切的关系，其中赖恬昌更是长期担任《译丛》杂志的编委会成员——《译丛》杂志在这一时期以英语为通用语的英语世界的中诗英译领域的显著地位，由此可窥一斑。

（三）以英语为外国语的"英语世界"

在以英语为外国语的"英语世界"里，中国本土的译者也始终以自己的方式默默地为中诗英译事业做着贡献，由中国政府主导、路易·艾黎在 20 世纪 50 年代初开启的中国诗词对外传播的进程，经过十年特殊时期的短暂停滞，在 20 世纪 80 年代以后慢慢复苏起来。这一时期在中国大陆出版、涉及清代诗词的较有价值的译集，主要有 1986 年出版的《明清诗文选》（Poetry and Prose of the Ming and Qing）、《中国诗歌精华：从〈诗经〉到当代》（Gems of Chinese Poetry：From the Book of Song to the Present）以及 1989 年出版的《诗词英译选》这三部。

其中，《中国诗歌精华：从〈诗经〉到当代》由丁祖馨与美国学者拉斐尔（Burton Raffel）合译而成，后来在国内再版多次，是一本在国内具有一定影响力的诗词译集，译有吴伟业、纳兰性德、袁枚、林则徐、龚自珍等清人诗词若干首。文殊选注的《诗词英译选》在外语教学与研究出版社出版，选有纳兰性德、徐兰、黄景仁、龚自珍等清人作品，译文皆出自其他译者之手。

在此需要对《明清诗文选》一书予以特别说明：此书由《中国文学》（Chinese Literature）杂志社出版、中国国际图书贸易总公司发行，属于"熊猫丛书"（Panda Books）下的一种，书中收录有杨宪益先生翻译的 10 首龚自珍的诗作，它们先前皆在《中国文学》杂志上发表过。《中国文学》杂志 1951 年 10 月创刊，由当时专门负责中国书刊对外宣传的中央人民政府新闻总署国际新闻局（1963 年改为"中国外文出版发行事业局"）主办，倡议人主要有洪琛、周扬、叶君健、杨宪益和戴乃迭等，致力于向国外译介中国的优秀文学作品，在西方世界了解中国文学与文化方面发挥有重要的作用，曾有论者指出，"至'文革'结束前的近 30 年间，《中国文学》杂志甚至成为了国外了解中国现当代文学动态的唯一窗口"[50]。"熊猫丛书"1981 年由《中国文学》杂志社正式创立出版，主要以英、法两种语言，面向世界大规模地译介中国文学与文化，这是典型的国家宣传机构主持的外译项目，属于新时期以来中国文学主动"走向世界"的重大举措之一。2000 年，随着中国文学出版社（1987 年成立，专门负责《中国文学》杂志和"熊猫丛书"的出版发行）的撤销，《中国文学》杂志在该年底停刊，共出版 590 期，介绍中国古今作家 2000 余人次，"熊猫丛书"也自此几乎停止了出版。《中国文学》杂志与"熊猫丛书"在出版架构、译介目的上和香港《译丛》杂志十分类似，在政策资金力度、译介规模数量上，前者则远超出后者，但是由于译介策略、发售途径以及译介质量本身的原因，在传播、译介的实际效果上，前者"这些典型的对外翻译传播杂志和丛书，除极小的一部分外，并没有促使中国文化切实有效地'走出去'"[51]。可以说，《中国文学》杂志和"熊猫丛书"不了了之的结局，与香港

---

50 耿强，文学译介与中国文学"走向世界"——"熊猫丛书"英译中国文学研究[D]，上海外国语大学，2010 年，第 16-17 页。

51 谢天振，中国文学"走出去"不只是个翻译问题[N]，中国科学社会报，2014-03-05。

《译丛》杂志及"《译丛》丛书"、"《译丛》文库"在中国文学英译领域的至今无可撼动的影响力，鲜明地为中国文化"走出去"提供了正反两反面的经验。

除了以上这些诗词英译集外，这一阶段英语世界有关清代诗词的各种类型研究成果也较前一阶段丰富了许多；虽然它们的重点不在译介而在研究，但亦贡献了数量众多且学术含量较高的清代诗词以及清代诗学、词学的译文：

这一阶段得到英语世界的研究者较多关注的清代作家，主要有钱谦益[52]、吴伟业[53]、吴嘉纪[54]、王士禛[55]、梅清[56]、陈维崧[57]、郑燮[58]、龚自珍[59]、

---

[52] 有关钱谦益的代表性研究，有车洁玲（Doris Kit-ling Che）1973 年在香港大学完成的题为《钱谦益论诗》（"Ch'ien Ch'ien-I（1582-1664）on Poetry"）的硕士论文、齐皎瀚 1988 年发表在《哈佛亚洲学报》（*Harvard Journal of Asiatic Studies*）上的《钱谦益的黄山诗：作为游记的诗歌》（"The Yellow Mountain Poems of Ch'ien Ch'ien-I (1582-1664): Poetry as Yu-Chi"）一文。

[53] 有关吴伟业的代表性研究，有孙康宜（Kang-i Sun Chang）在《哈佛亚洲学报》上发表的《吴伟业的"面具"观》（"The Idea of The Mask in Wu Wei-Yeh (1609-1671)"）一文。

[54] 有关吴嘉纪的代表性研究，有齐皎瀚 1986 年在《哈佛亚洲学报》上发表的《吴嘉纪诗中的道德行为》（"Moral Action in the Poetry of Wu Chia-Chi"）一文。

[55] 有关王士禛的代表性研究，有林理彰（Richard John Lynn）1971 年在斯坦福大学完成的题为《传统与综合：作为诗人和诗论家的王士禛》（"Traditionand Synthesis: Wang Shih-chen as a Poet and Critic"）的博士论文以及他 1975 年在狄培理（W. T. de Bary）主编的《新儒学的展开》（*The Unfolding of Neo-Confucianism*）论文集中发表的《正与悟：王士禛诗歌理论及其先行者》（"Orthodoxy and Enlightenment: Wang Shih-chen's Theory of Poetry and Its Antecedents"）、高友工和梅祖麟 1976 年合写的《王士禛七绝的结句：清代的惯例和创造力》（"Ending Lines in Wang Shih-chen's 'Ch'i-Chueh': Convention and Creativity in the Ch'ing"）一文。

[56] 有关梅清的代表性研究，有蒲思棠（Donald Edmond Brix）1988 年在南加州大学完成的题为《梅清（1623-1697）的人生与艺术》（"The Life and Art of Mei Qing"）的硕士论文。

[57] 有关陈维崧的代表性研究，有朱门丽（Madeline Men-li Chu，音译）1978 年在亚利桑那大学完成的题为《词人陈维崧》（"Ch'en Wei-sung, the Tz'u Poet"）的博士论文。

[58] 有关郑燮的代表性研究，有卜松山（Karl-heinz Pohl）1982 年在多伦多大学完成的题为《郑板桥：诗人、画家及书法家》（"Cheng Pan-ch'iao, 1693-1765, Poet, Painter and Calligrapher"）的博士论文。

[59] 有关龚自珍的代表性研究，有黄秀魂（Shirleen S. Wong）的《龚自珍》（*Kung Tzu-chen*）一书。

梁启超[60]、苏曼殊[61]、陈寅恪[62]等人，相关研究著述所译介的诗词篇目，甚至比专门的诗词英译集还要更丰富、更全面。例如，林理彰 1971 年在斯坦福大学完成的题为《传统与综合：作为诗人和诗论家的王士禛》的博士论文中，共译有 30 首王士禛之诗；又如，朱门丽（Madeline Men-li Chu，音译）1978 年在亚利桑那大学完成的题为《词人陈维崧》（"Ch'en Wei-sung, the Tz'u Poet"）的博士论文中，共译有 24 首陈维崧之词；再如，黄秀魂（Shirleen S. Wong）1975 年在美国 Twayne 出版社出版的《龚自珍》（Kung Tzu-chen）一书，共译有龚自珍的 74 首诗、22 首词。

　　上一阶段开始起步的清代诗学、词学研究，在这一阶段又有不少新成果涌现。其中，直接与本论题相关的主要有涂经诒（Tu Ching-I）1970 年在台湾中华书局出版的《人间词话》（Poetic Remarks in The Human World, Jen Chien Tz'u Hua）、李又安（Adele A. Rickett）1977 年在香港大学出版社出版的《王国维的〈人间词话〉》（Wang Kuo-Wei's Jen-Chien Tz'u-Hua, A Study in Chinese Literary Criticism）以及黄兆杰（Wong Siu-kit）1987 年在香港中文大学出版社出版的《姜斋诗话》（Notes on Poetry from the Ginger Studio）。这三部书不但完整翻译了王国维的《人间词话》、王夫之的《姜斋诗话》，又分别附有对它们的评注、解读，既是研究成果，也是翻译成果。

　　以上即为 20 世纪 70-80 年代英语世界清代诗词译介的大致情况。

四、20 世纪 90 年代以来英语世界的清代诗词译介

　　进入 20 世纪 90 年代以来，英语世界有关清代诗词的译介、研究成果以井喷的态势大量涌现。根据笔者的不完全统计，截止到 2018 年，直接或间接

---

60 有关梁启超的代表性研究，有马汉茂（Helmut Martin）1973 年在《远东学报》（Oriens Extremus）一刊上发表的《1897-1917 年期间中国文学的过渡性概念：梁启超论诗歌改革、历史戏剧以及政治小说》（"A Transitional Concept of Chinese Literature 1897-1917: Liang Ch'i-Ch'ao on Poetry-Reform, Historical Drama and the Political Novel"）一文、澳大利亚学者黄乐嫣（Gloria Davies）在墨尔本大学完成的题为《梁启超与澳大利亚华人》（"Liang Qichao and the Chinese in Australia"）的本科论文。

61 有关苏曼殊的代表性研究，有柳无忌的《苏曼殊》（Su Man-shu）一书。

62 有关陈寅恪的代表性研究，有王靖献（C. H. Wang）1981 年在《中国评论》（Chinese Literature: Essays, Articles, Reviews）发表的《陈寅恪的诗歌之路：一个历史学家的进步》（"Ch'en Yin-K'o's Approaches to Poetry: A Historian's Progress."）一文。

涉及清代诗词的材料多达 170 余则[63]，其中有文学史著作 5 部、文学翻译集 20 部、期刊论文 70 余篇、硕博论文有 27 部、学术专著和论文集 46 部。这种译介和研究上出现的繁荣局面，当然与世界政治格局的整体安定、经济全球化时代的到来以及中西文化交流的不断深入等这些外部因素息息相关，但最终是英语世界自身知识积累和学术逻辑演进的自然产物，其中，西方女性主义和社会性别理论无疑扮演着积极活跃的角色。事实上，20 世纪 90 年代以来，英语世界在清代诗词领域的译介活动和研究实践，绝大多数都是围绕着这一时期的女性以及女性写作展开的——这正是英语世界对清代诗词的认识走向深化的重要标志之一。

在 20 世纪 90 年代之前，英语世界已有译者进行了一些翻译中国女性诗歌的工作：例如，19 世纪末 20 世纪初，在《古今诗选》、《中国文学史》中，翟理斯基本会上在每个朝代译介一两位女性诗人的作品；又如，出于个人兴趣和喜好，亨利·哈特在《西畴山庄》、《牡丹园》、《百姓》等译著中对于女性诗词的大量译介；再如，在美国 60、70 年女权运动兴起的大背景下，王红公和钟玲合作编译的《兰舟：中国女诗人》一书，对中国女性诗歌创作风貌的粗略呈现。不过，上述这些译介成果在译介规模和影响力上，皆远逊于孙康宜与苏源熙（Haun Saussy）1999 年合编的《中国历代女作家选集：诗歌与评论》（*Women Writers of Traditional China: An Anthology of Poetry and Criticism*）一书。这部近 900 页的巨著"以忠于历史为目的，企图不惜精力地把中国女性诗歌自古以来那种包罗万象的丰富内容介绍给现代的读者"，在整体上分为两部分：前一部分为"诗歌"，译有从汉代到清代的 120 余位女性作家的数百首诗词作品，在篇目选译上，编者"特别顾虑到'多样化'的原则，希望从各个女作家群中找到代表性的人物"，试图通过这种"多样化"，去"重新认识女性文学所发出的各种各类的声音，藉以重新思考有关文学史的问题，包括重估那些已被纳入'经典'的女性作品"，其中，仅有清一代就有 62 位女性作家入选，占了全书的"半壁江山"；后一部分为"评论"，译有 50 则历代有关女性写作的论述材料，编者认为正是这些评论文字"左右了女性作家在文学史中的地位"，希望"经由阅读武则天、钟嵘等古代声音"，去"找出中国文学史中一些复杂、富有自省力（或破坏性）的因素"，并且"为了突出两性观念的异同"，这一部分的男性评论者与女性评论者大致各占一半，其中，取自

---

63 有关这些材料的具体信息，可参看本书附录"英语世界清代诗词传播年表简编"。

清代的材料亦在本部分中占比最高[64]。客观来讲，《中国历代女作家选集：诗歌与评论》是英语世界迄今为止选译篇目最精、涉及诗人最多、影响力最为巨大的一部女性诗词译集，即使是在中文世界，也罕能发现同样类型与规模的著作；正是藉由此书，包括清代女性诗词在内的中国女性诗歌才得以从中国文学研究界的"边缘"走向"主流"，完成了"经典化"（Canonization）和"世界化"的进程。

伊维德（Wilt L. Idema）与管佩达 2004 年合编的《彤管：中国帝制时代妇女作品选》（*The Red Brush: Writing Women of Imperial China*）一书，在译介规模和影响力方面，堪与《中国历代女作家选集：诗歌与评述》相匹敌；不过，两书在编选体例和宗旨上有很大的不同：（1）后者翻译的文体只包括诗词两种文体，而前者在诗词之外，还将中国女性作家创作的散文、小说、书信、戏剧、弹词等纳入到了译介范围内，是一部囊括各种文体的综合性文学选集。（2）后者旨在通过翻译来全面展示中国女性诗词的创作实绩，因此，在简要介绍作家生平经历外，它会尽可能多地去呈现诗词的译文；前者的编者伊维德则认为，译集仅附有诗人简短生平，是远远不够的，因为"诗歌是被置于某种背景里的……是对某种情景的回应"，如欲使读者更好地理解诗作所蕴含的思想情感以及所具有的艺术价值，就"最好把它们置于有关传记资料的背景之中"[65]，所以，《彤管》选译的作家、作品数量少于《中国历代女作家选集》，书里的译文都穿插、点缀在对女性作家的详细介绍与专题性研究之中——这种"译"与"介"并重的特征，使其兼具中国妇女文学史与中国妇女文学译集的功能。《彤管》的第 13、16 两章对清代诗词有集中的译介和论述，涉及陶善、江珠、席佩兰、骆绮兰、汪端、顾太清、张莺馨、张印、李长霞、秋瑾这十位清代女性作家。

除上述两部巨著外，本阶段以女性文学为直接翻译对象的译集还有 3 部，分别是管佩达 2003 年选译的《空门之女：中国女尼诗歌集》、方秀洁等人 2013 年编译的《玉镜：中国女诗人》（*Jade Mirror: Women Poets of China*）、伊维德 2017 年编译的《两个世纪的满族女性诗人选集》。其中，《玉镜：中国女诗

---

64 上述引文皆引自：孙康宜，改写文学史：妇女诗歌的经典化[J]，读书，1997（2）：111-115。

65 [荷]伊维德，马小鹤，伊维德教授访问记[J]，海外中国学评论，2007（2）：112-124。

人》在体例和规模上，与王红公的《兰舟：中国女诗人》极为相似，皆属于篇幅精当的中国女性诗词译集，清代部分译有季娴、叶小鸾、沈彩、吕碧城这四人的诗词作品，译文皆出自英语世界清代女性文学研究名家方秀洁教授之手。《空门之女：中国女尼诗歌集》和《两个世纪的满族女性诗人选集》则展示了英语世界女性诗词领域近来所萌生的两个最新分支：前者选译了上起六朝下迄清末的 48 位中国女尼的诗作，有 30 位皆为清人；后者则承继了《彤管》"译"、"介"并重的编撰理念，翻译有那逊兰保、完颜金墀、百保友兰、多敏惠如、扈斯哈里氏等 18 位满清女性作家的多首诗词作品。

　　在女性文学之外，这一阶段还有一些以其他对象为中心的专题性译集：有对袁枚这一最为西方人所熟知的清代诗人的诗作进行翻译的，如杰罗姆·P·西顿 1997 年编译的《不拜佛：袁枚诗歌选集》，共计译有袁枚的 104 首诗歌；有专门译介中国禅僧及禅诗的，如《浮舟：中国禅诗集》（*A Drifting Boat: An Anthology of Chinese Zen Poetry, 1994*）、《云应知我：中国诗僧集》（1998）、《禅诗集》（2007）等书，其中，《浮舟》由杰罗姆·P·西顿与丹尼斯·马洛尼（Dannis Maloney）合作编译，大量翻译了从唐前到民初的禅诗，清代译有袁枚、释敬安、苏曼殊等人的作品，《云应知我》由美国翻译家赤松（Red Pine）和迈克·奥康纳（Mike O'Connor）合编，清代译有石树、敬安的作品，《禅诗集》由萨姆·哈米尔（Sam Hamill）和杰罗姆·P·西顿合作编译，译有袁枚、敬安、苏曼殊三人的诗作；有以"艳情诗"（Erotic Poems）为主题的，如托尼·巴恩斯通（Tony Barnstone）和周平（Chou Ping）合译的《中国艳情诗》（*Chinese Erotic Poems*）在纽约出版，译有吴伟业、吴藻、樊增祥、王国维、苏曼殊等清人诗词作品；还有集中翻译某一大型组诗的，如宣立敦（又作石听泉，Richard E. Strassberg）2016 年出版的《避暑山庄三十六景诗图》（*Thirty-Six Views: The Kangxi Emperor's Mountain Estate in Poetry and Prints*），不但完整翻译了康熙的三十六首《御制避暑山庄诗》，还对其创作缘起、历史背景及艺术价值进行了细致的分析和研究。

　　本阶段当然也有横贯整个中国历史的大型综合文学选集以及诗词译集，包括《哥伦比亚中国古典文学选集》（1994）、《诺顿中国文选：从初始到 1911 年》（1996）、《哥伦比亚中国古典文学选集简编》（*The Shorter Columbia Anthology of Traditional Chinese Literature*, 2000）、《铁锚中国诗选》（*The Anchor Book of Chinese Poetry：From Ancient to Contemporary, The Full 3000-Year*

Tradition, 2005）、《香巴拉中国诗选》（*The Shambhala Anthology of Chinese Poetry*, 2006）、《如何阅读中国诗》（*How to Read Chinese Poetry：A Guided Anthology*, 2007）。其中，《哥伦比亚中国古典文学选集》和《诺顿中国文选：从初始到 1911 年》的厚度都超过了 1200 页，是英语世界迄今为止规模最大的两部中国文学权威译集，代表了中国文学英译领域的目前最高水准。前者由梅维恒（Victor Mair）担任主编，全书根据文体来呈现中国文学的整体风貌，分为"基础与阐释"、"诗歌"、"散文""小说"、"口头与表演艺术"五部分，在"诗歌"部分译有 13 位清代作家[66]的 23 首诗词作品，需要指出，2000 年出版的《哥伦比亚中国古典文学选集简编》是《哥伦比亚中国古典文学选集》的缩略版，涉及清代诗词的部分有所删减；后者由宇文所安编译完成，全书依据朝代顺序来安排章节，译有 10 位清代作家[67]的 44 首诗词作品。《铁锚中国诗选》、《香巴拉中国诗选》和《如何阅读中国诗》三书为中国诗词译集，分别译有 15 位清人[68]的 40 余首诗词、5 位清人[69]的 49 首诗词、7 位清人[70]的 12 首诗词。

在以英语为母语的"英语世界"之外，来自中国大陆和香港的译者也对清代诗词的译介有所贡献：香港学人刘德爵（Lau Tak-Cheuk）2004 年在香港大学中文出版社出版的《夜坐吟：中国诗选》（*Sitting Up at Night and Other Chinese Poems*），译有郑燮、彭云鸿、汪轫、袁枚、赵翼以及龚自珍等清人的诗作；中国著名翻译家许渊冲先生在 1994 年出版的《不朽之歌：中国古诗选》（*Songs of the Immortals：An Anthology of Classical Chinese Poetry*）以及 1997 年出版的《元明清诗一百五十首》（*Golden Treasury of Yuan, Ming, Qing Poetry*），书中译有叶燮、钱谦益、吴伟业、王士禛、纳兰性德、袁枚、曹雪芹等清人的诗词作品若干首；任治稷、余正 2006 年合译的《从诗到诗：中国古诗词英译》，译有纳兰性德、厉鹗、黄景仁等清人诗词作品；龚景浩在 2007 年出版

---

66 分别为吴伟业、吴嘉纪、吴历、王士禛、康熙、郑燮、袁枚、柳是、乔莱、纳兰性德、王国维、招子庸、金和。

67 分别为顾炎武、吴伟业、王士禛、纳兰性德、赵翼、黄景仁、龚自珍、黄遵宪、秋瑾、王国维。

68 分别为纪映淮、王微、冯班、吴伟业、黄宗羲、钱澄之、纳兰性德、王九龄、郑燮、袁枚、蒋士铨、赵翼、吴藻、秋瑾、苏曼殊。

69 分别为顾炎武、袁枚、释敬安、苏曼殊、樊增祥。

70 分别为王士禛、袁枚、李渔、王端淑、甘立媃、颜铈、梦月（四焉主人）。

的《英译中国古词精选》（*Modern Rendition of Selected Old Chinese Ci-Poems*）中，译有彭孙遹、纳兰性德、郑燮、项鸿祚、顾春、蒋春霖、王国维的词作。另外，需要在此特别提及东北大学外国语学院的吴松林教授，他近年来在清代诗词英译领域倾注了大量心血，自 2010 年起，他先后出版有《清代满族诗词·顾太清卷》（*Manchu Poem Collections of Qing Dynasty：The Volume of Gu Taiqing*, 2010）、《清代满族诗词·纳兰性德卷》（*Manchu Poem Collections of Qing Dynasty：The Volume of Nalanshinde*, 2010）、《清代诗词·乾隆帝卷》（*A Poem Collection of the Qing Dynasty：The Volume of Emperor Qianlong*, 2011）、《清代诗词·史承谦卷》（*A Poem Collection of the Qing Dynasty：The Volume of Shi Chengqian*, 2011）、《清代诗词·郑板桥、和珅卷》（*A Poem Collection of the Qing Dynasty：The Volume of Zheng Banqiao & He Shen*, 2011）、《曹雪芹诗词》（*A Collection of Cao Xueqin's Poems*, 2015）等译著，其选译篇目之多、成书规模之巨，令人钦服。

本阶段研究文献（文学史、专著、论文集、硕博论文、期刊论文）相当丰富，其中亦译有数量惊人的清代诗词及诗学、词学条目，这使得逐一对其评述的工作量变得相当浩繁。囿于篇幅和精力，谨在此列举这一时期的主要学者及其代表性著作，我们从中可大致窥得英语世界 20 世纪 90 年代以来对清代诗词的关注重点和研究动向。

英语世界目前在清代诗歌研究领域用功最勤、贡献最大、声名最高的学者，莫过于叶嘉莹先生的高足、长期在不列颠哥伦比亚大学任教的加拿大学者施吉瑞教授。在其学术生涯早期，施吉瑞专攻宋代诗歌，曾出版有《杨万里》（*Yang Wan-li*, 1976）、《石湖：范成大诗学研究》（*Stone Lake：The Poetry of Fan Chengda*, 1992）等著作，是英语世界宋诗译介与研究的"拓荒者"之一；20 世纪 90 年代以来，他的研究兴趣开始转向清代诗歌，先后在 1994 年出版了《人境庐内：黄遵宪其人其诗考》、2003 年出版了《随园：袁枚的生平、文学批评及诗歌》、2013 年出版了《诗人郑珍与中国现代性的崛起》这三部清代诗人专论。施吉瑞的这些著作在论述结构上十分近似，基本上都由"诗人生平"、"诗学观点与理论"、"诗歌风格与主题"以及"诗歌翻译"这四部分构成，其中，"诗歌翻译"专门译有研究对象的大量诗作：《人境庐内》译有 50 余首/组黄遵宪之诗，《随园》译有 220 余首袁枚之诗，《诗人郑珍与中国现代性的崛起》译有 100 余首/组郑珍之诗。此外，施吉瑞教授所指导的学生，大多也都在北美地区从事清诗研究，成果较丰者有林宗正（Tsung-cheng Lin）、孟留喜（Louis Liuxi Meng）两人，前者的代表作有《袁枚的叙事诗》（"Yuan Mei's (1716-1798) Narrative Verse"）、《金和的女侠叙事诗中的女性复仇者》（"Lady Avengers in Jin He's (1818-1885) Narrative Verse of Female Knight-Errantry"）等，后者的代表作为《诗歌作为力量：袁枚的女弟子屈秉筠（1767-1810）》（*Poetry as Power: Yuan Mei's Female Disciple Qu Bingyun, 1767-1810*）。

　　和施吉瑞教授同出于叶嘉莹先生门下、任教于加拿大麦吉尔大学（McGill University）的方秀洁教授对于英语世界清代诗词——尤其是女性诗词——研究的推进亦贡献良多。除了参与《玉镜：中国女诗人》和《如何阅读中国诗》两书的编译工作外，方秀洁 2008 年出版的专著《卿本作家：晚期帝制中国的性别、主动力及写作》（*Herself an Author: Gender, Agency, and Writing in Late Imperial China*）以及所发表的一系列论文——如《私人情感、公开纪念：钱守璞的悼亡诗》（"Private Emotion, Public Commemoration: Qian Shoupu's Poems of Mourning"）、《闺中隐士：诗人季娴，1614-1683》（"A Recluse of the Inner Quarters: The Poet Ji Xian"）等，都是英语世界重要的清代女性文学研究成果。由她所指导的博士生李小荣女士，近年来是英语世界清代女性诗词研究领域中的后起之秀，代表作有《重塑闺阁：晚期帝制中国的女性诗歌》（*Women's Poetry of Late Imperial China: Transforming the Inner Chambers*）、《激发英雄气概：明清女性的"满江红"词作》（"Engendering Heroism: Ming-Qing Women's Song Lyrics to the Tune Man Jiang Hong"）等。另外，特别需要提及，由方秀洁教授 2003 年牵头发起的"明清妇女著作数字化项目"（Ming Qing Women's Writing），在利用哈佛大学燕京图书馆"哈特藏书"（Hart Collection）的基础上，与国家图书馆、北大图书馆展开合作，将散落在世界各处的明清妇女文学稀见文献进行电子化处理，并以公开获取（Open Access）的形式免费呈现在网络平台上，大大便利了明清文学研究者对相关文献的查阅和使用，实际上为近 20 年来英语世界明清女性文学研究的蓬勃发展提供了坚实的文献基础。

　　林理彰、麦大伟两位学者皆出于 20 世纪 50 年代起就曾对清代诗学有着高度评价的刘若愚先生门下。前者长期关注王士禛的诗歌创作与诗学理论，90 年代以来，对黄遵宪亦有较多关注，本阶段的代表成果有《王士禛的论诗诗：〈论诗绝句〉翻译及注释》（"Wang Shizhen's Poems on Poetry: A Translation and Annotation of the *Lunshi jueju* 論詩絕句")、《黄遵宪〈日本杂事诗〉中的女性》("Women in Huang Zunxian's *Riben zashi shi*")等；后者的研究重心主要在清代词学上，代表作为《十七世纪中国词人》(*Chinese Lyricists of the Seventeenth Century*)等，由他指导的学生耿长琴 2012 年完成了题为《镜、梦、影：顾太清的生平与创作》("Mirror, Dream and Shadow：Gu Taiqing's Life and Writings")的博士论文。另外，两人分别是梅维恒主编的《哥伦比亚中国文学史》中"清代诗"、"清代词"部分的主笔人——这充分显示了他们二人在英语世界清代诗词研究领域的权威地位。

耶鲁大学的孙康宜教授是 20 世纪 90 年代以来英语世界中国女性文学研究热潮的最主要的推动者和事实上的精神领袖。由她和苏源熙合编的《中国历代女作家选集：诗歌与评论》一书，刺激了英语世界的学者"考古发掘"中国女性诗史"的兴趣。除此之外，她还通过自己的其他著述，身体力行地从多方面推动英语世界的清代诗词研究，如《吴伟业的"面具"观》("The Idea of The Mask in Wu Wei-Yeh [1609-1671]")、《王士禛与文学新典范》("Wang Shizhen (1634-1711) and the 'New' Canon")、《写作的焦虑：龚自珍艳情诗中的自注》("The Anxiety of Letters：Gong Zizhen and His Commentary on Love")、《明清寡妇诗人的文学声音》("The Literary Voice of Widow Poets in the Ming and Qing")，所涉主题广泛，论述皆精辟入里。由她所指导的博士生严志雄（Lawrence Chi-hung Yim）1998 年完成了题为《明清之际历史记忆的诗学：钱谦益晚期诗歌研究》("The Poetics of Historical Memory in the Ming-Qing Transition：A Study of Qian Qianyi's (1582-1664) Later Poetry")的博士论文、黄红宇 2007 年完成题为《历史、传奇、身份：吴伟业和他的文学遗产》("History, Romance and Identity：Wu Weiye and His Literary Legacy")的博士论文。

除上列几位研究者外，这一阶段专治明清女尼诗词的管佩达、关注清初天主教诗人吴历的齐皎瀚、探究晚清诗坛的寇志明、精研清初女性文学的李惠仪（Wai-yee Li）、细察晚清"贤媛"薛绍徽的钱南秀等，都为英语世界的清代诗词传播做出了重大而独到的贡献。可以说，这些专门从事清代诗词研究领域的学者群体的形成，是清代诗词在英语世界的传播走向深化的另外一个重要标志。

经由以上四章对三个世纪以来清代诗词在英语世界的译介与传播情况稍显繁琐的回顾，我们可以发现，虽然相较于清代诗词的巨大体量而言，英语世界在译介方面尚有许多可垦拓的空间，但是它已在系统化、专业化和规范化方面取得了可喜的长足进步。伴随着清代诗词传播、译介规模的不断扩大，英语世界的清代诗词研究阵容也随之迅速壮大起来，成为了中国清代诗词界之外的研究力量中的重要一极，并作为"他者"持续与中国学界发生碰撞、互渗以及融合，因此，有必要在接下来的章节中对其业已取得的学术成果进行细致整理、评述。

根据研究范围、对象、任务及功能的不同，文学研究的成果一般可分为"文学史"、"文学批评"、"文学理论"这三种既相互关联又相互区别的类型。为多维度、立体化呈现英语世界清代诗词研究情况，下文将以研究个体或群体为"经"，以上述文学研究的三种类型为"纬"，从"宏观描述"与"微观研析"这两个视角出发，分别在第五、六两章对相关研究成果展开评述。然而，正如韦勒克（René Wellek）和沃伦（Austin Warren）在《文学理论》（Theory of Literature）一书中指出的那样："文学理论不包括文学批评或文学史，文学批评中没有文学理论和文学史，或者文学史里欠缺文学理论与文学批评，这些都是难以想象的。"[71]在区分英语世界清代诗词研究成果的类型时，我们经常会遇到一则研究文献兼有"文学批评"、"文学理论"、"文学史"的其中两种类型或三者兼而有之的情况。例如，在英语世界清代诗词研究的专著中，有很多以某位诗词作家为中心的传记式研究，像黄秀魂的《龚自珍》、柳无忌的《苏曼殊》、施吉瑞的《人境庐内：黄遵宪其人其诗考》、《随园：袁枚的生平、文学批评及诗歌》、《诗人郑珍与中国现代性的崛起》等，这些著述中既有对作家生平经历的细致梳理，又有对具体作品审美性分析，还有对这些作家诗/词学理念的考查，有时甚或专门设有诗词作品翻译章节，它们既属于"文学批评"，又属于"文学理论"，有时还部分承担了"文学译集"的功能。

针对这种情况，笔者无意生硬切割研究对象，仅依据所涉文献所论述的重点，为论述的便利作出权宜的归类，一些兼有多种研究类型的文献难免会在接下来的几个章节中重复出现，谨在此特别说明。

---

71 [美]韦勒克，沃伦著；刘象愚，邢培明等译，文学理论[M]，北京：生活.读书.新知三联书店，1984 年，第 32 页。

第五章　英语世界中国文学史的
清代诗词研究

近人钱基博曾在《中国文学史》中精辟地总结了"文学"与"文学史"之间的区别："文学史非文学。何也？盖文学者，文学也。文学史者，科学也。文学之职志，在抒情达意；而文学史之职志，则在于纪实传信。文学史之异与文学者，文学史乃记述之事，论证之事，而非描写创作之事；以文学为记载对象，如动物学家之记载动物，植物学家之记载植物，理化学家之纪载理化自然现象，诉诸智力而为客观之学，科学之范畴也。"[1]这段论述准确地把握住了如下事实："文学史"在西方 19 世纪以来进化论、实证主义等自然科学思想影响下而形成的人文研究新范式。文学史的写作通常是在历时性视域下，对特定国家/地区或主题的文学之形成、发展、演变和衰亡进行描述和探析，以它为形式的研究成果往往具有高度的概括性，一般代表了学界关于该论述对象的共识性观点。因此，从这点来讲，如欲宏观地了解英语世界清代诗词研究的整体风貌与动向，我们就必须要细致研析英语中国文学史中的相关论述。

一、英语世界第一部《中国文学史》的清代诗词研究

翟理斯在《古今诗选》以及《古文选珍》、《古今姓氏族谱》中系统译介中国文学的汉学实践[2]，为其撰写英语世界中第一部中国文学史在材料上做了充

1　钱基博，中国文学史[M]，北京：中华书局，1993 年，第 5 页。
2　详见本书第二章第四节"翟理斯汉学实践中的清代诗词译介"中的相关论述。

分准备，正像他本人所言，"在过去 25 年的时间里，我一直都在翻译各种题材的中国文学作品，我积累了大量足以完成这本著作的必要的素材"[3]；事实上，1901 年出版的《中国文学史》一书中，译文和评述几乎各占一半的篇幅，"全书共四百四十八页，其中引例的文字几占一半"[4]，而书中的这些译文大部分都直接取自《古文选珍》、《古今诗选》，难怪会有论者认为，合《古文选珍》、《古今诗选》二书为一、出版于 1923 年的《中国文学选珍》"是翟理斯的代表作之一，我们可以把它看成是和《中国文学史》相配合的作品选"[5]。清代诗歌的情况也不例外，在《中国文学史》的第八章"满清时代"（The Manchu Dynasty）中，翟理斯所征引、译介的清诗篇目，有多首作品译文都直接出自《古今诗选》一书，详细的情况可参照表 2-3 提供的信息，此处不再赘述。

材料的积累只是翟理斯撰写《中国文学史》的必要条件，真正促使他动念写作此书的原因，主要有以下两点：（一）对于中国文学研究的不满。翟理斯指出，因为"中国本土学者长期以来仅满足于对个人作品的无休止的批评与鉴赏"，缺少以文学史的方式去描述中国文学的全貌，因此，从这点来讲，中国人"要想在中国文学的总体历史上取得相对的成就，就成了毫无指望的事情"[6]；有鉴于此，翟理斯决定自己动手完成一部中国文学史著作。（二）欧洲文学史思潮的影响。19 世纪以来，"随着进化论的创立，人们的历史意识勃兴，历史学逐渐成熟。这同样也影响到了文学领域，对于文学史的研究热情得到了激发，出现了以朗松为代表的一批杰出的文学史学者，产生了诸如泰纳《英国文学史》、勃兰兑斯《欧洲 19 世纪文学主潮》等重要成果"[7]，可以说，翟理斯的《中国文学史》正是欧洲这一学术思潮下的产物之一。

为使读者大致了解此书的主体内容，兹将其总目录完整列于此处：

目录

第一章：封建时期（公元前 600 年-公元前 200 年）

3　Giles, H.A. *Autobibliographical, etc.*, Add. MS. 8964(1). Cambridge University Library，p. 75.

4　语出郑振铎《评 Giles 的〈中国文学史〉》（《文学旬刊》第五十期）一文。

5　孙轶旻，近代上海英文出版与中国古典文学的跨文化传播[M]，上海：上海古籍出版社，2014 年，第 188 页。

6　Giles, H.A. *A History of Chinese Literature*. London: William Heinemann, 1901, pp. v-vi.

7　孙轶旻，近代上海英文出版与中国古典文学的跨文化传播[M]，上海：上海古籍出版社，2014 年，第 183 页。

第一节　传说中的时代——早期中国文明——文字的起源

第二节　孔子——五经

第三节　四书——孟子

第四节　杂家

第五节　诗歌——碑文

第六节　道家——《道德经》

第二章：汉代（公元前 200 年公元 200 年）

第一节　秦始皇——焚书——杂家

第二节　诗歌

第三节　历史词典编纂

第四节　佛学

第三章：小朝代（公元 200 年公元 600 年）

第一节　诗歌

第二节　古典作品

第四章：唐代（公元 600 年-公元 900 年）

第一节　诗歌

第二节　古典文学和总体文学

第五章：宋代（公元 900 年公元 1200 年）

第一节　木版印刷的发明

第二节　历史——古典文学和总体文学

第三节　诗歌

第四节　词典——百科全书——法医学

第六章：元代（公元 1200-公元 1368 年）

第一节　各类文学——诗歌

第二节　戏曲

第三节　小说

第七章：明代（公元 1368 年公元 1644 年）

第一节　各类文学——本草纲目——农政全书

第二节　小说和戏剧

第三节　诗歌

第八章：满清时代（公元 1644 年公元 1900 年）

由于《中国文学史》在英语世界研究中国文学领域的首创之功，国内学者对它有较多的关注和研究，但大多都局限于从整体上评价、描述这部包罗甚广的著作，其论述在原创性和深度上基本未超出郑振铎《评 H. A. Giles 的〈中国文学史〉》、张弘《中国文学在英国》以及葛桂录《H. A. 翟理斯：英国汉学史上总体观照中国文学的第一人》中的相关论述[8]，较少在微观层面上进行专题性的梳理和分析。在这里，笔者拟围绕翟理斯在《中国文学史》中论述清代文学的部分，结合《古今诗选》、《中国文学选珍·诗歌卷》以及同时代其他相关著述，对翟理斯的"清代诗词"论述进行初步的研探。

《中国文学史》出版于 1901 年，因此，翟理斯只在书中第八章论述了1644 年至 1900 年之间的清代文学的内容；虽无法将 1901-1911 年包括在内，但基本上已经涵盖了有清一代文学发展的主体。在清代文学中，诗歌显然不是翟理斯的关注重点：他虽然明确地意识到"在中国的纯文学主流中，并不包括小说和戏剧"，诗歌、散文才是中国文学的正宗，但却在本章一开始就指出，清代文学是中国文学在实践上的"一个显著例外"（one very notable exception），因为它"可以说是从一位仅仅是说故事的人（a mere storyteller）那里开始的"[9]；接下来，他花了将近 50 页的篇幅，分别向英语世界的读者介绍了《聊斋志异》、《红楼梦》这两部清代小说的基本情况和故事梗概——这几乎和"四书五经"或唐代诗歌在书中所占的比重相同，而清代诗歌部分不过寥寥数页，严格意义上，仅介绍了乾隆、袁枚、赵翼、方维仪这四位诗人，加上蒲松龄《考城隍》张秀才之诗以及曹雪芹的《葬花吟》，也只翻译了 8 首/

---

8 郑振铎的文章见《文学旬刊》第五十期（1922 年 9 月 21 日）；张弘对于《中国文学史》的集中论述，见《中国文学在英国》（花城出版社，1992 年）的"英国接受中国文学的第一次升华——翟理斯的《中国文学史》"一节；葛桂录的文章见《含英咀华：葛桂录教授讲中英文学关系》（中央编译出版社，2014 年）一书。

9 Giles, H.A. *A History of Chinese Literature*. London: William Heineman, 1901, p. 338. 此处及下文引用的《中国文学史》中的内容，有选择性地参考了刘帅的译文。

句诗（参见表 2-3）。这种情况的出现，一方面与翟理斯本人对于《聊斋志异》[10]、《红楼梦》的偏爱不无关系，另一方面也直接与翟理斯在中国居住、工作期间对于清代诗歌的感性认知有关：他在书中直言不讳地指出，"总之，清代的诗，尤其是 19 世纪的诗，大都是矫揉造作的；它们缺少蕴藉，即便对最迟钝的读者来说，也显得太过浅陋"[11]。书中所引乾隆的《闻蝉》一诗，在本章的论述语境中应该就是这种"人为造作"的清代诗歌的典型代表，翟理斯如是评价到，"皇帝陛下的诗，虽然表面上无可挑剔，但是却平庸十足。……虽然它（笔者注：指《闻蝉》）符合诗的所有规则，但却缺乏使绝句成为绝句的特质，即，言有尽而意无穷"[12]。即使是在论述袁枚这样的清代大诗人时，翟理斯的赞美之辞也格外"吝啬"，只提及"袁枚的诗非常讨人喜欢，且被广为传诵"，认为他是"满人统治下少之又少的（the few, the very few）出色诗人之一"[13]；在仅引用了一首袁枚讽刺时人盲目崇神的诗作后，翟理斯的论述重心随即就转移到了《随园食单》一书上。

这种对于清代诗歌的轻视态度，更深层次是受到了翟理斯本人的中国诗史进化观的影响。从上文摘录的《中国文学史》的完整目录可以看出，翟理斯几乎在此书的每一章中都以独立小节的形式来展开对"诗歌"的论述，从"封建时代"一直到"满清时代"，这些诗歌章节可连缀成一部初具雏形的"中国诗史"：翟理斯认为中国诗歌乃是"岁月之痕"，"它在中国文学中是独一无二的文体，凭借着汉字独有的平仄声韵，原本可能晦涩幽深的诗被演绎出无穷的魅力"[14]；沿着《诗经》、《楚辞》所开辟的道路，中国诗歌在唐代到达了一个巅峰，用翟理斯本人的话来说就是，"中国在诗歌上的最杰出的努力，正产生于唐朝三百年的历史中。它们已作为完美的典范而被精心保存下来，流传给了所有后代诗人"[15]；他认为"唐诗展现了一种大师式的结合，它以独辟蹊径的手法把艺术用来增进——而不是束缚和削弱——与自然深刻交流而来的思想"，而唐代灭亡之后，"诗歌艺术进入了衰落时期，并再也没能从中恢

---

10 1880 年，翟理斯在伦敦出版了《聊斋志异选》(*Strange Stories from a Chinese Studio*)，包含了 164 则故事，此书 1908 年在别发印书馆再版，是英语世界中《聊斋志异》最为权威、最为常见的译本之一。

11 Giles, H.A. *A History of Chinese Literature*. London: William Heinemann, 1901, p. 416.

12 Giles, H.A. *A History of Chinese Literature*. p. 388.

13 Giles, H.A. *A History of Chinese Literature*. p. 408.

14 Giles, H.A. *A History of Chinese Literature*. p. 50.

15 Giles, H.A. *A History of Chinese Literature*. p. 143.

复"，自宋元明三代以降，直至翟理斯写作《中国文学史》时的"今天"，"尽管每一个学生皆被'适时训练'，学会了'作诗'，但这样写就的诗展现的只是赤裸裸的技艺，给读者带来的只有失望和冰冷"[16]。在翟理斯粗略勾勒出的发展脉络中，中国诗歌这一文体似被视作是一个生物有机体，经历了"萌芽-发展-成熟-衰落-死亡"的过程，从中我们不难看出这种叙事模式背后隐含的"进化论"思想的影响——这种影响在后来、乃至当下的中国文学史著作中仍能时常见到。在这种中国诗史进化观的影响下，处于"衰落"或"死亡"阶段的清代诗歌自然不会、也不可能成为翟理斯关注和译介的重点。

虽然翟理斯在《中国文学史》中对清代诗歌着墨较少，但是倘若结合《古今诗选》、《中国文学选珍·诗歌卷》中出现的诗歌文本的话，我们还是能从中窥得不少信息的。

首先，翟理斯倾向于选译那些能反映中国人宗教观、世界观以及生死观的清代诗歌作品。例如，上述三书皆收录的、题为"A Scoffer"（一个嘲笑者）的袁枚诗作，原诗虽暂时不可考，但根据英语译文可知，此乃袁枚为讽刺世人耗费钱财去盲目地求神拜佛、而不能明白神佛不过是捕风捉影而作，其主旨大致与"不求自己偏求佛/佛手拈花笑不清/道我至今心抱歉/未曾一粒施台城"[17]一诗的命意相仿，袁枚这种在中国人中显得特立独行的宗教观，或许正是翟理斯对此诗格外亲睐此诗的原因所在。又如，赵翼的《古诗十九首·其一》亦同时被上述三书收录，原诗如下："人日住在天，但知住在地。天者积气成，离地便是气。气在斯天在，岂有高下异。试观露生草，蓬勃畅生意。有屋以隔之，不毛便如薙。乃知地与天，相距不寸计。人生足以上，即天所涵被。譬如鱼在水，何处非水味。世惟视天远，所以肆无忌。"[18]此诗表达了中国人对天地宇宙的一种朴素认知，其中还含蓄地将自然现象与道德劝诫联系在一起，体现了中国人所独有的世界观。再如，翟理斯还译有清初女诗人方维仪的《死别离》一诗，此诗作于诗人在经历了丈夫去世、幼子夭亡的接连打击后决心削发为尼之际，所谓"昔闻生别离/不闻死别离/无论生与死/我独身当之"，表明了诗人看破红尘、超脱生死的态度；翟理斯似乎对绝命诗这一集

---

16 Giles, H.A. *A History of Chinese Literature.* London: William Heinemann, 1901, pp. 232-233.

17 袁枚《家春圃设醮，九华僧有争香火相殴者，戏题二绝. 其二》，见《小仓山房诗集·卷二十九》。

18 见《瓯北诗钞·五言古一》。

中反映中国人生死观的体裁极感兴趣，除方维仪外，他还在《中国文学史》、《中国文学选珍·诗歌卷》中译有一首明末方叔邵凭棺所赋之绝命诗[19]。

其次，翟理斯在《中国文学史》中初步勾勒出了长期被忽视、却一直客观存在着的中国女性诗歌史。国内诸论者在评述《中国文学史》时，大都指责翟理斯在择取研究对象上对一些重要作家的"疏漏"以及对一些非重要作家的"滥收"，认为虽然翟理斯"发现了一条富于东方异国情趣的文学长廊"，但是"有些曲径通幽的胜处他还没有见到，许多时候，他误把地下的沙粒当成了风化的珍珠"[20]，像方维仪这样在中国诗史不算出名的诗人在《中国文学史》中的出现，经常会被论者作为翟理斯在此书中"疏漏"、"滥收"的例证之一。按照今天的文学史观念来看，国内论者对于翟理斯这部《中国文学史》"疏漏"、"滥收"的指责并非空穴来风，仅以清代诗歌为例，像朱彝尊、王士禛、蒋士铨、黄景仁等清代杰出诗人皆未入史，而他们"或则为一派开山之祖，或则其影响极大，或则其作品粹然精纯，足以自立于不朽之境"，这就难怪郑振铎先生会抱怨到："无论如何简略的中国文学史，都应把他们包括进去的，而此书则连姓都没有提及，真未免太疏略了！"[21]然而，论者们将方维仪作为翟理斯在论述中国诗史时择取研究对象不精的"罪证"，其实是大可值得商榷的；他们大都没有注意到翟理斯在《中国文学史》中初步勾勒虽长期被忽视、但却一直客观存在着的中国女性诗歌传统的尝试和努力：在译述生男则"载弄之璋"、生女则"载弄之瓦"的《诗经·小雅·斯干》一诗时，他就对中国传统社会中女性的低下地位颇有微词，认为"那时女性的地位总体上似乎与她们今天的情况极为近似"[22]；或是出于对中国女性的同情以及启蒙运动以来男女平等观念的影响，翟理斯几乎在《中国文学史》的每一个"诗歌"章节中，都尽量给女性诗人安排了位置。

例如，在汉代诗歌一节中，翟理斯译介了班婕妤的《团扇歌》（"新裂齐

---

19 据明代萧良有所撰《龙文鞭影》记述："明方叔邵，字虎正，桐城人。豪放不羁，诗酒自适，书法媲美草圣，识者宝之。崇祯壬午夏，忽病齿，遂整衣冠坐棺中，凭棺授笔书曰，'千百年之乡而不去，争此瞬息而奚为？无干戈剑戟之乡而不去，恋此枳棘而奚为？清风明月如常在，翠壁丹崖我尚归。笔砚携从棺里去，山前无事好吟诗。'书毕就寝，遗命勿殓。"

20 张弘，中国文学在英国[M]，广州：花城出版社，1992年，第95页。

21 语出郑振铎《评 H.A. Giles 的〈中国文学史〉》（《文学旬刊》第五十期）一文。

22 Giles, H.A. *A History of Chinese Literature*. London: William Heinemann, 1901, p. 18.

纨素"），并特意指出，自班婕妤起，"女性开始出现在中国文学史上"[23]；在唐代诗歌一节，翟理斯不但翻译了杜秋娘那首收入《唐诗三百首》的著名的《金缕衣》（"劝君莫惜金缕衣"）一诗，还翻译了《望夫石》（"望夫石，江悠悠"）、《琵琶行》（"浔阳江头夜送客"）、《长恨歌》（"汉皇重色思倾国"）、《节妇吟》（"君知妾有夫"）这几首虽然由男性诗人创作、但却以具有非凡德行与才情的女性为主人公的诗作；在明代诗歌一节，翟理斯翻译了金陵名妓赵彩姬的《暮春江上送别》（"一片潮声下石头"）以及赵丽华的《答人赠吴笺》（"感君寄吴笺"）两首诗，认为中国古代的青楼女子似乎"形成了一个阶层"，"正如古希腊的高级妓女一样，她们常常受过很高的教育，而且在社会上有着相当的影响力"，并对以上述两诗为代表的青楼女子所作诗歌整体评价到，"虽然这一文学小分支缺少真正的价值，但至少它绝不含有任何粗鄙的内容"[24]；在清代诗歌一节，除了上文论及的方维仪外，翟理斯所译介的《葬花吟》一诗，虽出自曹雪芹之手，然而反映却是中国女性的才华横溢与细腻情感，与此同时，翟理斯在本节中所选译的张问陶的《辛亥春日读班昭女诫有感》其一（"抱雨春云腻"）、其二（"冷面铁铮铮"）、其三（"竟擅专房宠"）三诗，绝非是这位"性灵诗派"主将的代表性诗作，他更看重的应是张问陶在这三首诗中所阐发的有关"妇德"的内容；另外，在《中国文学选珍·诗歌卷》中，翟理斯还敏锐地注意到了清末革命领袖、著名女诗人"鉴湖女侠"秋瑾的诗作，最早地将其《长崎晓发口占》（"曙色推窗人"）一诗译入到了英语世界之中。可以说，翟理斯在《中国文学史》中"草蛇灰线"般地为我们提供了一条从汉代的班婕妤开始、到清末的秋瑾结束的中国古代女性诗史的脉络。配合着《古今诗选》、《中国文学选珍·诗歌卷》两书对于女性诗作的收录，再联系到翟理斯曾译介《闺训千字文》（*A Thousand-Character Essay for Girls*, 1874）以及在《中国文学史》中"长篇累牍"地介绍清代蓝鼎元《女学》一书的举动[25]，我们基本上可以判定，翟理斯对于一些在中国诗史上默默无名的女性诗人的收录，并非是材料择取不够精审的"滥收"所致，而应是其有意而为之的结果。

　　另外，不论是在《古今诗选》、《中国文学选珍·诗歌卷》，还是在《中国

---

23 Giles, H.A. *A History of Chinese Literature*. London: William Heinemann, 1901, p. 101.
24 Giles, H.A. *A History of Chinese Literature*. pp. 332-333.
25 Giles, H.A. *A History of Chinese Literature*. pp. 392-395.

文学史》中，对于包括清代词在内的中国整个词史的译介和论述都处于完全缺位的状态。翟理斯对于整个清代文学无疑是评价不高的，"在中国现在的这个时代，任何文学分支领域都无法找出具有创造力的伟大作家，也无法看到任何值得流芳后世的伟大原创作品"，因此，他未能译介清代词是很自然的事情；然而，在论述宋代——词体的鼎盛时期——文学时，翟理斯竟然对词只字未提，似乎在中国文学史上不存在这一抒情文体一样——这无论如何都是令人匪夷所思的。郑振铎先生用"百孔千创，可读处极少"一语来评价《中国文学史》，却在列举此书种种缺陷时，没有注意到翟理斯对于词体的完全忽视；倘能将意识到此点，他对于翟理斯的尖锐攻击或许更能落在实处。

虽然有各种各样的问题存在，翟理斯在《中国文学史》对于清代诗歌的译介、评述及研究仍在同代人著作中是最为详实的成果。例如，丁韪良 1901 年 6 月份在《北美评论》（*The North American Review*）上发表的《中国人的诗》（"The Poetry of the Chinese"）一文，乃是他关于中国诗歌的专论，提及清代诗歌处不过寥寥数语："在当前这个朝代中，乾隆皇帝即使不是最有天赋的、却也是最为杰出的诗人，一百年前，他的统治达到了一个甲子。我曾翻译过他的两三首诗歌，但限于空间，就不在此处引述了。"[26]姑且不论丁韪良将乾隆奉为清代诗人之冠的论点是否正确，单从他分配给清代诗歌的篇幅就能看出他对于清诗价值的判断了。又如，波乃耶（James Dyer Ball）在 1907 年出版的《中国的节奏与韵律：中国诗歌与诗人演讲录》（*Rhythms and Rhythms in Chinese Climes：A Lecture on Chinese Poetry and Poets*）一书中，也只是失望地评价到，"尽管诗歌还在源源不断地出版，但当前这个朝代少有杰出的诗人"，"袁枚就是其中的一个"，不过，波乃耶并未接着谈及袁枚之诗歌，而是转去谈论《随园食单》了[27]——这几乎无助于英语世界的读者了解任何关于清诗的信息。

因此，单就这点来说，张弘对于翟理斯这部《中国文学史》贡献的评价，在今天看来，仍是十分中肯和到位的："翟理斯的《中国文学史》尽管是他一个人的专门工作，但也可以说是十九世纪以来英国汉学界翻译、介绍与研究中国文学的一个总结，在某种程度上代表了整个西方对中国文学总体面貌的

26　Martin，W. A. P. "The Poetry of the Chinese." *The North American Review*, Vol. 172，No. 535, 1901, pp. 853-862.

27　Ball, J. Dyer. *Rhythms and Rhythmsin Chinese Climes：A Lectureon Chinese Poetryand Poets*. Shanghai: Kelly & Walsh, 1907, p. 35.

最初概观。虽然整个总结与概观还都是初步的，因而后人看来不可避免地带着不足，但却是当时学术水平和译介成就的结晶与升华。"[28]

二、20 世纪中叶英语世界中国文学史的清代诗词研究

在 1922 年发表的《评 H.A. Giles 的〈中国文学史〉》[29]一文中，郑振铎认为其优点有二："第一次把中国文人向来轻视的小说与戏剧之类列入文学史中"、"能注意及佛教对于中国文学的影响"。除此之外，他认为翟理斯的这本书"实毫无可以供我们参考的地方"，有鉴于此，他郑重呼吁，"现在 Giles 此书在英国已经绝版，我希望在这书第二版未出来以前，我们中国人能够做出本英文的《中国文学史》矫正他的错失，免得能说英文而喜欢研究中国文学的人，永远为此不完全的书所误"；不过，在此文末尾，他也坦然承认，"这恐怕是一种空幻而不易实现的希望，因为中文的《中国文学史》到现在也还没有一部完备的呢"。郑振铎的预感是准确的，囿于时代环境的动荡以及西方汉学自身积累的不足，在随后的半个多世纪里，翟理斯的《中国文学史》一直是英语世界的读者了解中国文学全貌的唯一途径，迟至 20 世纪中叶西方的汉学中心转移至美国后，为了适应二战后急速发展的学术、教育以及冷战时代的实际政治需要，英语世界这才出现了四部新的中国文学史著作，分别是冯沅君的《中国古代文学简史》（*A Shorter History of Classical Chinese Literature*, 1958）、陈受颐（Shou-yi Ch'en）的《中国文学史导论》（*Chinese Literature : A Historical Introduction*, 1961）、赖明（Ming Lai）的《中国文学史》（*A History of Chinese Literature*, 1964）以及柳无忌（Wu-chi Liu）的《中国文学概论》（*An Introduction to Chinese Literature*, 1966）。虽然上述四书的编写目的、体例及内容各不相同，但是它们无一例外都是由中国学者或是侨居海外的华人学者独立完成的——他们的英语中国文学史书写实践，在一定程度上实现了郑振铎的夙愿。

20 世纪中叶出现的这些英语中国文学史的作者们，都清楚地意识到如下事实——想要由单个研究者去完成一部面面俱到、内容详实的中国文学通史基本上是不可能的，所以他们在设置各自的文学史书写框架时，都会基于不同考虑而在论述对象上有所取舍。例如，柳无忌认为自己的《中国文学概论》

---

28 张弘，中国文学在英国[M]，广州：花城出版社，1992 年，第 85 页。
29 郑振铎，评 H.A. Giles 的《中国文学史》[J]，文学旬刊，1922，（50）：1-2。

主要是为了"满足那些对中国文学有好奇心、希望进一步——在他们被激发出兴趣后——了解中国文学杰出作品的西方读者的需求","更像是一本附有评注的文学选集",而不是一本文学史著作,他明确表示,此书只关注中国文学史上的重点作家、作品,囿于篇幅的有限,他"不得不删掉了很多主题,包括明清诗歌、晚清小品文以及晚清小说等"[30],因此,《中国文学概论》对诗歌的讨论自《诗经》、《楚辞》起,至晚唐终,对词的讨论仅限于五代和两宋,并未有只言片语论及清代诗词。又如,赖明在《中国文学史》中试图"以一种简单、有益且有趣的方式向西方读者介绍中国文学",避免"大量列举中国作家和作品而使读者迷失在外国名词和术语的森林中"[31],为了达到这一目的,他在以朝代顺序为整体框架的文学史写作中,放置了有关中国文学史发展演进的四条线索,分别为"每种文体形式都有其公认的黄金时代和杰出作者"、"佛教自东晋以来对于中国文学的影响巨大"、"人民大众的自然表达往往是中国诗歌、小说、戏剧繁荣的根源"、"中国文学与音乐之间关系密切"[32],坚定认同王国维在《人间词话》中所总结的"始盛终衰"[33]的文体演变观,严格依据"唐诗宋词元曲明清小说"的方式来讲述中国文学,因此,在这样的文学史叙述逻辑下,本书的清代部分自然只关注了小说和散文的创作情况;唯一论及清代诗词处,出现在此书第十六章"中国现代文学"的第一节"文学革命"("The Literary Revolution")中,作者仅以寥寥数语指出了黄遵宪是晚清"诗界革命"的代表诗人这一事实。

在成书背景和叙述逻辑上,冯沅君的《中国古典文学简史》与上述两书截然不同。此书其实是冯沅君1957年在中国青年出版社出版的《中国古典文学简史》——这是新中国成立后出版较早的一部文学史论著——一书的英译本,译者为杨宪益和戴乃迭。它被译为英文的时代背景,与路易·艾黎对中国诗的译介十分类似,两者皆属于新生的共和国积极向外宣传中国优秀文化、试图树立正面国际形象的政府行为的一部分。受到那个特殊时代的政治气氛

---

30 Liu, Wu-chi. *An Introductionto Chinese Literature*. Bloomington & London: Indiana University Press, 1966, p. vii.

31 Lai, Ming. *A History of Chinese Literature*. New York: The John Day Company, 1964, p. 1.

32 Lai, Ming. *A History of Chinese Literature*. pp. 1-13.

33 王国维在《人间词话》中说:"……盖文体通行既久,染指遂多,自成习套。豪杰之士,亦难于其中自出新意,故遁而作他体,以自解脱。一切文体所以始盛终衰者,皆由于此。"赖明在其《中国文学史》的"绪论"中,曾直接引用此语。

的影响，冯沅君这部中国文学史的论述框架不可避免地带有浓厚的意识形态
色彩，文学发展演进的自然逻辑被整体挟裹到了政治话语体系当中，因此，
它对于有些文学现象的评价是有失公允的。例如，此书鉴于"十七世纪中叶
以后，诗歌散文方面的成就比较差，小说戏剧的繁荣却超过了以前"[34]，因此
将论述重点放在了小说、戏剧方面，而对清初及清代中叶的诗词创作情况只
字未提——这点倒是与柳、赖两人的文学史著作中所体现的文体演进观十分
相近，其本质都是五四以来所形成的文学进化史观在当代中西学界的自然延
伸；书中唯一述及清代诗歌的内容，出现在第七章"鸦片战争到五四运动的
文学"中，作者认为晚清"八十年中产生的诗人，主要有张维屏、魏源、朱
琦、黄遵宪等"，理由是"前三人的作品能够沉痛地描写出第一次鸦片战争中
的真实情况"、"黄诗比别人的好，其中常常洋溢着爱国主义思想，能与当时
国内外政治社会的现实密切结合"[35]。

  陈受颐的《中国文学史导论》是 20 世纪中叶出现的四种英语中国文学
史中唯一一部对清代诗词有详细论述的著作。林语堂在为此书特意而作序言
中，对陈受颐的这部英语中国文学史评价极高：他认为翟理斯半个世纪以前
出版的《中国文学史》仅不过是"一系列的围绕某些中国文学作品的草草论
述"，其实是名不副实的；与之对比，陈受颐这部《中国文学史导论》并不
只停留在"对相关事实的粗略概述"，而是"一部充实、全面、有抱负的著
作"，书中"充满了作者一生在文学领域的研究和洞见"，其中的"每一章节
里作者率直的主张和判断"；基于如上认识，林语堂相信，此书"在很长一
段时间内都将会是英语中国文学史中的权威之作"[36]。陈受颐在本书的第 28
章"清初诗词"、第 32 章"文学革命"中大致勾勒出了清代诗词史的基本脉
络，对清代最重要的诗人、词人——钱谦益、吴伟业、王士禛、朱彝尊、查
慎行、赵执信、沈德潜、袁枚、陈维崧、纳兰性德、王闿运、谭嗣同、夏曾
佑、黄遵宪——及其作品都有详略得当的分析和讨论。兹将此书论及清代诗
词的内容述评如下：

---

34 Feng, Yuan-chun. *A Short History of Classical Chinese Literature*. Peking: Foreign Languages Press, 1958, p. 108.引文直接参考了冯沅君《中国古典文学简史》的中文版，下同。

35 Feng, Yuan-chun. *A Short History of Classical Chinese Literature*. pp. 117-118.

36 Ch'en, Shou-yi. *Chinese Literature: A Historical Introduction*. New York: The Ronald Press Company, 1961, pp. v-vi.

（1）清代学术的昌盛与清代诗词的成就

在《中国文学史导论》中，陈受颐并未人云亦云地去附和"一代有一代之文学"以及文体"始盛终衰"等这些当时通行的文学史观念。虽然在第28章一开始他就指出，满清统治者入主之后对汉族知识分子一方面采取文化怀柔政策，一方面又大兴"文字狱"，当时的主流文人为了自保而纷纷埋首故纸、专心学术，这使得这一时期诗文创作的"文学之光在学问之光的映衬下黯淡了下来"，"文学真正的创造力不在精英文学（polite literature）而移至戏剧和小说领域"，但是他并未因此将清代诗词一略而过，而是回归到具体历史语境之中，表示"在讨论清代戏剧、小说之前，我们应该先简要检视精英文学所取得的成就"，因为"诗与文仍是清代文人的关注焦点"。

他虽然承认包括诗词在内的清代精英文学"和戏剧、小说开拓的境界相比并未有太多新意"，但是却指出它们仍是"令人影响深刻的对以往的总结"，取得了不容忽视的艺术成就，并进一步分析，这种文学创作上的"集大成"色彩的形成，与清代特殊文化政策刺激下出现的学术昌盛的局面有密不可分的关系：清代学者持续进行的"客观化研究"，"揭开了古代遗产的真实面目，消除了一切堆积已久的猜测和误读——无论提出它们是出于何种善意"，他们"对于古代的语言用法以及风格特征的严谨分析"，在"复制和模仿古代杰作上十分有用"，正是凭借这点，以前所有的文体（汉赋、骈文、唐诗、宋词、唐宋古文、元曲及明代小说）在清代都又勃然复兴（revived with vigor）起来。不过，他接着补充说，清人的文学成就并非完全建立在"复制和模仿"上，而在于他们能够"在机敏地挥舞着旧武器的同时，为文学创作注入新的精神和独特个性"[37]。

从这点来说，与同时代的其他英语中国文学史著作相比，陈受颐对清代诗词成就的整体评价无疑上更为公允客观，也更贴近清代文学当时的实际创作情况。

（2）清代重点诗人、词人的分析

陈受颐在"前言"中表示,他虽然会在书中讨论宏观的"文学动向"(literary trend)，但是也尽量"为每一作家的生平和作品留下了充足的空间"，因为他想让此书的读者"将每个作家视为有趣的独立个体，而不仅只是历史进程中

---

37 Ch'en, Shou-yi. *Chinese Literature: A Historical Introduction*. pp. 540-541.

的一个阶梯而已"[38]。这样的自觉追求，使得《中国文学史导论》对于每一位诗人、词人的讨论都较为充分。

陈受颐在介绍了作家的生卒年份和出生地之后，一般都会有针对性地简要介绍一下对这位作家的创作生涯影响最为重大的人生经历。例如，在论及吴伟业时，本书重点提到了他迫于乡贤和父母的压力不得不出仕新朝一事，并指出，经此转折点，吴伟业此后的诗歌创作主要贯穿了两个主题，"伤悼前朝的灭亡以及悔恨自己对异族统治者的投降"[39]；又如，在论及袁枚时，本书则专门提到了他并不算成功的官宦生涯，认为"仕途上的坎坷对他而言未尝不是一种潜在的幸运"[40]；再如，在论及纳兰性德时，本书特意提到了他少年时所经历的那段苦涩而隐秘情事，认为由此带来的"持久的挫败感"不仅可以解释"他予以他汉族朋友的深厚友谊"，还能说明他"倾心于汉族文化的原因"以及他"作为当时重要诗人的成就"，此外，陈受颐还指出，作为满族人主中原后的第二代贵族子弟，纳兰性德虽倾心于汉族文化，但其实尚未完全为汉族文化所同化，这样的特殊身份使得"中国的诗歌传统未能蒙蔽他的精神之眼"，故而他能"直接观察到自然之美，并以满溢新鲜活力之笔将自己的情绪和感受表达出来"[41]。这些内容生动有趣，在纸上将这些作者有血有肉地呈现了出来，有助于引起英语世界读者的兴趣。

在生平经历之外，陈受颐还会对一些重点作家的诗学/词学理论进行扼要的解释和说明。例如，有关王士禛的诗歌创作和诗歌理论——"神韵"说，本书的论述如下：

> ……王士禛（1634-1711），山东人，倾慕王维、孟浩然这两位唐代诗人。他将以和谐的措辞表达而出的灵感视为是诗歌最重要的因素。简言之，根据王士禛的看法，写诗就是立刻用语言去捕捉精神上的灵感。需要在此解释一下他对"神"、"韵"二字的使用。"神"，一般可理解为"god"，在此意为灵性（spirituality）及灵性的经验，因此，经由灵感的一个人可从日常生活转移到前所未有的未知之

---

38 Ch'en, Shou-yi. *Chinese Literature：A Historical Introduction*. p. vii.

39 Ch'en, Shou-yi. *Chinese Literature：A Historical Introduction*. pp. 542-543.

40 Ch'en, Shou-yi. *Chinese Literature：A Historical Introduction*. p. 546.

41 Ch'en, Shou-yi. *Chinese Literature：A Historical Introduction*. pp. 550-555.这一表述应参考了王国维在《人间词话》中的观点："纳兰容若以自然之眼观物，以自然之舌言情，此由初入中原，未染汉人风气，故能真切如此。北宋以来，一人而已。"

域。"韵"，即"cadence"，在这里意为内在且悠长的旋律所带来的微妙效果。为了确保实现这点，王士禛主张诗不应直露，而应含蓄。这不但意味着艺术上的克制，还应包括语言上的创新。他有次评论道："诗如神龙，见其首不见其尾，或云中露一爪一鳞而已，安得全体？是雕塑绘画者耳。"……王士禛及其神韵说受到了赵执信的明确反对……相较于依靠灵感，赵执信更倾向于去勤奋地学习古代名家所树立的典范。[42]

　　陈受颐对于王士禛的"神韵说"的阐释大致是准确的，更难能可贵的是，他还提及了赵执信对于"神韵说"的反对意见，论述较为全面深入。除了王士禛的诗歌理论外，本书对沈德潜的"格调说"、袁枚的"性灵说"、浙西词派的词论、同光体的诗论以及晚清"诗界革命"的主张等都有简要论述，在极为有限的篇幅里，实现了对清代诗词以及诗学、词学的整体风貌的大致呈现。

　　陈受颐的这部《中国文学史导论》出版之后，英语学界对它普遍评价不高。英国汉学家霍克思曾在《亚洲研究杂志》（*The Journal of Asian Studies*）上发表了措辞十分严厉的书评：他首先欲抑先扬地表示，"一部在规模和细节上远超翟理斯之书以及其他同类著作的新的中国文学史的问世似乎令人高兴，但陈教授的这部书却断然不值得我们这样"，然后以强硬的口吻否定了林语堂在序言对此书的评价——"此书在很长一段时间内都将会是英语中国文学史中的权威之作"，指出倘若真如林语堂所言，"那我们最好都放弃研究中国文学，去拿时间研究其他更清晰、更易于接受的对象"，接着依次举例列举了此书中出现的拼写和翻译错误、表述上的不规范性以及观点的可商榷处，最后总结道，"这是一本规模巨大、充满细节、令人困惑且十分不准确的有关中国文学的二手资料的汇编"[43]。卫德明在《美国东方学会会刊》（*Journal of the American Oriental Society*）上亦针对此书发表了一篇书评，语气虽然委婉，但整体上仍持否定态度：他承认，"此书内容丰富，远胜于翟理斯的文学史以及汉语和日语之外的所有同类著作"，不过，他也指出"此书不是——也不理应不是——一部学术著作"，因为"书中对于作家以及文学发展的择取都基于作者本人的

42　Ch'en, Shou-yi. *Chinese Literature：A Historical Introduction*. pp. 543-544.

43　Hawkes, David. "Review of *Chinese Literature：A Historical Introduction* by Chen Shou-yi." *The Journal of Asian Studies*, Vol. 21，No. 3, 1962，pp. 387-389.

判断和品味"[44]。美国华裔学者夏志清在一篇回忆文章中也提及,"过世已多年的陈受颐先生乃芝大的英国文学博士,曾长期在加州帕慕那学院(Pomona College)任教中国文学。早在五十年代我即听说他在写一部巨型的中国文学史,同行显然对之寄予厚望……但书里错误百出,陈老先生不仅粗心大意,而且他对古诗文显然了解也不深。……陈著《文学史》一炮不响,亏得同年出版的《中国现代小说史》站得住脚,给华裔学者争回些面子"[45]。

上述这些评论大都将批判的锋芒指向了陈受颐的文学史写作太过个人化以及学术规范性不强这两个缺点,但是却没有注意到《中国文学史导论》对清代诗词这一长久以来为学界所轻视的领域的正面评价和系统介绍。仅从这一填补空白的意义而言,此书的学术价值显然是被严重低估了。

三、新世纪以来英语世界中国文学史的清代诗词研究

英语世界 20 世纪中叶出现的四种个人独著的中国文学史,无论如何都难以称得上达到文学史写作的理想标准,它们要么因太过简略而删减了许多重要内容——如冯沅君、赖明以及柳无忌之书,要么时见疏漏错谬而招致严厉批评——如陈受颐之书,这皆由中国文学史的复杂丰富的内容与个体研究者相对有限的精力之间天然存在着的矛盾所致。进入到新世纪以后,由多位知名学者联袂合作完成的《哥伦比亚中国文学史》和《剑桥中国文学史》两书,其规模巨大、材料宏富、观点新颖、体例独特,它们的到来,在真正意义上改变了英语世界自翟理斯的《中国文学史》出版以来的一个多世纪里缺少高质量的中国文学史书写的尴尬局面。

两书在编写体例和年代分期上都有一定的创新性,相较于其他的文学史类著作,它们基于各自的文学史理念将"清代诗词"划分成不同的阶段,并由多位撰稿人协作完成了对这一主题的论述。分别对其述评如下。

(一)"破碎之镜":《哥伦比亚中国文学史》中的清代诗词研究[46]

《哥伦比亚中国文学史》一书由美国著名汉学家梅维恒(Victor H. Mair)

---

44 Wilhelm, Hellmut."Review of *Chinese Literature: A Historical Introduction* by Chen Shou-yi." *Journal of the American Oriental Society*, Vol. 82, No. 3, 1962, pp. 458-458.

45 夏志清, 东夏悼西刘——兼怀许芥昱[N], 中国时报(台北), 1987 年 5 月 26 日。

46 Mair, Victor H. ed. *The Columbia History of Chinese Literature*. New York: Columbia University Press, 2001.此书的中文版 2016 年已由新星出版社出版, 译者为马小悟、张治、刘文楠, 有关此书的所有引文皆来自中文版。

担任主编，是一部体量庞硕的中国文学史著作，2001 年在哥伦比亚大学出版社出版，全书厚达 1300 余页，"在这样一部卷帖浩繁的著作中，超过四十位作者共襄其事，各任其劳，参与整部中国文学史的编写"[47]，主编梅维恒在此书的"中文版序"中自陈，"在所有单卷本中国文学史中，最全面完整的当属这部作品，本书还对散文、诗歌和戏剧等文学体裁的发展提出了不少全新阐释。每一章的执笔者都是目前各自领域中最权威的学者，因此可以说，不管你感兴趣的是中国文学史中的古典文学，还是白话文学，或者精英文学、通俗文学或者民间文学，本书都称得上是可信赖的有用的研究工具"[48]。

　　编写这部大型英语中国文学史的内在动机主要有两点：其一，不满于英语世界缺少严格意义上的中国文学史的现状。梅维恒指出，20 世纪早期才姗姗面世的中国文学史"通常都类似于文选，将中国文学经典迻译过来，而缺少解读或评论"，更遑论"为中国的文学类型、文体和主题建立一个诠释体系的尝试"，此外，"分析文学与社会、政治制度，甚至中国文学与其他艺术的关系者都付之阙如"；而 20 世纪中期，虽然"为中国文学史撰写导论这项工作开始成为可能"，也出现了数部中国文学史导论，但是"这些中国文学史中的大部分还是基本上以翻译和节录为主，解读只占很小的位置"[49]。然而，与此同时，"随着美国大众对于中国文化越来越熟悉，越来越多的东亚裔美国公民开始对自己原民族文化遗产感兴趣，许多人希望能够读到一部全面而且目标多元的中国文学史"[50]，因此，改变英语世界这种缺少合格的中国文学史书写的现状，满足英语世界普通读者对于中国文学日益浓厚的兴趣，就成了编写此书的首要动机。其二，总结英语世界 20 世纪 60 年代以来的中国文学研究成果的自觉追求。正如本书的"引言"所指出的那样，"到二十世纪六十至九十年代，以中国文学所有方面为主题的第二手研究开始如雨后春笋般出现"，"学术研究井喷式的进展"、"有价值的见解和材料纷纷出炉"以及"研究视野和范式的变化"[51]，一方面在材料和体例上为综合性中国文学史的书写带来了巨大挑战，另一方面也为其提供了相较于以往更为坚实的学术基础和

47　Mair, Victor H. ed. *The Columbia History of Chinese Literature*. p. xvi.

48　[美]梅维恒编，马小悟、张治、刘文楠译，哥伦比亚中国文学史[M]，北京：新星出版社，2016 年，第 1 页。

49　Mair, Victor H. ed. *The Columbia History of Chinese Literature*. p. xi.

50　Mair, Victor H. ed. *The Columbia History of Chinese Literature*. p. xv.

51　Mair, Victor H. ed. *The Columbia History of Chinese Literature*. pp. xi-xii.

更为广阔的学术视域。对这些新出的材料及学术新动向予以客观的总结与梳理，是编写本书的又一重要动机。另外，这部大型英语中国文学史的编写，还有与1994年出版的《哥伦比亚中国古典文学选集》和2000年出版的《哥伦比亚中国古典文学选集简编》两书配套使用的目的。正因如此，本书才"尽量避免对文本的大量征引"，而做到了"尽可能多地提供基本信息"，以便于"中国文学专业的研究者、爱好者"在"历史语境中得到中国作家和作品的基本事实"[52]。

中国文学史的编写方式一般有两种，要么以朝代为纲，然后分别考察每一朝代之中的不同文类的发展状况——如陈受颐的《中国文学史导论》，要么以文类为纲，接着在论析每一文类在不同时代的流变轨迹——如柳无忌的《中国文学概论》。然而，《哥伦比亚中国文学史》的编者充分地意识到，"这些一度让人放心的预设现在遭到了严厉质疑"、"批判性的分析以及怀疑的诠释学将关于中国文学的最基本预设都驳得体无完肤"，因此，"断代问题不再以朝代来划分"、"传统的分类方法也不再灵验"，而"以前被忽略的一些文学领域被带到了聚光灯前"。有鉴于此，《哥伦比亚中国文学史》试图"以超越时间与文类的全新棱镜来审视中国文学史"[53]。从整体框架上来看，本书仍采取了以文类为纲、并分别对每一文类的时代流变轨迹进行论析的写法，不过它在文类划分和断代问题上的处理方式与之前的文学史有相当大的区别：虽然全书的第二、三、四、五编仍将按文体将中国文学分为了"诗歌"、"散文"、"小说"、"戏剧"四大类，但是其第六编"注疏、批评和解释"以及第七编"民间及周边文学"的设置，显示出了编者对于中国文论文本以及处在边缘的口头文学、少数民族文学、东亚文化圈汉文学的关注；即使是在单一文类的内部，本书也并未对固有的文体划分标准全盘接受，例如，在第二编"诗歌"中，编者意识到"所有文学体裁都具有文化上的特定适用性"、"文学体裁的边界并非绝对固定的"，像中国文学里的"诗歌经常混杂于散文，反之亦然"，并因此将骚、赋、骈文等"横跨散文与诗歌的一组文学体裁"都置于此编之下进行论述[54]；此外，本书虽然承认依朝代叙述文体流变仍有其价值，但是它没有机械地套用这一模式，而是依据文体自身的发展脉络灵活处理了文体的断代

---

52 Mair, Victor H. ed. *The Columbia History of Chinese Literature.* pp. xv-xvi.
53 Mair, Victor H. ed. *The Columbia History of Chinese Literature.* p. xii.
54 Mair, Victor H. ed. *The Columbia History of Chinese Literature.* pp. 223-224.

问题，例如，第二编"诗歌"中没有像以往的文学史著作设置"明代诗歌"、"清代诗歌"这样的章节，取而代之的是"十四世纪的诗"、"十五至十六世纪的诗"、"十七世纪的诗"、"十八世纪至二十世纪早期的诗"。

正是在这样的独特编写体例下，"清代诗词"在《哥伦比亚中国文学史》中占据有相当重要的篇幅，围绕这一对象的论述主要集中在全书第二编"诗歌"之下的第二十一章"十七世纪的诗"、第二十二章"十八世纪至二十世纪早期的诗"以及第二十三章"清词"。上述三部分合起来的篇幅超过了本书第十四章对于唐诗的论述。其中，第二十一章由林理彰（Richard John Lynn）执笔，第二十二章由白润德（Daniel Bryant）执笔，第二十三章由麦大伟（David McCraw）执笔。三位撰稿人基于各自不同的学术背景和理念，完成了对清代诗词的完整叙述。

1. 林理彰：十七世纪文化转型下的诗与诗学

文学的演进虽然受到社会政治变动的强烈影响，但是其发展演进自有内在的逻辑和规律，强行以某一政治事件或历史节点作为文学分期的依据，虽便于归类和叙述，但在学理上显然无法自洽。中国诗歌在十七世纪的发展演进即是显例：即使有山河易主这样"天崩地坼"式的变动横亘在晚明诗坛与清初诗坛之间，二者千丝万缕的联系也并未因此而斩断。正如林理彰在第二十一章一开始对十七世纪诗歌的三个阶段所描述的那样：在"明朝的最后四十年（1600-1644）"中，"高雅文化与大众文化之间的界限模糊了，诗社异常活跃（包括女性或者平民所结诗社），文学和艺术中的个人化自我表达得到提倡"，在清朝确立其统治的前四十年（1644-1682），"伴随着激烈的抗拒以及暧昧的归顺（二者都给文学带来了重要意味）"，宋元时期的诗歌得到了日益增长的重视，"这便造成了复古主义的革新与扩展，并反映在诗的新传统中"，而在十七世纪的最后二十年中，"见证了精微深邃的新文学批评（经常由对旧的批评传统兼收并蓄而形成，有时是整合了多样的批评传统）的首度成熟，以及新的诗歌流派的确立"[55]。外在的政治变动虽然带来诗歌主题和内容上的变化，但是十七世纪的诗歌却沿着"正—反—合"的完整逻辑实现了自身的演进。

除了上述原因外，林理彰还站在更高的视野上，阐述了十七世纪的诗与

---

55 Mair, Victor H. ed. *The Columbia History of Chinese Literature*. p. 410.

诗学作为独立的研究对象所具有的文化意义。他认为，在十七世纪，"自佛教进入中国后，中国历史中最重大的文化转型开始发生"，因为这一世纪"见证了汉族的明政权被外族的清政权取而代之，而且目睹了西方化的第一波浪潮、考证学方法的方兴未艾、前所未有的三教合一趋势，以及美学意识的全新模式——所有这些都与顽固的文化连续性背景背道而驰"，受此影响，十七世纪的文学世界的特征因之而由"来自过去并受到信任的历史传统和来自未来的强劲挑战"构成，最能体现这种变化的，莫过于"诗和诗学领域中表达出来的张力"[56]。

林理彰介绍清初诗坛的最主要线索是这一时期涌现出来的各类诗歌流派及因文学成就而被并称的文学群体。依照时代的先后，他依次介绍了"畿南三才子"、"河朔诗派"、"西泠十子"、"岭南三大家"、"江左三大家"、"江左三凤"、"南施北宋"、"清初三大诗人"等诗群的诗词创作概貌，集中笔墨于这些群体无疑就抓住了这一时期诗坛的主要脉络。尤其难能可贵的是，林理彰在本章中对于以"畿南三才子"为中心的"河朔诗派"的推重。一般的中国文学史——无论是汉语的还是英语的——写作中，这一诗群罕有被提及；即使是在国内学界，有关研究成果也寥寥可数。林理彰强调，"畿南三才子"在清代诗歌史中的地位不可小觑，将他们视为是"前后七子和十七世纪（恐怕也是整个清代）最伟大的诗人、文学批评家王士禛之间的纽带"，认为王士禛"对前后七子（包括他们的以盛唐为宗）的高度评价很可能是来自他对申涵光和其他河朔派诗人的熟知"[57]。"畿南三才子"的地位在《哥伦比亚中国文学史》中的重估，自然是林理彰多年深耕清诗领域的研究心得，不过它也从侧面证明了以朝代机械地切割文体发展历程的做法确实会遮蔽许多文学史上有价值的研究对象。

林理彰在论述中还十分注重对清初诗坛数量众多、旗帜鲜明的诗学理论思想。他意识到，上述清初的"这些诗歌流派更多是建立在理论化的原则之上，而非基于传统的地域联系或者私人的师生关系"，而这些诗学理论"精微深邃"，是在对以前多种批评传统的兼收并蓄的基础上发展而来，代表了一种"新文学批评的首度成熟"[58]。其中，王士禛的诗歌理论被林理彰——自上世

---

56 Mair, Victor H. ed. *The Columbia History of Chinese Literature*. p. 428.

57 Mair, Victor H. ed. *The Columbia History of Chinese Literature*. pp. 413-414.

58 Mair, Victor H. ed. *The Columbia History of Chinese Literature*. p. 410.

纪 70 年代以来长期关注王士禛的学者——置于论述的中心位置。林理彰指出，"王士禛作品、诗学以及他和严羽、司空图之间的联系被简化和误读了，这一解读必须纠正"，认为后来论王士禛者"都有意无意地忽视了他广泛而多样化的欣赏口味和创作实践"、"只关注他对田园诗的兴趣"，显然"歪曲和贬低了王士禛在中国诗歌传统中的地位，也是对他及其作品的巨大不公"[59]。这一结论是林理彰多年研究王士禛的结晶，其纠偏正误的学术价值并不仅限于英语世界一隅。此外，林理彰对王士禛"以禅为诗"的三个层面的分析以及"神韵"的概念界定，都兼具深度与新意，使王士禛诗学理论在英语世界中国文学史的书写中留下了浓墨重彩的一笔。

另外，在梳理十七世纪中国诗史时，林理彰对那些长期处在文学史边缘的诗人及诗人群体也有论及。例如，他专门提到了清初画家、诗人、天主教士吴历，介绍他"既是宋诗的爱好者，也是王士禛诗学的紧密跟随者，最为特别的是他不仅改宗信仰天主教，而且成为一名虔诚的天主教教士"，认为吴历"以基督教为主题的诗作很值得一读"；又如，他表示，"被长时间忽略之后，已渐渐浮出水面"的女性创作的诗词，理应是十七世纪诗歌领域中另外一个重要组成部分[60]。这些信息的提供，无疑有助于英语世界的读者深入了解十七世纪中国诗史的丰富性与复杂性。

2. 白润德：形式主义与个人主义的对立与终结

编者梅维恒在序言中表示，《哥伦比亚中国文学史》"并不给每一章套用整体划一的公式"，"相反鼓励每一章的作者运用他们的材料建构出各自的样式"。如果说林理彰试图在第二十一章以十七世纪文化转型为背景描述诗与诗学的演进路径的话，那么白润德则在第二十二章以"形式主义者"（the formalists）和"个人主义者"（the individualists）之间的对立与终结为脉络呈现了清代中期到民国初年的诗歌流变轨迹。

在白润德的定义中，形式主义者"强调诗歌的形式价值"，"一般回溯历史，在现存传统中找寻他们的标准"，"在审视历史时……通常以唐诗为典范"，而个人主义者则关注诗歌的"表现价值"，"将诗歌价值置于诗人的个体自我中"，"经常将宋诗视为自己所处时代之前这一诗歌传统的巅峰"[61]。对于白润

59　Mair, Victor H. ed. *The Columbia History of Chinese Literature*. pp. 421-426.
60　Mair, Victor H. ed. *The Columbia History of Chinese Literature*. p. 428.
61　Mair, Victor H. ed. *The Columbia History of Chinese Literature*. pp. 430-434.

德而言，能代表清代中期以来诗歌形式主义传统的四位诗人分别是沈德潜、厉鹗、赵执信和翁方纲[62]，而能代表清代中期以来诗歌个人主义传统的诗人分别有查慎行、郑燮、袁枚、赵翼、张问陶、洪亮吉、黄景仁等，由他们组成的这一群体"相互之间差异颇大"，不过其"共同点是认为对于诗歌创作而言，个人以及个人的感受性是最为核心的"[63]。接着，白润德指出，"清代前期发展起来的学派和理论在清代后期依然具有影响力，不过后代诗人们将这些学派和理论进行了结合与修订"[64]。体现诗学领域这种"结合与修订"的清代后期诗人，白润德列举、介绍了郑珍、金和、龚自珍、曾国藩、王闿运、黄遵宪等，认为他们各自的诗歌创作和诗学理念，以及"各种理念和作者之间更错综复杂的关系渐渐模糊了这一分界"[65]。由于白润德设定的研究时间段是"十八世纪至二十世纪早期"，因此他的论述还延伸至了古典诗词在清代覆亡后的现当代的创作情况，指出"即便在封建帝制崩塌之际，还是有新一代的诗人群体投身于古典诗词的保存与发展"、"自清亡以后，完全接受这些传统训练的人几乎绝迹，但是古典诗词的创作还是在继续"，并以柳亚子领导的南社和坚持创作旧体诗词的毛泽东为这一现象的主要代表，其中前者的"成员在政治上普遍都往前看，在文学中则是往后看"、"对于传统的哪些部分最值得继承这个问题上观点非常多样化"，而后者采取古诗词形式进行创作的事实则表明"在接受过良好教育的城市居民中，有一定数量的人对于创作古诗词保有持续的兴致"，进而总结道，"作为一种文学形式，中国的诗词也许看起来和英语中的布道文一样濒临灭绝，不过现代日本的短歌和俳句也许可以帮助打消这一匆忙的论断。唯有时间才能告诉我们未来将会带来什么"[66]。

　　相较于诗歌领域，白润德对清代中后期的词着墨甚少。他在本章中仅提及了常州词派和王国维，认为前者对于词的"比兴寄托"功能的强调以及对词体韵律的研究，"在使得常州派成为影响力横跨几代的词派过程中居功至伟"，而后者是"清代最后一位词学大师"、"身上体现了旧世界（古典文化和帝制王朝）和新世界（西学、白话文学和共和体制）之间的张力"，其"境界

62 Mair, Victor H. ed. *The Columbia History of Chinese Literature*. pp. 434-437.
63 Mair, Victor H. ed. *The Columbia History of Chinese Literature*. p. 434.
64 Mair, Victor H. ed. *The Columbia History of Chinese Literature*. pp. 438-442.
65 Mair, Victor H. ed. *The Columbia History of Chinese Literature*. p. 430.即"形式主义"和"个人主义"的分界。
66 Mair, Victor H. ed. *The Columbia History of Chinese Literature*. pp. 442-443.

说"的形成，"不仅受到他所阅读的西方哲学的影响，也来自于中国传统中的佛教和道教"[67]。白润德在诗与词上的这种详略安排，应该是为了避免与本书的第二十三章"清词"的有关内容相重复。

3. 麦大伟：词体在清代的强劲复活与多元化声音

由麦大伟执笔的第二十三章专门以"清词"为论述对象，"清词"与"唐诗"（第十四章）、"宋诗"（第十六章）、"元散曲"（第十七章）等一样被单独列为一章，显示了编者对于清代在这一文体上所取得成就的高度肯定。

词体在清代的复兴是中国文学史上的一道特殊风景。正如麦大伟所描述的那样，"中国的词从八世纪到十三世纪度过了一个悠长的黄金时代"，随后，"由于受到新生的曲的有力冲击"，词的创作势头逐渐低沉，"在接下来的数个世纪里失去了活力"，然而"在十七世纪，词又再度强劲复活，并且贯穿了整个清代，甚至持续到二十世纪"。麦大伟认为词体在清代的"强劲复活"主要源于以下三个因素：其一，"封建王朝晚期的复古主义倾向"；其二，"诗这一声望较高的文学体裁由于政治压制和政府审查而大受限制"，在此背景下，文人们"只能将他们的抱怨隐含在表达闺怨之情的词作中"，其三，"文人与歌伎之间的亲密关系一直很流行"[68]。

在总结了清代词体复振的原因后，麦大伟按照时代顺序依次对十七、十八、十九世纪的词坛景观进行了简要而精彩的呈现和点评。其中，十七世纪的词人中，他单独列出了陈子龙、吴伟业、王夫之、陈维崧、朱彝尊和纳兰性德六家[69]，这与其专著《十七世纪中国词人》（*Chinese Lyricists of the Seventeenth Century*）[70]一书选取的研究对象是一致的；针对十八世纪的词坛，他指出这个世纪"见证了词论的发展以及各种词派（基于特定风格的松散团体）的形成"，并单独述评了郑燮——阳羡派的"流韵余响"、厉鹗——浙西派最出色的词人、张惠言——常州词派的创立者三人的词体创作情况[71]；而动荡的十九世纪中，他认为，在"大多数人跟随着常州词派的脚步"的同时，也有杰出的词人保留着极为鲜明的个人特质，如"多少以郑燮的方式保持着一种更为个

67　Mair, Victor H. ed. *The Columbia History of Chinese Literature*. p. 438; 442.

68　Mair, Victor H. ed. *The Columbia History of Chinese Literature*. p. 444.

69　Mair, Victor H. ed. *The Columbia History of Chinese Literature*. pp. 444-447.

70　McCraw, David R. *Chinese Lyricists of the Seventeenth Century*. Honolulu: University of Hawaii Press, 1990.

71　Mair, Victor H. ed. *The Columbia History of Chinese Literature*. pp. 448-449.

体化而公开具有政治意味的词风"的龚自珍、"跟随着纳兰性德的脚步"的项鸿祚和蒋春霖、"清末四家"（王鹏运、况周颐、郑文焯、朱祖谋）、文廷式以及王国维等人[72]。麦大伟评点上述诸词家的文字十分有特色，他没有采取西方学者中常见的那种条分缕析的理性方式、而采取了一种类似于中国传统诗话/词话以某位作者自己的具体诗句来指代其诗词风格的感性方式，来总结每一位词人的整体创作风貌。例如，他指出，陈维崧"继承了词的'豪放派'传统，在词作中常使用强烈主观化的修辞和许多遒劲而富冲击力的词语，极具霸悍之气"，因此，便以"小楼吼起霜风"[73]来概括其词风。又如，他认为，"纳兰性德的词大多哀感凄婉，尽诉人物的孤寂、挫败感和悼亡之情"，表示"倩魂销尽夕阳前"[74]一句最能传神地揭示其词风。再如，他以"人间事事不堪凭，但除却，无凭两字"[75]形容王国维的词作风格，理由是王国维之词"生动地表达了我们'人间'的那些非常悲观的概念"。这种以感性替代理性的论述话语模式的运用，使得麦大伟的清词研究更接近于中国古代的诗文评传统，在英语世界显得相当特立独行。

在众声喧哗、拥有多元化声音的主流词坛之外，麦大伟还对于清代词史中不容忽视的女性的声音予以了特别关注。他指出，一方面由于"接受教育者比例的增大和印刷术的发展，给了更多女性断文识字的机会"，另一方面因为"和之外的元朝一样，被外族统治的中国男性越来越有些'女性化'（在文化话语中），将文学代言人的特权让渡给了女性"，使得"十六世纪末之后，出于女性之手的存世词作数量激增"，并佐以徐灿、柳是两人的生平创作情况来说明这一重要潮流，认为徐、柳二人虽然"难以同宋代伟大的女词人李清照相提并论"，但是她们"为清代后来数以千计的女词人做出了榜样，也提供了灵感"[76]。他还指出，在十九世纪的词坛中，"女词人的创作展示了它持久的生命力"，其中，吴藻和顾太清是她们中最出色的代表，她们二人的创作成就对研究者的启示有二：首先，"文学形式并不必然像有机生物一样，会走向生命终点。它们因各种多样化的流变而繁荣"；其次，"女性并

---

72 Mair, Victor H. ed. *The Columbia History of Chinese Literature*. pp. 449-451.

73 语出陈维崧《清平乐》（檐前雨罢）一词。

74 语出纳兰性德《浣溪沙》（谁道飘零不可怜）一词。

75 语出王国维《鹊桥仙》（沉沉戍鼓）一词。

76 Mair, Victor H. ed. *The Columbia History of Chinese Literature*. pp. 447-448.

不必等待西方文化的传入来告诉她们可以在文学传统中发出自己的声音从而占据一席之地"[77]。

　　除上述三章外,《哥伦比亚中国文学史》中有关清代诗词的论述还散见于白安妮(Anne Birrell)撰写的第十一章"文学中的女性"、萨进德(Stuart Sargent)撰写的第十五章"词"、蔡涵墨(Charles Hartman)撰写的第二十五章"诗与画"、李德瑞(Dore J. Levy)撰写的第四十五章"文学理论和批评"中。这些散见在书中的有关清代诗词的论述,虽然零碎,但也不乏精彩之处。其中,萨进德对于"女性在词的复兴中祈祷至关重要的作用"的指出、类比周济和德国诗人诺瓦利斯(Novalis)的文论观点以及将毛泽东的词作纳入至晚清豪放词传统之中等观点均独到新颖[78],而李德瑞则指出,"清代文学批评家的数量可能比中国历史上所有其他朝代的文学批评家加起来都多",认为他们的文学理论与批评实践"形成了到他们时代为止的中国文学史的微观宇宙"、"为追随者提供了研究中国文学系统基础"[79]——这一观点高度肯定了清代丰富的诗学遗产的价值。

　　综上所述,《哥伦比亚中国文学史》对于清代诗词的书写的优、缺点都相当明显:其优点在于对时代分期的灵活处理方式、对清代诗学/词学理论的重视、对清代词体发展的单独论述以及对长期处在边缘地位的女性诗词的重新"发现"等,其缺点在于相关章节内容上的大量重复——尤其是萨进德、麦大伟二人的论述、部分论述尚有待商榷——如白润德按照"形式主义"与"个人主义"对清代诗人进行分类的方法、章节间的缺少连贯的衔接和呼应——如林理彰在第二十一章末尾指出,中国自十七世纪后"踏上了通向现代性的漫长征程",而白润德在接下来的章节中并未再使用"现代性"这一话语来展开自己的论述。

　　清代诗词部分存在的这些缺点,同样出现在整部《哥伦比亚中国文学史》中,英语世界的学者已多有论及:田晓菲曾直言不讳地指出,"作为一部整体著作",《哥伦比亚中国文学史》"缺乏连续性和整体性,有些章节甚至自相矛盾,或者自相重复",缺少"一个核心的 argument(论题)"或"一个支撑性的整体观念",因此"变得好像不是一部'文学史',而是一部'论

77　Mair, Victor H. ed. *The Columbia History of Chinese Literature*. p. 452.
78　Mair, Victor H. ed. *The Columbia History of Chinese Literature*. pp. 332-336.
79　Mair, Victor H. ed. *The Columbia History of Chinese Literature*. p. 938.

文集'"[80]；伊维德（Wilt L. Idema）也曾谈及，因为中国的"很多作家按照不同的文类进行创作，甚至在同一时期在一些文体上更为擅长"，所以在"按照文类进行选编的"《哥伦比亚中国文学史》中，"同一个作家可能要在不同的章节反复提及"，这就意味着"对这位作家的全部作品保持一个连续性的观点"、"及时地去描述一个给定的文学场景"会变得相当困难[81]；而柯马丁（Martin Kern）、何谷理（Robert E. Hegel）更是合作撰写了一篇措辞十分严厉的书评，在举例列举此书的种种不足后，认为《哥伦比亚中国文学史》不过是"一锅由良莠不齐、杂乱无序、缺乏编辑的章节组成的大杂烩"，并进而判定，"此书不是一部文学史"[82]。这些不满的声音的出现，无疑表明英语世界仍在期待一部更加完善的中国文学史的到来。

（二）"史中有史"：《剑桥中国文学史》中的清代诗词研究[83]

《哥伦比亚中国文学史》虽试图"以超越时间与文类的全新棱镜来审视中国文学史"[84]，但由于编者编纂理念并未得到坚决执行以及各章节的撰稿人之间协作的不充分，此书既未完全摆脱朝代分期法的窠臼——很多章节仍是"朝代+作家/作品"的书写模式，又未提供较为合理的文类叙述框架——章节内容的重复以及文类界限的争议性划定即是这一问题的表征，换言之，这部在翟理斯《中国文学史》出现一个世纪后重新书写的"新文学史"在"超越时间和文类"的尝试上没有取得预想中的成功，反而承续了文学史旧有书写模式的许多弊病，甚至还制造了不少新的争议之处。这一事实启示我们："新文学史"的书写不能仅依靠内容组织与章节框架上的调整和创新，新的理论视角和叙述逻辑的引入才能真正使之成为可能。2010 年出版的由孙康宜（Kang-i Sun）和宇文所安（Stephen Owen）担任主编、有近 20 位北美汉学家参与撰稿的《剑桥中国文学史》就是英语世界对"Is a new literary history possible?"

---

80 田晓菲，程相占，与田晓菲对话：中国文学史的历史性与文学性[M]// 程相占，哈佛访学对话录，北京：商务印书馆，2011：109-110。

81 [荷]伊维德，庄新，翻译与研究：站在中国文学研究的前沿——伊维德教授访谈录[C]// 黄卓越编，汉风（第01辑），北京：五洲传播出版社，2017：16-17。

82 Kern, Martin, and Robert E. Hegel. "A History of Chinese Literature? "*Chinese Literature：Essays，Articles，Reviews（CLEAR）*, Vol. 26, 2004, pp. 159-179.

83 Sun, Kang-i, Stephen Owen. ed. *The Cambridge History of Chinese Literature*. Cambridge: Cambridge University Press, 2010. 此书的中文版 2013 年已由生活·读书·新知三联书店出版，译者为刘倩等人，有关此书的所有引文皆来自中文版。

84 Mair, Victor H. ed. *The Columbia History of Chinese Literature*. p. xii.

（一种新的文学史是可能的吗？）[85]这一命题思考的最新成果。

　　相较于《哥伦比亚中国文学史》（事实上两书经常被拿来相互比较、对照）将目标读者预设为"中国文学专业的研究者、爱好者"[86]的做法，《剑桥中国文学史》则将自己的受众定位于"研究领域之外的那些读者"[87]、"普通的但是有一定知识的读者群（generally educated readership）"[88]。预设读者的不同，导致了叙述模式的差异。《哥伦比亚中国文学史》旨在成为一部"可信赖的工具书"，在组织形式上更接近于多个主题论文组成的论文集，各部分间缺少必要的连贯和联动——这招致了学界的许多批评，而《剑桥中国文学史》则恰好相反，它希望读者将它"不是作为参考书，而是当作一部专书来阅读"[89]、"从头到尾地阅读，就像读一本小说一样"[90]，因此它"尽力做到叙述连贯谐调，有利于英文读者从头至尾地通读"[91]。

　　需要指出，这种叙述上的"连贯谐调"的实现，有赖于《剑桥中国文学史》在整体编纂理念上比《哥伦比亚中国文学史》更为自觉、更为理论化的方法论追求。正如宇文所安在面对现有中国文学史书写模式中存在的种种弊病时意识到的那样，"唯一能够解决问题的方法是理论性的"[92]。"文学文化史"（history of literary culture），即是此书编纂的核心理念和主要方法论。其实，文化学视角的引入在中外学界的文学史写作中并不罕见，不过它大多是作为文学呈现及演进的大背景出现，然而在《剑桥中国文学史》中，文学和文化则被视为是"一个有机整体"[93]，"文学文化"取代了审美意义上的"文学"

85　语出孙康宜《新的文学史可能吗？》（《清华大学学报》，2005 年第 4 期）一文。

86　Mair, Victor H. ed. *The Columbia History of Chinese Literature*. pp. xv-xvi.

87　孙康宜，宇文所安主编；刘倩等译，剑桥中国文学史[M]，北京：生活 . 读书 . 新知三联书店，2013 年，第 2 页。

88　孙康宜，新的文学史可能吗？[J]，清华大学学报（哲学社会科学版），2005（04）：98-108。

89　孙康宜，宇文所安主编；刘倩等译，剑桥中国文学史[M]，北京：生活 . 读书 . 新知三联书店，2013 年，第 2 页。

90　孙康宜，新的文学史可能吗？[J]，清华大学学报（哲学社会科学版），2005（04）：98-108。

91　孙康宜，宇文所安主编；刘倩等译，剑桥中国文学史[M]，北京：生活 . 读书 . 新知三联书店，2013 年，第 2 页。

92　宇文所安，史中有史（下）——从编辑《剑桥中国文学史》谈起[J]，读书，2008（06）：96-102。

93　孙康宜，宇文所安主编；刘倩等译，剑桥中国文学史[M]，北京：生活 . 读书 . 新知三联书店，2013 年，第 3 页。

成为了叙述的中心，换言之，"文学文化"之史取代了"文学"之史，"实质上是将以往文学史中以作家作品为中心的叙述惯例转向整个文学活动以及相关的历史文化语境的综合考查……摆脱了以往文学史编纂过程中的社会历史决定论，而体现出社会政治、文化语境以及文学内部变化的多元错动关系"[94]。

在这一理念的映照下，《剑桥中国文学史》在具体内容上有了许多有别于其他文学史著作的地方。首先，此书十分重视文学接受史在文学史中的书写，认为"文学史本身就是文学史的一部分"，提倡一种"史中有史"的文学史书写[95]。例如，陶渊明在自己的时代并不是一位地位很高的诗人，其诗名的彰显已是近 600 年后的事情了，社会文化语境与读者期待视野的变迁无疑在这一过程中扮演着非常重要的角色。文学接受史引入文学史写作虽然会使得我们失去"旧有的文化叙事带来的稳定感"，但是与此同时它会"把新作品引入我们的视野"、"让我们以不同的眼光审视老作品"[96]。其次，此书也注意到了与文学活动息息相关的印刷文化（printing culture）的影响。作为文学的物质基础，印刷技术的出现、改进和发展，使得文学生产活动在手抄本时代与印刷时代之间出现了显著差异，也双向塑造了作者的写作动机与读者的阅读趣味，而与之相关的文学改写（rewriting）和文集编纂（anthology making）等活动，亦是决定文学史的整体书写风貌的关键因素。另外，此书还额外关注了文学史书写中的性别问题。孙康宜一方面注意到在一般的中国文学史中，"女性作家基本上被忽略，即使被收入也是放在最后一个部分"、"或者是跟女鬼，或者是跟和尚等方外诗人放在一起"，在编纂实践中有意改善这种现象，另一方面也表示不会"过分强调性别问题"，"希望能够重构一个比较真实的历史"[97]。

同样，在这一理念的映照下，《剑桥中国文学史》在具体结构上也有了许多有别于其他中国文学史著作的地方。首先，和《哥伦比亚中国文学史》不同，此书并未采用按照西方标准之下的文类（genres）来生硬切割中国文学史。即使文类仍然是具体章节行文时的重要依据，但"文类的出现及其演变的历

---

94 韩军，欧美中国文学史写作与文学史研究新变——以《剑桥中国文学史》为例[J]，文化与诗学，2016（01）：260-285。

95 宇文所安，史中有史（下）——从编辑《剑桥中国文学史》谈起[J]，读书，2008（06）：96-102。

96 宇文所安，史中有史（下）——从编辑《剑桥中国文学史》谈起[J]，读书，2008（06）：96-102。

97 孙康宜，新的文学史可能吗？[J]，清华大学学报（哲学社会科学版），2005（04）：98-108。

史语境将成为文化讨论的重点"[98]。其次，和《哥伦比亚中国文学史》一样，此书也注意到了文学文化史并不与社会政治史相同步这一事实，不过它在具体的文学分期上做出了更灵活大胆的调整，对于编纂理念有更为彻底的执行。例如，由于文化连贯性的考量，传统意义上的初唐被归入第三章"从东晋到初唐"中，而第四章"文化唐朝"（the cultural Tang）的时间起讫点则被设定为公元 650 年至 1020 年；又如，王德威在第六章"1841-1937 年的中国文学"中，将龚自珍去世的 1841 年而非五四运动作为叙述中国现代性的起点。另外，此书明确地反对在具体的章节写作中的"经典化"（canonization）倾向。编者指出"在旧有的文化叙事中，每个作者都尤其固定的位置，有一系列的'主要作者'和'名篇'代表一个时代"[99]——即前述的"朝代＋作家/作品"模式，这种做法其实是将"一个文学史变成了一个文学英雄的集锦（collection of literary heroes）"，有鉴于此，此书"不会那么注重作家个体，而会更注重一种倾向（tendency）或者一种潮流（trend）……也不会花很多时间来总结某个作品的梗概"[100]，"在大多数情况下更关注历史语境和写作方式而非作家个人，除非作家的生平（不管真实与否）已经与其作品的接受融为一体"[101]。

　　在这样的编纂理念、内容设计以及结构安排之下，我们如欲探究《剑桥中国文学史》对清代诗词的书写就显得相当困难：此书中并未将清代文学作为一个整体来叙述，而是分别拆分在此书第二卷的第三章"清初文学（1644-1723）"、第四章"文人的时代及其终结（1723-1840）"以及第六章"1841-1937 年的中国文学"中；另外，每一章的撰稿人在行文中更关注"文类的出现及其演变的历史语境"以及作家、作品的"历史语境和写作方式"，按照不同的主题和逻辑而非分门别类地按照文体来展开自己的叙述。因此，《剑桥中国文学史》在实践上是反对"朝代＋文体"这一书写模式的，然而本书所使用的核心术语"清代诗词"恰好就是这一模式下组合而成的概念。

　　不过为了便于研究，我们还是要将有关清代诗词的内容从上述三章"一

98 孙康宜，宇文所安主编；刘倩等译，剑桥中国文学史[M]，北京：生活．读书．新知三联书店，2013 年，第 3 页。

99 宇文所安，史中有史（下）——从编辑《剑桥中国文学史》谈起[J]，读书，2008（06）：96-102。

100 孙康宜，新的文学史可能吗？[J]，清华大学学报（哲学社会科学版），2005（04）：98-108。

101 Sun, Kang-i, Stephen Owen. ed. *The Cambridge History of Chinese Literature(Vol. I)*. p. xvii.

气呵成"、"浑然一体"的叙述中单独拆分出来述评如下——虽然如此操作违背了《剑桥中国文学史》编写的初衷：

1. 李惠仪：清初的文学记忆、性别书写与新典范的建立

和这一时期其他治文学史者一样，李惠仪也意识到"历史分期，难免武断，一个时代的上下限自有伸缩性，乃不争的事实"，界定晚明如此，确定清初的起讫节点更是如此。不过，这并不意味着以关键政治事件为经纬的历史分期法的完全失效，从某种意义上来说，它仍能解释、说明文学发展进程中的一些重要问题。李惠仪虽然认为将崇祯自缢的 1644 年作为清初文学叙述的起点尚有待斟酌，但是她也敏锐地指出"清初人'发明'了'晚明'这断代思维，其缘起不外是基于对自身所处时代的焦虑，借此对比自我定位"，也就是说，倘无甲申之变的出现，不但"晚明"的概念无从发明，"清初"的思维亦无从确立。而等到康熙一朝落幕时的 1723 年，"大一统已成定局"，"持续抗争，战乱频仍"的明清之交这一"常被称作天崩地解的时代"才正式宣告结束[102]。

李惠仪将叙述清初文学的起讫时间定为 1644-1723 年，指出这一阶段虽是"歌哭无端的苦难时代"，"但'国家不幸诗家幸'，世变沧桑使文学大放异彩"，"清初各种文类均有卓越成就，时事动荡似乎促使作家反思甚或挑战政治体制、道德依归、文学形式等各种规限"[103]。清初文学的这种"大放异彩"，一方面与思想领域对"晚明的极端和荡轶"的批判、反思和继承有关[104]，另一方面也与文学赖以生存的社会根基息息相关。例如，这一时期印刷与出版业的发展、文学集团的功用、文字狱的焦虑以及顺康时代的政治社会状况等。其中，针对印刷和出版业的发展，李惠仪认为"明季蓬勃的出版业似乎并未因易代变乱受太大打击"，而"清初人颇热衷于丛书刊刻，可能基于追怀前朝，搜集放失旧闻，亦可能源自书籍毁于变乱的焦虑"，还特别提到，"清初继承晚明对女性文学的兴趣，女性诗词选本别集的数量，超越其他时代"[105]。针

---

102 Sun, Kang-i, Stephen Owen. ed. *The Cambridge History of Chinese Literature(Vol. II)*. Cambridge: Cambridge University Press, 2010, pp. 152-153.

103 Sun, Kang-i, Stephen Owen. ed. *The Cambridge History of Chinese Literature(Vol. II)*. pp. 153-154.

104 Sun, Kang-i, Stephen Owen. ed. *The Cambridge History of Chinese Literature(Vol. II)*. pp. 157-162.

105 Sun, Kang-i, Stephen Owen. ed. *The Cambridge History of Chinese Literature(Vol. II)*. pp. 162-163.

对文学集团的功用，李惠仪指出清初的"如前代一样，文学门派继续关联地域"，如虞山诗派、娄东诗派、阳羡词派、浙西词派等，女性诗人、词人组成的文学集团"往往与亲族与社交网络不可分割"，如以商景兰（1604-1680？）为中心山阴女性诗群、杭州的蕉园诗社等，而清初与政治关联紧密的最令人瞩目的文学集团，莫过于遗民诗社，如惊隐诗社（又名逃社或逃之盟）、西湖社、南湖社、西园诗社等。通过地域、宗族、社交网络等因素之间的勾连，这些"文会诗社经常包容政治立场分歧的人，新的文学集团亦随之应运而生"[106]。此外，清代满族宗室贵族对文学活动的热衷、朝野对立的诗坛格局以及文字狱等因素，都或造就或压抑了清初文学作品的衍生。

明清之际的动荡和变乱在清初文学中留下了鲜活而深刻的记忆，面对如此历史，诗歌这一文体发挥着特殊功用。李惠仪指出"比起其他文体，诗歌更有实录与见证历史、抒发家国之感的使命"，"诗歌书写本身即是对抗陆沉板荡的手势，是劫尽灰飞'纪亡而后纪存'的端倪"，并引用黄宗羲的"庸讵知史亡而后诗作乎"（《万履安先生诗序》）一语，认为这一时期的诗歌"保存了陵谷变迁之际被遗忘的亡国惨痛，维系了正史中被泯灭、压抑、扭曲的情事"。正因如此，清初许多诗人的作品都被自许或推许为"诗史"。不过，这一称谓"包含了多种歧异的风格与源流"：有吴嘉纪"以真朴直笔写民生疾苦"式的"以诗为史"，"其楷模是杜甫、白居易的乐府，不须典实，纯用白描"；也有顾炎武、屈大均、方以智、钱秉镫等"曾积极参与抗清的诗人"，"血心流注，记载了一段被压抑泯灭的历史"，可谓是"以诗补史"。李惠仪认为，不论是"以诗为史"，还是"以诗补史"，"必须对历史记忆与历史反思有自觉的权衡"、"熔铸史实与自我反省"[107]。在此处，她主要以"江左三大家"中的钱谦益、吴伟业两人的诗歌创作为例，说明了"诗"与"史"之间的"互补互证"关系。其中，李惠仪认为前者"律绝擅场，其诗长于抒情，叙事反为次要"，不过"律绝虽短，却可通过组合回环往复，构成持续跌宕的历史沉思"，并认为其《投笔集》就是这类作品中"最触目"的一部，"记录了复明运动从一线生机到败局铸成的十四年历史，其间钱谦益从盼望到疑惧与感恸的心路

---

106 Sun, Kang-i, Stephen Owen. ed. *The Cambridge History of Chinese Literature(Vol. II)*. pp. 163-168.

107 Sun, Kang-i, Stephen Owen. ed. *The Cambridge History of Chinese Literature(Vol. II)*. pp. 173-175.

历程，亦是班班可稽"[108]。而后者吴伟业被尊为"诗史"，主要因其"梅村体"，这些长篇的歌行乐府"融合对历史时事的关注与凄婉风华的文辞"、"其文字藻饰华美、哀感顽艳，大有流连光景的情致，但又因时代和题材别具史诗气魄与悲剧精神"，李惠仪在本章主要通过其《松山哀》、《圆圆曲》、《临淮老妓行》、《听女道士卞玉京弹琴歌》等作品来展示吴伟业对历史的探索、追究和反思[109]。

　　山河易主的剧烈历史变动，也使得清初女性诗词中的性别书写出现了全新的景观。李惠仪指出，对于这一时期的女性作家——如徐灿、王端淑、李因、柳如是、刘淑、顾贞立等——而言，"忧国伤时往往逼式她们超越闺阁婉约的语言"，"隐然以'诗史'为楷模"，"留下了许多感怀家国、见证离乱的作品"。在这些作品中，女性诗人、词人在反思历史的同时，往往关联着对自身性别定位的思考，质疑、跨越着性别的界限。她们在作品中有力驳斥了"女子祸国"的论调，且"多有刀、剑等意象"——刀、剑形象"反映对性别界限的质疑，而对性别定位的不满，又往往是悲怀国变图穷的前奏和后果"。家国的沧桑巨变还"改变了女性文学的友情书写"，"男女诗人的相互投赠，如欲不涉儿女之私，则女方多采取男性口气……至于'妾身未分明'的女诗人，则更须以男性化声音自明其志"。更重要的是，"家国之感"还"酝酿诗心之觉醒"，"即诗人对女性文学的自觉与使命感之提升"[110]。此外，书写着的女性诗人、词人同时也被人所书写。例如，陈维崧的《妇人集》中，大多"关乎明清之际女子——尤其是才女——的命运"，它不但"屡次提到女子诗文如何因机缘巧合、口述相传、意外抄录侥幸存留"，还"突显女子诗词与传统诗学求真的理想"，有时还记载了不少明清之际的题壁诗，由此，"书写女子与女子书写呈现一与时代血泪交织而成的凄婉哀艳境界"[111]。

　　清初文学除了书写、反映明清之际历史之外，还面临着如何在反思、继承晚明文学遗产的基础上界定与建立自身新典范的任务。就清初诗坛而言，

---

108 Sun, Kang-i, Stephen Owen. ed. *The Cambridge History of Chinese Literature(Vol. II)*. pp. 175-177.

109 Sun, Kang-i, Stephen Owen. ed. *The Cambridge History of Chinese Literature(Vol. II)*. pp. 178-181.

110 Sun, Kang-i, Stephen Owen. ed. *The Cambridge History of Chinese Literature(Vol. II)*. pp. 181-184.

111 Sun, Kang-i, Stephen Owen. ed. *The Cambridge History of Chinese Literature(Vol. II)*. pp. 189-191.

王士禛成为这一时期的诗坛盟主，"标示世代转移，亦使我们注视典雅和平的诗歌理想所包含的新旧交替。王士禛以"神韵"论诗，"喜欢援引传为司空图所作的《二十四诗品》和严羽的《沧浪诗话》，暗示诗歌关联佛道超越语言和理性思维的感悟"，追求一种"静穆远观的空灵诗风"。李惠仪认为，这种诗风"似乎与政治无涉，但自有其政治意义"[112]，指出超越了历史与政治的诗歌的"含浑的语境可能最容许抒情的多面性，最能引起读者共鸣"，"这是针对文网渐密的保护色，亦是作者借以调解矛盾的感情和视野的方法"，像王士禛的名篇《秋柳诗》、《秦淮杂诗二十首》等，都在"有意无意间建构了可以均衡异同、调和矛盾的诗境，在进退出处间作不同抉择的士人借以相周旋，从而加强了沧桑巨变时代中文人集团的延续性"[113]。王士禛主盟清初诗坛，成为一代新典范的另外一个原因在于他在文学传承上的集大成。李惠仪指出，一般认为王诗"宗唐"，而事实上，他不但兼容众体，"又传承了钱谦益、陈子龙、钟惺等人对于明诗的不同看法"，并进而总结到，"也许调和众议是达成诗界正宗的必经之路"[114]。而在清初词坛上，以朱彝尊为首的浙西词派，"倡导韵趣空灵，使词风'雅化'"，主张"词则宜于宴嬉逸乐以歌咏太平"（《紫云词序》），"隐然与王士禛的神韵说并峙"，以陈维崧为首的阳羡词派则恰与浙西词派的主张相反，它"强调词与诗文目标一样高"，倾慕苏、辛豪放词风，却比苏、辛有"更多苍凉悲感、彷徨踯躅、家国无归的情调"[115]。纳兰词亦被推为一时典范，在清初词坛独树一帜，"尤以写情哀感顽艳冠绝清词"，他习惯"把陈言套语剥蕉至心，层层推演到伤心极致"，虽然"难以归属一家一派"，但后代词人如项鸿祚、蒋春霖似与其一脉相承[116]。

最后，李惠仪概略地描述了1723年的文学景观，指出"文学正宗"在被确立的同时，也经受着质疑和挑战——在诗词领域，尤其明显。由此，李惠仪通过"文学记忆"、"性别书写"以及"新典范的确立"这三个主题的勾连，

---

112 Sun, Kang-i, Stephen Owen. ed. *The Cambridge History of Chinese Literature(Vol. II)*. p. 221.

113 Sun, Kang-i, Stephen Owen. ed. *The Cambridge History of Chinese Literature(Vol. II)*. pp. 169-170.

114 Sun, Kang-i, Stephen Owen. ed. *The Cambridge History of Chinese Literature(Vol. II)*. pp. 189-191.

115 Sun, Kang-i, Stephen Owen. ed. *The Cambridge History of Chinese Literature(Vol. II)*. pp. 223-225.

116 Sun, Kang-i, Stephen Owen. ed. *The Cambridge History of Chinese Literature(Vol. II)*. pp. 226-228.

完成了对清初诗词史的流畅、有机的叙述。

2. 商伟：文人以及文人时代的终结

如果说李惠仪是围绕"晚明"和"清初"这两个互相区别又互相依存的概念展开自己的论述的话，商伟在第四章"文人的时代及其终结（1723-1840）"中则以文人以及文人时代的终结为叙述"盛清"或"清中期"文学的主干。他指出，"盛清时期正是传统人文文化的尾声"，在这一时期，"文学史的轨迹仍然是由文人来塑造的"，随着西方的挑战与现代的带来，"文人阶层被新的作者和读者阶层所取代，这些作者与读者不仅与新的媒体、技术以及现代专业和体制机构息息相关，而且与西方的纪年、思想和生活方式也密不可分"。然而，在这一过程中，儒家知识分子并未消极地放任自己所坚持的文化传统"无可挽回地衰落下去"，实际上，当面临日益显著的西方威胁时，"很多思想家和作家都再次回到本土的资源，希望从中寻找一个可供复兴的价值体系以应对西方的冲击"，"从传统内部发现了变革更新的潜力"，"并不主张革命或者完全否定本土的文化传统"，因此也代表了"通向现代性的一个具有内在活力的文化运动"。不过，"他们所预想的未来，与二十世纪头二十年间将要发生的一切大相径庭"，传统的文人时代还是走向了终结，"改良最终让位给革命"[117]。

尽管商伟认为这一阶段"最激动人心的突破还是发生在声望不高的边缘地带"，将本章笔墨主要集中在了白话小说、传奇与杂剧上，但是他也承认"就数量和社会地位上而言，诗、文两体仍旧主宰着乾隆时期的文坛"这一事实，认为"在这两大块过度耕植和过于拥挤的土地上，也不能说没有新的收获"。在"典雅得体与通俗戏谑"一节，商伟指出，这一时期的诗坛有两个主要特征：其一，文学派别众多。"许多源远流长的派别"在这一时期"形成了蔚为大观的空前盛况"，"通常各自有其地域依托，但派别成员也经常因为共同的文学观念以及对某位大师、某一逝去年代的风格的着意追随而走到了一起"。其二，诗坛的朝野分立。亦即，"在那些接近朝廷的文人与无论可以与否而远离政治中心的文人之间，划出了清晰的分野，他们的文学观也因此大相径庭"——所谓"典雅得体"和"通俗戏谑"即是这种文学观差异在风格上体现[118]。在这一时期诗坛的"典雅得体"的在朝诗人中，商伟介绍了沈德潜、翁方纲

---

117 Sun, Kang-i, Stephen Owen. ed. *The Cambridge History of Chinese Literature(Vol. II)*. p. 246; 342.

118 Sun, Kang-i, Stephen Owen. ed. *The Cambridge History of Chinese Literature(Vol. II)*. p. 256.

及其各自的诗学理念，认为沈德潜的格调说"通过引入复古主义者的观念"、"拓展了王士禛的诗歌理论"，而翁方纲的肌理说"不论在字面意义还是隐喻意义上都构成了对王士禛的'神韵说'和沈德潜的'格调说'的补充"[119]。在这一时期诗坛的"通侻戏谑"的在野诗人中，商伟依次介绍了高密诗派、屈复、厉鹗、黄景仁及袁枚。其中，黄景仁和袁枚被予以的关注最多。前者"不属于任何诗派"、视诗歌"是唯一能让他全身心投注并施展能量、激情和才华的事业"，其诗"在二十世纪上半叶变得极为流行，尤其是在那些写作旧诗的'新文学'作家那里，如郁达夫、朱自清等人"；后者乃前者的同时代知音——虽然二者品味和文风迥异，他论诗主"性灵"，认为"诗歌是与社会和道德拘限相对立的内心天性的自发表现"，"琐碎和日常的东西无一不可入诗"，因此其诗作"标志着一种解放的力量，为古典诗歌注入了新的生命"，后来的忠诚追随者有赵翼、张问陶等[120]。漫长的乾隆时期结束后，商伟认为，在 19 世纪上半叶"具有持久重要性的思想与文化探索，主要来自两个源头"——"公羊学"和"桐城派"。其中，前者"在当时的文学和文学话语中获得了强烈的共振效应"。具体到诗词领域，像张惠言、周济为代表的常州词派"以寓言的方式阐释诗词"、"对于历史的强调"都明显收到了公羊学传统的影响；而龚自珍则是公羊学影响至诗歌领域的最杰出代表，商伟指出，"公羊学肯定给了龚自珍一个稳定的时空框架，是他能够由此而在诗歌和其他文体的写作中，为自己和中央帝国定位"[121]。

除此之外，商伟在本章中也偶有论及女性诗词。和明末清初的女性文学高潮遥相呼应，"十八世纪的后几十年间，女性文学的浪潮又一次开始风起云涌，在十九世纪的上半叶蔚为大观"。商伟指出，"抒情诗仍是女性作者最喜爱的体裁"，这些女性作家"一如既往地通过宴会、随意的聚会以及交换诗作和信件往来等方式"结成社团，"一些著名的文坛人物以闺秀诗人导师的身份公开亮相"，如袁枚之于随园女弟子，陈文述之于其女弟子以及任兆麟、张滋兰之于其周边的女性诗群等。不过，商伟主要关注的是这一时期女性在弹词

119 Sun, Kang-i, Stephen Owen. ed. *The Cambridge History of Chinese Literature(Vol. II)*. pp. 256-257.
120 Sun, Kang-i, Stephen Owen. ed. *The Cambridge History of Chinese Literature(Vol. II)*. pp. 258-265.
121 Sun, Kang-i, Stephen Owen. ed. *The Cambridge History of Chinese Literature(Vol. II)*. pp. 336-339.

与戏曲领域的开拓，并未给予女性诗词太多篇幅[122]。

3. 王德威：文学现代性的可能和文学变革的生成

王德威在本书的第六章"1841-1937 年的中国文学"中沿着商伟对于中国文学内部蕴含着的现代性的论述继续进行思考。他指出，"文学的现代化或许是对政治和技术现代化的一种呼应，但在此呼彼应的过程之中，它不需要复制任何预设的秩序或内容"，例如，"在晚清数十年间文学的概念、作品和传播所表现出的活力和多样性"就难以归于五四运动的现代性叙事中去，它"酝酿着种种潜在的现代性可能"，"代表着早期中国文学对自我革新的吁求"。王德威认为，"这种发微初始的现代性感受"启示我们，"即便在历史发展最不利的境况下，文学仍具备自我重生的能力"。基于这样观点，王德威并未像通行做法那般将晚清文学置于"清代"这一政治框架中呈现，而是将 1841 年至 1937 年之间的中国文学发展作为一个整体纳入到文学"现代化"的视野之下进行叙述。这样的安排，无疑有助于我们理解通常被认为是属于古典世界的晚清文学其实与五四运动以来的现代文学之间的界限并非泾渭分明，为我们回答这一问题——"十九世纪中叶以降，中国文学何以成为'现代'？"——提供了新的视角与思路[123]。在此基础上，王德威进而将这一时期细分为三个阶段，依次为 1841-1894 年、1895-1919 年、1919-1937 年，分别对应晚清文学、文学改良和文学革命。其中，与本论题联系较紧密的内容主要集中于"晚清文学"、"文学改良"这两部分。

龚自珍是王德威叙述晚清诗坛的起点。他认为，"从多种方面来说，龚自珍的人生和著作均可视为一条纽带，与早期现代中国文学最为显著的诸般特点紧相缠绕"。作为现代文学的先驱式的人物，龚自珍"情"、"史"并重的观念，使得他的诗歌"将历史识见与抒情才能融会贯通，创造了一种文学形式，这种文学形式乍看似曾相识，细读之下却与传统有着根本区别"[124]。其余波所及，影响到了同样专攻公羊学的康有为，而梁启超"从龚自珍处继承了'少年'意象"，鲁迅则"似乎被诗人对'狂士'和'狂言'的偏爱所吸引"，甚至

---

122 Sun, Kang-i, Stephen Owen. ed. *The Cambridge History of Chinese Literature(Vol. II)*. pp. 331-335.

123 Sun, Kang-i, Stephen Owen. ed. *The Cambridge History of Chinese Literature(Vol. II)*. pp. 413-415.

124 Sun, Kang-i, Stephen Owen. ed. *The Cambridge History of Chinese Literature(Vol. II)*. pp. 415-417.

"现代中国诗人和政治家乐于塑造的'崇高形象'也来自龚自珍打破传统的诗歌",例如,"毛泽东在 1958 年推动人民公社运动时引用的一首关于宇宙力量的诗作,正是龚自珍的作品"[125]。在龚自珍身后,王德威简要介绍了晚清诗坛"三足鼎立"着的三个主要诗派,分别是以王闿运和邓辅纶为首的汉魏六朝诗派、以樊增祥和易顺鼎为首的晚唐派,以及以陈三立、陈衍、郑孝胥为代表的宋诗派,认为这些诗派"都致力于分别通过借助汉魏六朝、晚唐、宋等不同时期的古老典范来复苏真正的诗歌","将过去不同典范并置在同一历史空间里,以前所未有的空间化的方式,将不同脉络和时期的诗学'拼接'在一起",就"已经显示了传统的必然崩溃"[126]。正值"晚清诸多诗人与诗学传统激斗正酣"之际,黄遵宪以"横空出世"的方式出现了。王德威认为,"在诗歌改革中,黄遵宪前继龚自珍未竟之事业,后启梁启超 1899 年'诗界革命'之号召",指出黄遵宪在"我手写我口/古岂能拘牵"的信念之下建立了"一种新的诗歌风格",而他"遍游美洲、欧洲和亚洲多国"的海外使臣经历,使得他的诗作"呈现出多样文化、异国风情的丰富面貌,以及最有意义的、富有活力的时间性",此外,他还"热情地吸收民歌和俗语入诗,以传达一种现实感"、"显示出强烈的人文关怀"[127]。

在文学改良部分中,王德威指出,"梁启超发起的三次革命,即诗界革命、文界革命和小说界革命中,小说界革命最为当时文人热情接受",因此,其论述的笔墨多集中于小说,而非诗歌。他提到,"尽管梁启超等人付出了不懈努力,旧的文学形式如桐城派古文、各类旧体诗和骈文小说,仍旧被为数众多的作者和读者创作和喜爱,甚至在清末民初出现了令人难以置信的再度繁荣"[128]。在"革命(revolution)与回旋(involution)"一节,王德威进而指出,这一时期的文学"与其说是摆荡于新旧之间的两级,不如说是以回旋(involution)为形式的革命(revolution),以及以'去其节奏'(de-cadence)为形式的颓废(decadence)",认为"回旋""更好地描述了现代文学产生的

125 Sun, Kang-i, Stephen Owen. ed. *The Cambridge History of Chinese Literature(Vol. II)*. p. 436.

126 Sun, Kang-i, Stephen Owen. ed. *The Cambridge History of Chinese Literature(Vol. II)*. pp. 418-420.

127 Sun, Kang-i, Stephen Owen. ed. *The Cambridge History of Chinese Literature(Vol. II)*. pp. 420-422.

128 Sun, Kang-i, Stephen Owen. ed. *The Cambridge History of Chinese Literature(Vol. II)*. pp. 441-442.

迂回路径"[129]。具体到诗词领域,"民国初年,虽然文学改革的呼声甚嚣尘上,传统的诗派仍然发挥着自己的力量"。例如,陈三立、王国维、金兆藩等"传统诗人用诗歌方式悼亡伤逝,因此往往被视为是遗民余音";又如,陈去病、柳亚子等人组建的南社、秋瑾的诗词作品,显示了"传统诗歌也可以作为传统文人宣扬激进思想的形式";而在被日本割据的台湾,在遗民的文化诉求与日本的殖民政策的合力下,"1890年代至1920年代中期,传统诗歌在台湾岛经历了意料之外的复兴"[130]。这表明,这些"古体诗作者虽然形似保守,却可能以一种对话的方式,展现出他们与时代的关联"[131]。

对于晚清的词体创作,王德威指出,它"在晚清迎来了短暂的复兴"。他在介绍了王鹏运、朱祖谋等人的创作以及常州词派的词论观点之后,表示相较于其他文人,词人"这个特殊群体对粗暴改革和虚假现代化过程中文化的破坏变得更为敏感"[132]。在第六章的结语部分,王德威还特意提到了晚清词人吕碧城,认为她的词作"关注空间联系和女性关系,越过地理和诗学的边界,以女性的意识重新塑造了整个词学领域"[133]。

以上即是对《剑桥中国文学史》中有关清代诗词内容的概述。虽然上述内容是由笔者从各个章节中剪辑、拼接、组合而成,但从中我们仍看到,各章节的论述以及章节间的衔接仍是逻辑统一、叙述连贯、文字通畅的。通过审视此书的清代诗词这一隅,我们可知《剑桥中国文学史》的编纂理念得到了较好地贯彻执行,它的文学史书写以及对于新文学史模式的探索,基本上是取得了预想中的成功效果。虽然有论者认为此书在某种意义上解构了文学史的写作、太过重视文化而轻视了文学本身的审美要素,但无可否认,它可以说是目前英语世界——甚或可以说是中西学界——自翟理斯《中国文学史》之后所书写的最系统、最创新以及最具学术启发性的中国文学史著作之一。

除了上述两书外,还有若干用其他语种写就的中国文学史著作翻译到了

---

129 Sun, Kang-i, Stephen Owen. ed. *The Cambridge History of Chinese Literature(Vol. II)*. p. 457.

130 Sun, Kang-i, Stephen Owen. ed. *The Cambridge History of Chinese Literature(Vol. II)*. pp. 462-464.

131 Sun, Kang-i, Stephen Owen. ed. *The Cambridge History of Chinese Literature(Vol. II)*. p.562.

132 Sun, Kang-i, Stephen Owen. ed. *The Cambridge History of Chinese Literature(Vol. II)*. pp. 419-420.

133 Sun, Kang-i, Stephen Owen. ed. *The Cambridge History of Chinese Literature(Vol. II)*. p.562.

英语世界之中。

其中，伊维德、汉乐逸（Lloyd Haft）两人合著的《中国文学导论》（*A Guide to Chinese Literature*）[134]和骆玉明的《简明中国文学史》（*A Concise History of Chinese Literature*）[135]两书较值得注意。前者 1985 年首次初版时由荷兰语写成，1997 年被译至英语世界，它"将读者定位为几乎不具有中国历史和文化的知识背景的大学生，为他们提供关于中国文学史的基础史实的一个纲要性概略"[136]，与其他文学史著作不同，它主要围绕科技手段（书写技术、书写载体、复制技术等）对文学创作和传播的影响来组织安排内容，列出的时间节点有"从早期到纸张的发明"（公元 100 年以前）、"从纸张的发明到书籍印刷的普及"（公元 100-1000 年）、"从书籍印刷的普及到西方印刷术的传入"（公元 1000-1875 年）以及"转向现代文学"（1985-1915 年）等，这种分期方法是对或以断代或以文类为标准的文学史写作模式的补充和发展；不过由于"导论"的性质，此书中对于清代诗词着墨不多。后者是骆玉明 2003 年出版的《简明中国文学史》[137]的英文版，2011 年由美国华裔学者叶扬翻译而成，是由张隆溪和施耐德（Axel Schneider）主编的"博睿中国人文研究丛书"（Brill's Humanities in China Library）中的一种，与它同列此丛书的还有洪子诚的《中国当代文学史》、陈平原的《触摸历史与进入五四》以及陈来的《传统与现代：人文主义的视界》等。此书"强调从文学的独特价值尺度去分析问题，诸种文学发展的基本线索、各时期文学演变的主要特征和重要作家作品在艺术创造上的独特意义及影响"，虽以"简明"为名，但是"在某些环节，如对部分重要作家作品的分析和评价上，其论述甚至比一般多卷本文学史更为周详"[138]，其清代诗词部分尤其如此，如书中对于王士禛、袁枚、龚自珍、黄遵宪等人的论述甚为深入透彻。

这些由外文译为英语的中国文学史著作，与上述章节所述及的英语中国文学史著作一道，共聚于"英语世界"这一场域，在"众声喧嚣"、促进了学

134 Idema, Wilt, Lloyd Haft. *A Guide to Chinese Literature*. Ann Arbor: The University of Michigan, 1997.

135 Luo, Yuming, and Yang Ye. *A Concise History of Chinese Literature*. Brill, 2011.

136 [荷]伊维德，庄新，翻译与研究：站在中国文学研究的前沿——伊维德教授访谈录[C]// 黄卓越编，汉风（第 01 辑），北京：五洲传播出版社，2017：16-17。

137 骆玉明，简明中国文学史[M]，上海：复旦大学出版社，2004。

138 黄俊，骆玉明：离不开章培恒先生对我的指导，《简明中国文学史》闯入西方学术圈[N]，劳动报，2011-07-12（08）。

术共同体的理解和交流的同时，又催生了新的有关清代诗词史、乃至中国文学史书写的可能性。

四、英语世界清代诗词史的书写特征与流变轨迹

英语世界的中国文学史在清代诗词领域的书写特点以及变化，概而言之，主要体现在以下几方面：

其一，对于清代诗词的文学价值及艺术魅力的评判经历了由低到高的转变。基于自己的文学史观和感性观察，翟理斯在《中国文学史》中不但将叙述清代文学的重点放在了小说上，而且还对清代诗歌的评价甚低，认为"清代的诗，尤其是 19 世纪的诗，大都是矫揉造作的；它们缺少蕴藉，即便对最迟钝的读者来说，也显得太过浅陋"[139]，至于在清代再度复兴的词体，翟理斯更是一字未提。《中国文学史》发表后，英语世界在半个多世纪里再也没有出现同类著作，因此，翟理斯对于清代诗词的轻视乃至忽视，成为了主导英语世界的读者对这一领域的长期态度。20 世纪 50、60 年代出现的几种英语中国文学史，虽然对清代诗词有了一定的正面书写，但是或带有浓厚的意识形态色彩，对清代诗词的评价以政治标准取代了文学标准，或为五四以来的文学进化史观所束缚，将清代诗词视为是行将"衰死"的文体。直至新世纪以来，英语中国文学史著作中才对清代诗词重大的文学价值以及艺术魅力有了高度评价。例如，白润德对清代诗词存世数量的惊叹，"从庞大的存世诗作数量来看，能与 1700 年至二十世纪早期所产生诗词数量相匹敌的时代几乎没有"[140]；又如，李德瑞对于清代丰富诗学遗产的高度肯定；再如，麦大伟对于词在清代再度复兴这一事实的体认。这些评价都反映了清代诗词呈现在英语世界中的形象正逐渐变得正常化、真实化和客观化。

其二，有关清代诗词内容从以译介为主转为以评价、研究为主。翟理斯的《中国文学史》虽然是英语世界第一部中国文学史，但是其实是有点"名不副实"的，它在行文上"译"、"述"参半，有许多包括清代诗词在内的内容都直接来自其译著《古今诗选》、《古文选珍》中，即使在"述"中也少有专题性的深入研讨，而大多仅限于对文学事实的粗略介绍（有时还是错误的）。即使是到了 20 世纪 60 年代，陈受颐在其《中国文学史导论》仍为了"展示中

---

139 Giles, H.A. *A History of Chinese Literature*. London: William Heinemann, 1901, p. 416.
140 Mair, Victor H .ed. *The Columbia History of Chinese Literature*. p. 429.

国文学成就的不同风貌"而在各个章节加入了不少译文,在一定程度上偏离了文学史的书写本意。而新世纪以来的这些英语中国文学史则清晰地界定了文学史与文学选集的不同。例如,《哥伦比亚中国文学史》与《哥伦比亚中国古典文学选集》分工明确、相互配套,《剑桥中国文学史》的编者更是明确表示"由于这项工程的规模和复杂性,我们决定不提供冗长的情节概括,只在必要的时候对作品进行简短介绍"[141]。如此安排,文学史才真正做到了"名至实归"。这种转变能够得以实现,无疑受益于 20 世纪下半叶以来英语世界对于中国文学译介上的系统化以及研究上的细化、深入化。

其三,对于清代诗词的分期由单一的断代法转为多元的分期方法。翟理斯的《中国文学史》和 20 世纪中叶出现的几部英语中国文学史,基本上皆是按照历史朝代的次序来叙述中国文学。单就清代文学而言,它常被切分为清初、清中、晚清三段,所依据的也大都是标志性的政治事件。进入到新世纪以来,文学史的分期方法更为多元起来。例如,《哥伦比亚中国文学史》将"十七世纪"的诗词视为是一个整体,将晚明、明清之交以及清初这三个阶段的文学史容纳至更广阔、也更合理的文化框架之中。又如,《剑桥中国文学史》将龚自珍的辞世视为是近现代史文学的起点,在现代性的视野下讲述了晚清至抗日战争爆发前的中国文学的驳杂生态。再如,伊维德与汉乐逸以西方印刷术传入中国的 1875 年为界,将清代文学分别前后两截。这种对清代文学分期方法上的多元化尝试,背后所反映的正是英语世界的文学史书写意识的自觉与自省,以及文学理论在西方人文研究领域的全面渗入和深度应用。

其四,清代女性诗词在英语世界的中国文学史中得到了较多的重视。不管有意无意,翟理斯在《中国文学史》中对于女性文学的翻译和介绍开启了英语世界中国文学史对于女性诗词的关注和书写进程。随着 20 世纪 90 年代女性主义以及性别理论在英语世界中国文学研究领域持续作用着的影响,新世纪以来的英语中国文学史都在清代文学章节对于这一时期繁荣的女性诗词创作予以了格外的关注,并将其有机地加入到对整个清代文学史的叙述框架中。这似乎是对翟理斯百年前的先见之明的呼应和升华,对于我们还原出一个更完整真实的清代诗词现场具有不可否认的重大意义。

综合以上章节对于英语中国文学史的述评和分析,我们可以很清楚地看

---

141 Sun, Kang-i, Stephen Owen. ed. *The Cambridge History of Chinese Literature*（*Vol.I*）.
　　p. xvii.

到，一个多世纪以来，英语世界对清代诗词的整体评价和研究水平都有了实质性的巨大提升。尤其是《哥伦比亚中国文学史》与《剑桥中国文学史》两书中的相关论述，基本上代表了目前英语学界清代诗词研究的最高水准，也大致反映了英语学界在清代诗词领域的研究新动向。不得不指出，呈现于文学史这一特殊研究平台之中的有关清代诗词的可喜变化，离不开我们即将在第六章论及的那些数量众多、细致深入的微观层面上的清代诗词研究成果——正是它们在量上的充分积累，才使得英语世界"新文学史"的书写成为了可能，并最终取得了质的突破。

第六章　英语世界的清代诗词作家作品及理论研究

一、英语世界的清代诗人诗作研究

　　英语世界对于清代诗人诗作的介绍，最早可以上溯至伟烈亚力（Alexander Wylie）1867 年出版的《中国文献纪略》（*Notes on Chinese Literature*）、翟理斯（H. A. Giles）1898 年出版的《古今姓氏族谱》（*A Chinese Biographical Dictionary*），不过两书皆属于工具书性质的辞书，不少内容都直接摘译自汉语文献，很难称得上是学术研究；后来由中美合作完成并于 1944 年出版的《清代名人传略》（*Eminent Chinese of the Ch'ing Period*），其情况与上述两书十分相似。在 1901 年出版的《中国文学史》（*A History of Chinese Literature*）中，翟理斯虽然设有专章讨论清代诗歌，不但介绍了乾隆、袁枚、赵翼、方维仪这四位清人的生平，还择选了其部分诗作进行了翻译和点评，但是其重点在译介而不在研究，且他还在整体上否定的清诗的文学价值，带着如此偏见，我们很难将他的这些论述定性为"合格"的研究成果。英语世界在真正意义上开始研究清代诗人诗作，则是迟至 20 世纪上半叶的事情了。在这一时期的在华英文报刊中，出现了一批介绍清代诗人及其创作的文章，如文仁亭（E.T.C. Werner）对于王闿运的介绍、庄士敦（R.F. Johnston）对于"八指头陀"释敬安的介绍、李爱伦（Alan Simms Lee）对于赵翼的介绍以及胡先骕对于陈三立的介绍等（参见第三章相关内容），然而它们零星散布、体量有限，一鳞半爪，难窥清诗全貌。不过，李爱伦在《中国科学美术杂志》

（*The China Journal of Science and Arts*）上发表的《赵翼》（"Chao I"）一文还是颇引人注意的：他在文中旗帜鲜明地驳斥了翟理斯在《中国文学史》中将所有清诗斥之为"矫揉造作"的说法，指出"清代真诗的数量是相当可观的，而矫揉造作也并非是清代的'专利'"，而清代诗歌之所以会被人如此误解，或许是因为"星座中那些明亮之星的光芒仍为已死或将死的流星之飞尘所遮蔽，诗人中那些乏味的匠人还尚未步入他们命定被遗忘的进程里"[1]。这是笔者目前所见到的英语世界中最早对清诗的文学价值予以积极肯定的文字。

二战以后，伴随着西方汉学中心转移至北美，英语世界的清代诗人诗作研究的发展渐有起色。以阿瑟·韦利（Authur Waley）在 1956 年出版的《袁枚：18 世纪的中国诗人》（*Yuan Mei: Eighteenth Century Chinese Poet*）为开端，半个多世纪以来英语世界在清代诗人诗作研究领域取得了相当丰富的成果。根据表 7-3 提供的统计信息，黄遵宪、王士禛、钱谦益、袁枚、贺双卿、吴历、郑燮、吴伟业、屈秉筠、薛绍徽、龚自珍、郑珍、乾隆、骆绮兰、王夫之等人，是截止到目前英语世界的学者最为关注的清代诗人，有多达 200 余则的研究文献皆围绕着他们的生平以及创作而展开。在推进英语世界清代诗词研究的进程中，少数几位研究者在其中发挥着关键作用，他们在此领域不但耕耘日久、成果丰富，还能培育风气、奖掖后进，形成了若干声气相通的专门从事清诗研究的学术团体——将评述的重点放在他们身上，实际上就能精准地把握住英语世界清诗研究的代表性成果和主流方向。有鉴于此，本节拟择取林理彰（Richard John Lynn）、施吉瑞（Jerry Schmidt）、齐皎瀚（Jonathan Chaves）、寇志明（Jon Eugene von Kowallis）、孙康宜（Kang-i Sun Chang）、方秀洁（Grace S. Fong）等优秀学者代表的研究成果作为评述重点，在行文过程中，还会兼而将这些学者的研究成果与英语世界其他学者以及国内学界的相关论述进行横向对比，力图以立体的方式呈现 20 世纪 50 年代以来英语世界在清代诗人诗作领域的研究实绩。

（一）回溯传统与史实考辨：林理彰的清代诗人诗作研究

林理彰，现为多伦多大学东亚系荣休教授，曾先后于普林斯顿大学、华盛顿大学、斯坦福大学取得了本科（1962）、硕士（1966）、博士（1971）学位。受其博士阶段的导师刘若愚（James J.Y. Liu）教授重视清代诗学的影响，

1　Lee, Alan W. Simms. "Chao I." *The China Journal of Science and Arts,* Vol. 5, No. 4, pp. 175-176.

他 1971 年在斯坦福大学完成了题为《传统与综合：作为诗人和诗论家的王士禛》（"Tradition and Synthesis: Wang Shi-chen as Poet and Critic"）[2]的博士论文，这是英语世界第一本、也是截止到目前为止的最全面的研究王士禛的著述。在其之后的学术生涯中，林理彰持续关注王士禛诗歌及其诗论，围绕于此发表了一系列论文。进入到 20 世纪 90 年代以后，林理彰的学术兴趣开始转向对"三玄"（《周易》、《老子》、《庄子》）的翻译，现已出版《〈周易〉新译》（*The Classic of Changes: A New Translation of the I Ching as Interpreted by Wang Bi*）[3]、《〈道德经〉新译》（*The Classic of the Way and Virtue: A New Translation of the Daodejing of Laozi as Interpreted by Wang Bi*）[4]两书，《庄子》一书也即将译毕。除此之外，90 年代以后林理彰还开始对晚清"诗界革命"的代表黄遵宪的使日经历以及《日本杂事诗》感兴趣，目前也已就此发表多篇论文。据悉，他今后还计划分别就王士禛、黄遵宪撰写两本学术专著[5]。

林理彰是英语世界中为数不多的长期持续专注清代诗歌及诗学的著名学者，其相关研究成果在中西学界都具有广泛的影响力。余英时曾就他的王士禛研究评价到："林理彰对王士禛诗歌理论的透彻研究，值得文学家与历史学家们密切关注……在免受现代'有机论'偏见影响的前提下，林理彰对中国整个诗歌传统进行评估时显示了自己对文化的敏锐感觉。"[6]相较于英语世界同时代以及后来的中国文学研究者，林理彰的研究理念相当独特：他十分反感将诸如后现代主义、后殖民主义之类的西方理论生硬套用至中国文学研究的做法，认为这将会扭曲作家作品的本意，因而，他主张在研究中尽量直接阅读文学文本，利用第一手的文献材料，试图在历史语境中还原作家初始的

---

2 Lynn, Richard John. "Tradition and Synthesis: Wang Shih-chen as a Poet and Critic." Diss. Stanford University, 1971.

3 Lynn, Richard John. *The Classic of Changes: A New Translation of the I Ching as Interpreted by Wang Bi*. New York: Columbia University Press, 1994.

4 Lynn, Richard John. *The Classic of the Way and Virtue: A New Translation of the Daodejing of Laozi as Interpreted by Wang Bi*. New York: Columbia University Press, 1999.

5 Lynn, R.J. , Guang Shi. " 'I'm an Old-fashioned Chinese-Style Scholar Who Writes in English': An Interview with Professor Richard John Lynn." *Comparative Literature & World literature（CLWL）*. Vol. 3，No. 1.（August 2018）: 10-38.此文乃笔者 2018 年 5 月对林理彰教授访谈的英文稿，附录二"林理彰（Richard John Lynn）教授访谈录"即为其中译文。

6 余英时，人文与理性的中国[M]，台北：联经出版事业公司，2008 年，第 220-221 页。

写作立场及意图。正如他在一次访谈中所表示的那样:"我相信文本完整性自有其意义所在,作者自有其写作意图。我们不应该肆意扭曲古代人的作品,然后把它们强行塞进那些来自中国本土之外的文学理论当中,而应该去试着站在古人的立场去研究这些作品。"[7]这样理念使得他的研究与其博士生导师刘若愚(James J.Y. Liu)的研究产生了显著差异,后者始终以比较诗学的视角去审视中西文学及文化,而前者则主张在具体的历史语境与时空背景下把握作家作品。虽然林理彰曾戏称自己像是个"用英语写作的中国老派学者"(an old-fashioned Chinese-style scholar who writes in English)[8],并将自己的研究方式归类于中国古代考据学的传统之下,但他的这一研究方式的形成,实际上与他20世纪60年代中后期在芝加哥大学求学期间接受的以韦恩·布斯(Wayne Booth)为代表的"新亚里士多德主义者"(Neo-Aristotelian)[9]的学术训练有着更为密切的关联。在具体的研究实践中,他的研究理念主要体现为以下两点:其一,注重在整个中国文学传统中去讨论具体的作家作品,着重考辨文学文本及理论思想所借鉴的历史资源以及所凭借的现实语境。其二,强调史实、史料的收集、甄别、爬梳与整理。他对于王士禛诗歌及其诗学理论的研究鲜明地体现了前一点,而后一点则集中体现在他对于黄遵宪使日经历以及《日本杂事诗》的分析上。

1. 林理彰的王士禛诗歌及诗学研究

在林理彰之前,王士禛及其诗歌、诗学思想已出现有若干介绍和研究成果。1867年伟烈亚力出版的《中国文学纪略》、1901年翟理斯出版的《古今姓氏族谱》以及1944年恒慕义主编的《清代名人传略》这三部工具书中虽有介绍王士禛及其作品的条目,但是大都择选、翻译自中文文献,价值在于信息参考,算不得是真正意义上的研究。二战以后,陈受颐1961年出版《中国

---

7 Lynn, R. J. , Guang Shi. " 'I'm an Old-fashioned Chinese-Style Scholar Who Writes in English': An Interview with Professor Richard John Lynn." *Comparative Literature & World literature(CLWL)*. Vol. 3, No. 1.(August 2018): 15-16.

8 Lynn, R. J. , Guang Shi. " 'I'm an Old-fashioned Chinese-Style Scholar Who Writes in English': An Interview with Professor Richard John Lynn." *Comparative Literature & World literature(CLWL)*. Vol. 3, No. 1.(August 2018), p. 10.

9 又被称为"芝加哥批评学派",当代美国文学批评流派之一,因其主要成员来自芝加哥大学而得名,芝加哥批评学派反对新批评对诗作脱离历史、超越时空的孤立的文本分析,主张历史地、现实地把握批评对象和批评自身,并把批评放在人文学科的广阔背景中,力图恢复亚里士多德在《诗学》中建立的批评模式,故又被称为"新亚里士多德主义"。(马国泉等编,《新时期新名词大辞典》,第1004页)

文学史导论》(*Chinese Literature：A Historical Introduction*) 以及刘若愚 1962 年出版的《中国诗学》(*The Art of Chinese Poetry*) 中偶有论及王士禛的内容，前者在简要阐述了 "神韵" 一语内涵的同时，还就王士禛的诗歌创作成就及其诗学观点进行了评述，后者将王士禛的诗论纳入至 "妙悟主义诗观" (the intuitionalist view) 之下，并言简意赅对其主要诗论观点进行了概括，不过王士禛并非二者的论述重点。1967 年，澳大利亚华裔学者刘渭平 (Wei-ping Liu) 在悉尼大学完成了题为《清代诗学之发展》("A Study of the Development of Chinese Poetic Theories in the Ch'ing Dynasty") 的博士论文，该文在第四章 "王士禛与'神韵派'" 专章讨论了王士禛的诗学思想，这不但是在林理彰之前论述王士禛最深入的文献，也是英语世界目前为止系统研探清代诗学史的唯一著述，本章第三节将会详述之。

　　1966 年林理彰开始跟随刘若愚攻读博士学位，并在后者的建议下将王士禛诗歌及诗学作为博士论文的选题。林理彰坦言，选择在当时英语世界尚少有人关注的王士禛作为研究对象，主要是因为他从刘若愚处得知王士禛和艾略特 (T.S. Eliot) 近似的事实[10]——就艾略特对诗歌传统的重视以及诗歌 "非个人化" (impersonal theory of poetry) 的主张而言，他确实与论诗注重复古以及诗风克制内敛的王士禛有 "异曲同工" 之处。以此为契机，林理彰 1971 年在斯坦福大学完成了题为《传统与综合：作为诗人和诗论家的王士禛》("Tradition and Synthesis：Wang Shih-chen as a Poet and Critic") 的博士论文，并在接下来的近半个世纪中持续关注王士禛的其人其诗，发表有多篇学术论文。其中，较有代表性的有《正与悟：王士禛诗歌理论及其先行者》("Orthodoxy and Enlightenment：Wang Shih-chen's Theory of Poetry and Its Antecedents")[11]、《王士禛〈论诗绝句〉之译注》("Wang Shizhen's Poems on Poetry：A Translation and Annotation of the *Lunshi Jueju*")[12]、《从〈神韵集〉与〈唐贤三昧集〉的角

---

10 Lynn, R. J., Guang Shi. " 'I'm an Old-fashioned Chinese-Style Scholar Who Writes in English'：An Interview with Professor Richard John Lynn." *Comparative Literature & World literature(CLWL)*. Vol. 3, No. 1.(August 2018）：10-38.

11 Lynn, Richard John. "Orthodoxy and Enlightenment: Wang Shih-chen's(1634-1711) Theory of Poetry and Its Antecedents." W. T. de Bary, ed., *The Unfolding of Neo-Confucianism*(New York: Columbia University Press, 1975), pp. 215-269.

12 Lynn, Richard John. "Wang Shizhen's Poems on Poetry: A Translation and Annotation of the Lunshi jueju 论诗绝句."*Chinese Literary Criticsm of the Ch'ing Period(1644-1911)*, John C. Y. Wang, ed.(Hong Kong: University of Hong Kong Press, 1993), pp. 55-95.

度看王士禛的神韵说》("Wang Shizhen's Theory of Spirit-Resonance：Evidence from the *Shenyun ji* (Spirit-Resonance Collection of Tang Verse) and *Tangxian sanmei ji* (Collection of *Samādhi* [Enlightened] Poetry by *Bhadras* [Virtuous Sages] of the Tang")[13]等。从上述篇目信息可以看出，林理彰讨论的焦点主要集中于王士禛的诗学理论而非诗歌创作，不过这两者在林理彰的王士禛研究中是相辅相成、水乳不分的，正像林理彰在其博士论文的绪论中所言："一般来说很少有学者去关注中国的诗歌批评与诗歌创作之间的关系。于我而言，理解此关系恰恰是透彻理解诗歌全貌的关键。如果这一关系能够得以充分阐释，那么我们对于诗歌的感觉以及认知就有可能被更清晰地表达出来。"[14]有鉴于此，为了论述对象的完整性，笔者在此将林理彰对王士禛诗歌创作与诗学理论的研究合在一起评述——虽然本书在第八章中还会再次论及林理彰有关王士禛诗学的相关研究成果。

具体而言，针对王士禛的诗论，林理彰的研究主要从以下两点展开。

首先，受到刘若愚《中国诗学》的影响，林理彰亦根据美国当代著名文论家艾布拉姆斯（M.H. Abrams）在《镜与灯：浪漫主义文论及批评传统》(*The Mirror and the Lamp：Romantic Theory and the Critical Tradition*)一书中所提出的"文学四要素"说（世界、作家、作品、读者），基于对文学活动各要素之间关系的不同强调，认为任何诗歌理论皆可划分为四种类型：强调诗歌与诗人之间关系的"表现主义诗论"（expressionistic theory of poetry）、强调诗人与世界之间关系的"认知型诗论"（cognitive theory of poetry）、强调诗歌与读者之间关系的"实用主义诗论"（pragmatic theory of poetry）以及强调诗歌自身的"形式主义"（formalistic）或"技巧主义"（technical）诗论。通过以"文学四要素"以及四种诗论类型去具体考查王士禛的论诗内容，林理彰认为王士禛"神韵说"的内涵包括以下三方面："神"指的是诗人对于世界的"直觉体认"（intuitive cognition of the universe）以及对于诗歌表达手段的"直觉

---

13 Lynn, Richard John. "Wang Shizhen's Theory of Spirit-Resonance: Evidence from the *Shenyun ji* (Spirit-Resonance Collection of Tang Verse) and *Tangxian sanmei ji* (Collection of *Samādhi* [Enlightened] Poetry by *Bhadras* [Virtuous Sages] of the Tang)." *The Poet as Scholar Eassys and Translations in Honor of Jonathan Chaves*, Ed. David K. Schneider(Philadelphia: Sino-Platonic Papers, 2018). pp. 151-184.

14 Lynn, Richard John. "Tradition and Synthesis: Wang Shih-chen as a Poet and Critic." Diss. Stanford University, 1971, p. v.

掌控"（intuitive control over the poetic medium），"韵"指的是诗人的个人语调（tone）或情绪（mood）[15]。他接着指出，很难将王士禛的诗论单独归于上述四种诗论类型的一种，因为，"和西方同行们相比，中国的批评家往往采取非常折衷的立场"[16]。作为中国传统诗论的代表之一，林理彰通过对王士禛诗论条目的细致考索，最终得出结论，认定"神韵说"至少应是"表现主义诗论"、"形式主义诗论"、"认知型诗论"这三种类型的结合体[17]。

其次，受到美国"新亚里士多德主义"文学批评思想的影响，林理彰格外重视在整个中国文论传统中对王士禛的诗学理论做出回溯式的探究，从而梳理出王士禛构建自己的诗学理论时所吸收、借鉴的前代的理论资源。林理彰在博士论文《传统与综合：作为诗人和诗论家的王士禛》的前两章——几乎占了论文一半的篇幅——中，对出现在王士禛之前的中国文论文本逐一进行了透彻检视，这些文本包括《庄子》、《孟子》、曹丕的《典论·论文》、谢赫的《古画品录》、司空图的《二十四诗品》、严羽的《沧浪诗话》、前后七子的诗学理论等，通过比对了它们所使用的文论术语与王士禛所使用的"神韵"之间的同与异，他最后判定，"作为批评家，王士禛综合了截止到他那时为止的整个批评传统中最重要的一些方面"[18]，"神韵说"正因这点特质才成为中国古代最具影响力的批评理论之一。

带着上述对王士禛诗论的清晰认知，林理彰对于王士禛诗歌创作的解读也随之显得精辟独到。他认为，王士禛所提倡的"神韵说"是一种综合、调和各家观点的诗学理论，以此作为创作的指导思想，其诗歌风格亦应是兼收并蓄的。因此，我们不能将在"神韵说"影响下而创作的"神韵诗"过分简单化地理解为王维、韦应物的山水田园诗一脉——虽然"神韵诗"的主流仍归于此，而应承认王士禛作为诗人的"多元主义者"（pluralist）的一面[19]。在《传

---

15 Lynn, Richard John. "Tradition and Synthesis: Wang Shih-chen as a Poet and Critic." p. 1.

16 Lynn, Richard John. "Tradition and Synthesis: Wang Shih-chen as a Poet and Critic." p. 6-7.

17 Lynn, Richard John. "Tradition and Synthesis: Wang Shih-chen as a Poet and Critic." pp. 209-210.

18 Lynn, Richard John. "Tradition and Synthesis: Wang Shih-chen as a Poet and Critic." p. 214.

19 Lynn, Richard John. "Tradition and Synthesis: Wang Shih-chen as a Poet and Critic." pp. 157-164.

统与综合》一文的第四章中，林理彰就择取了王士禛风格各异的 30 首诗作进行了翻译，并采取一种类似于中国传统的笺注的方式，不但解释了每首诗的关键字句及典故，还就诗作与王士禛诗论的互文关系予以了阐发。此外，在 2017 年发表的《从〈神韵集〉与〈唐贤三昧集〉的角度看王士禛的神韵说》一文中，林理彰从王士禛诗集编选篇目及策略的角度，进一步重申了自己有关王士禛理念中"神韵诗"应包容多种不同风格的论点，还基于自己的研究，站在一个"他者"的角度针对国内学界的王士禛研究提出了商榷的意见："和过去三百年间以及 20 世纪钱锺书等人一样，我也曾想当然地认为王士禛仅将'神韵'与以谢灵运、王维为代表的山水诗传统联系在一起，然而经过最近对王士禛文学批评以及选集——尤其是《唐贤三昧集》——编选的考查，我确信这是一种过度简单化（的想法），他比大部分中国诗歌与诗学的批评家、历史学家所认为的那个他，拥有更宽泛的品味以及更复杂的诗歌理论。"[20]

　　《王士禛〈论诗绝句〉之译注》是另外一篇值得注意的林理彰发表的有关王士禛的论文，它后被收录于 1993 年王靖宇（John C.Y. Wang）主编的《清代文学批评》（*Chinese Literary Criticsm of the Ch'ing Period [1644-1911]*）一书中。这篇论文的特殊之处，首先在于其行文方式。一般意义上的学术论文，都是对特定主题按逻辑分层演绎推演，而林理彰的这篇文章更像是在翻译的基础上、以传统中国笺注诗歌的方式对王士禛的《论诗绝句》组诗进行的研究，虽无缜密论争的过程，但其观点处处体现在笺注的内容中——这不得不让人联想起洪业 1955-1956 年期间在《哈佛亚洲学报》发表的《黄遵宪的〈罢美国留学生感赋〉》、《钱大昕的三首有关元代历史的诗作》这两文中所采取的研究方式。这篇论文的特殊之处，其次还在于其研究对象的择取。自 20 世纪 70 年代开始，林理彰始终关注王士禛的两个身份——诗人、批评家，而王士禛的这 32 首"论诗诗"既是诗歌创作，显示了王士禛高超的诗艺，又是诗歌理论，正如林理彰意识到那样，"这组诗是王士禛最早的诗歌批评……他后来

20 Lynn, Richard John. "Wang Shizhen's Theory of Spirit-Resonance: Evidence from the *Shenyun ji*(Spirit-Resonance Collection of Tang Verse)and *Tangxian sanmei ji* (Collection of *Samādhi* [Enlightened] Poetry by *Bhadras* [Virtuous Sages] of the Tang)." *The Poet as Scholar Eassys and Translations in Honor of Jonathan Chaves*, Ed. David K. Schneider(Philadelphia: Sino-Platonic Papers, 2018). pp. 167.

的许多诗论观点在这里早已显现端倪"[21]。可以说,对于这组诗的译介、注释,完美地契合了林理彰将王士禛视为是中国传统诗歌领域集大成的"诗人-批评家"(poet-critic)的研究需求。

　　林理彰是英语世界当之无愧的王士禛研究权威,在他之外,英语世界的其他研究者也发表了不少富有洞见的学术成果。例如,高友工和梅祖麟 1976 年合写的《王士禛七绝的结句:清代的惯例和创造力》("Ending Lines in Wang Shih-chen's 'Ch'i-Chueh': Convention and Creativity in the Ch'ing")[22]一文,通过考察王士禛绝句中的"悬置意象"(image in suspension)与"无解之解"(solution unresolved)的结句方式,独辟蹊径地从这个角度论证了王士禛与过往中国诗歌传统之间的继承与新变的关系。又如,白润德(Daniel Bryant)在《古南京的句法、语音、情感:王士禛的〈秦淮杂诗〉》("Syntax, Sound, and Sentiment in Old Nanking: Wang Shih-Chen's 'Miscellaneous Poems on the Ch'in-Huai'")[23]一文中,采取了与林理彰《王士禛〈论诗绝句〉之译注》近似的方式,详细译注了王士禛的《秦淮杂诗》。再如,孙康宜在《王士禛与文学新典范》("Wang Shizhen (1634-1711) and the 'New' Canon")[24]一文中,受哈罗德·布鲁姆(Harold Bloom)的《西方正典》(The West Canon)、《影响的焦虑》(The Anxiety of Influence)两书的启发,对王士禛成为清初"典范诗人"的过程进行了细致分析,并最终纠正了布鲁姆的观点,认为一位作家能够走向"典范",除了"美学的竞赛"之外,也由种种主客因素所决定。另外,在林理彰指导下,达瑞尔·卡梅伦·斯特克(Darryl Cameron Sterk)2002 年在多伦多大学完成了题为《王士禛的禅林诗评:讨论和翻译》("Chan Grove Remarks on Poetry by Wang Shizhen: A Discussion and Translation")的硕士论文,在分析了《带

21　Lynn, Richard John. "Wang Shizhen's Poems on Poetry: A Translation and Annotation of the Lunshi jueju 论诗绝句."*Chinese Literary Criticsm of the Ch'ing Period(1644-1911)*, John C.Y. Wang, ed.(Hong Kong: University of Hong Kong Press, 1993), pp. 55-95

22　Kao, Yu-kung, Tsu-lin Mei. "Ending Lines in Wang Shih-chen's 'Ch'i-Chueh': Convention and Creativity in the Ch'ing." *Artists and Traditions: Uses of the Pastin Chinese Culture*, Christian F. Murck, ed.(New Jersey: Princeton University Press, 1976), pp. 131-144.

23　Bryant, Daniel. "Syntax, Sound, and Sentimentin Old Nanking: Wang Shih-Chen's 'Miscellaneous Poems on the Ch'in-Huai.' " *Chinese Literature: Essays, Articles, Reviews(CLEAR)*, vol. 14, 1992, pp. 25-50.

24　Sun, Kang-i. "Wang Shizhen (1634-1711) and the 'New' Canon." *Tsing Hua Journal of Chinese Studies, New Series* Vol. 37, No. 1(June 2007), pp. 305-320.

经堂诗话》中"禅林"一章与王士禛的"神韵说"之间的关系后，还第一次完整地将"禅林"一章译注至英语世界中，研究理路与操作规程颇见其师之影响。

由于王士禛诗歌及诗学在清代诗史中的崇高地位，英语世界围绕着他的研究成果较为丰富，在数量上仅次于最受英语世界学者重视的黄遵宪（参见表 7-3）——而黄遵宪又是林理彰清代诗歌研究的另外一个重点。

2. 林理彰的黄遵宪生平及诗歌研究

由于其在晚清传奇般的外交官生涯、与维新运动千丝万缕的联系以及在诗界革命中所起的示范作用，黄遵宪成为了英语世界学者关注最多的清代诗人，史学家、社会学家、政治学家以及文学研究者分别基于各自的学科立场，对黄遵宪进行了多维度的审视。英语世界最早介绍黄遵宪的文献材料，应是美国当地媒体在黄遵宪 1882 年至 1885 年间担任清朝驻旧金山总领事时对他的新闻报道[25]，不过囿于加州当时浓厚的排华氛围，这些报道不仅丝毫未提及黄遵宪的诗人身份，甚至有时还有肆意歪曲、抹黑黄遵宪的内容。恒慕义 1944 年主编的《清代名人传略》专门列有"黄遵宪"词条，对其生平、外交经历以及文学创作有扼要介绍，可视为是英语世界中最早客观评述黄遵宪的著述。洪业 1955 年在《哈佛亚洲学报》发表的《黄遵宪的〈罢美国留学生感赋〉》一文是最早将黄遵宪诗歌译介至英语世界的文献材料，除提供了《罢美国留学生感赋》的可靠译文外，洪业为此诗所作的详细注释亦是对黄遵宪使美经历以及其时代背景的历史研究。在林理彰之前，英语世界已出版有两部以黄遵宪为论述对象的研究专著，分别是蒲地典子（Noriko Kamachi）的《中国的改革：黄遵宪与日本模式》（*Reform in China：Juang Tsun-hsien and the Japanese Model*）[26]、施吉瑞的《人境庐内：黄遵宪其人其诗考》（*Within the Human Realm：The Poetry of Huang Zunxian, 1848-1905*）[27]，前者主要从外交史、政治史的角度研究黄遵宪，后者则采用传统的传记

---

25 施吉瑞，孙洛丹，金山三年苦：黄遵宪使美研究的新材料[J]，中山大学学报（社会科学版），2016，56（01）：48-63。近年来，施吉瑞开始利用美国当地媒体对黄遵宪使美期间的新闻报道等英文材料，试图还原出黄遵宪使美期间的确切活动与真实心迹，此处所列论文即为其阶段性的研究成果之一。

26 Kamachi, Noriko. *Reform in China: Juang Tsun-hsien and the Japanese Model.* Cambridge: Harvard University Asia Center, 1981.

27 Schmidt, Jerry D. *Within the Human Realm: The Poetry of Huang Zunxian, 1848-1905.* Cambridge: Cambridge University Press, 1994.

批评的方式详尽讨论了黄遵宪其人其诗（本章其后有详论）。在已有专门论著的情况下，林理彰自 1997 年起主要从以下两方面展开了自己对黄遵宪的研究：

其一，考辨黄遵宪与明治时代文人交往的史实以及其使日期间的思想心态的变化。

围绕这一主题的代表论文有《"斯文"与黄遵宪的使日经历》（"This Culture of Ours" and Huang Zunxian's Literary Experiences in Japan"）[28]、《一个 19 世纪中国人的跨文化视野：黄遵宪在日本》（"A 19th Century Chinese Cross-Cultural Perspective: Huang Zunxian in Japan"）[29]、《黄遵宪与明治时期日本文人的交往》（"Huang Zunxian and His Association with Meiji Era Japanese Literati"）[30]、《黄遵宪于明治时期日本文人的交往[第二节：明治时代早期汉诗经典的形成]》（"Huang Zunxian and His Association with Meiji Era Japanese Literati, Part 2: Formation of the Early Meiji Canon of Kanshi"）[31]等。在这几篇文章中，通过检视黄遵宪在《日本杂事诗》、《人境庐诗草》、《人境庐集外诗辑》、《日本国志》、《黄遵宪文集》以及《黄遵宪与日本友人笔谈遗稿》等著述中有关日本友人及明治时代文化的内容，林理彰以"斯文"（this culture of ours）这一术语来概括黄遵宪使日期间（1877-1882）面对长期浸润于中华文化、熟谙于"汉文"、"汉诗"创作的日本明治时代的文人时所产生的微妙的文化心态与思想变化：一方面，"正是在日本的几年中，黄遵宪发现'斯文'不再仅指'我们'的中国传统，而已超越中国领土以及中华族群之外，成为了'我们'的国际传统"，这种对中日文化的亲缘性的认识，使得黄遵宪乐观地期待

28　Lynn, Richard John. "This Culture of Ours"斯文 and Huang Zunxian's 黄遵宪 Literary Experiences in Japan(1877-82)." *Chinese Literature: Essays, Articles, Reviews*, 19(December 1997), 113-38.

29　Lynn，Richard John. "A 19th Century Chinese Cross-Cultural Perspective：Huang Zunxian 黄遵宪 in Japan(1877-82)." *Canadian Review of Comparative Literature*, 24：4(1997), pp. 947-64. 此文与《"斯文"与黄遵宪的使日经历》的内容基本一致。

30　Lynn, Richard John. "Huang Zunxian 黄遵宪（1848-1905）and His Association with Meiji Era Japanese Literati（Bunjin 文人）." *Japan Review: Bulletin of the International Research Center for Japanese Studies*, 10（1998），pp. 73-91.

31　Lynn, Richard John. "Huang Zunxian and His Association with Meiji Era Japanese Literati(Bunjin), Part 2：Formation of the Early Meiji Canon of Kanshi." *Japan Review:Journal of the International Research Center for Japanese Studies*, 15 (2003), pp. 101-125.

中日两国能够精诚合作，共同应对来自西方的挑战，另一方面，通过近距离地观察日本明治维新的进程，黄遵宪认为"斯文"——中国传统文化——在日本的社会改革中发挥着不可替代的重要作用，因此，这一阶段他在开始倾向在中国进行改革的同时，也坚信必须要将古代传统纳入至中国未来的变革设计中。

其二，专题探析黄遵宪的《日本杂事诗》以及有关日本的诗作。

围绕这一主题的代表论文有《黄遵宪〈日本杂事诗〉中的明治时代文化》（"Aspects of Meiji Culture represented in the Poetry and Prose of Huang Zunxian's *Riben zashi shi*"）[32]、《黄遵宪〈日本杂事诗〉中的女性》（"Women in Huang Zunxian's *Riben zashi shi*"）[33]、《徘徊于传统与现代之间：黄遵宪与〈日本杂事诗〉》（"Straddling the Tradition-Modernity Divide：Huang Zunxian and his *Riben zashishi*"）[34]、《现代的追寻与传统的存续：黄遵宪有关日本的诗作》（"Pursuit of the Modern While Preserving Tradition：The Japan Poems of Huang Zunxian"）[35]。如果说在上一类型的论述中林理彰是通过黄遵宪的所有著述来审视他与明治时代文化的关联的话，那么在这里他则将研究视野聚焦于黄遵宪的《日本杂事诗》这一文本，在对具体诗歌文本的译注、评述的基础上，探析黄遵宪对于日本文化的态度以及其改革思想的渊源。承继上一类型的研究中所使用的"斯文"这一核心术语，林理彰在《黄遵宪〈日本杂事诗〉中的明治时代文化》一文中，认为黄遵宪在这个诗歌文本中对于日本文化始终报以平等和尊重的心态，进而否定蒲地典子将《日本杂事诗》解读成体现黄遵宪的"文化殖民"心态的文本。在《黄遵宪〈日本杂事诗〉中的女

---

32 Lynn，Richard John. "Aspects of Meiji Culture represented in the Poetry and Prose of Huang Zunxian's Riben zashi shi (1877-1882)." *Historiography and Japanese Consciousness of Values and Norms*. Ed. Joshua A Fogel and James C. Baxter. (Kyoto：International Research Center for Japanese Studies, 2002), pp. 17-51.

33 Lynn, Richard John. "Women in Huang Zunxian's *Riben zashi sh*i (Poems on Miscellaneous Subjects from Japan)."*Journal of the Royal Asiatic Society* 17:2 (2007), pp. 157-182.

34 Lynn, Richard John. "Straddling the Tradition-Modernity Divide：Huang Zunxian and his *Riben zashi shi*." *Sino-Japanese Transculturation: from the Nineteenth Century to the End of the Pacific War*. Richard King, Katsuhiko Endo and Cody Poulton. Ed. (New York and Toronto: Lexington Books, 2012), pp. 19-32.

35 Lynn, Richard Lynn. "Pursuit of the Modern While Preserving Tradition: The Japan Poems of Huang Zunxian." *Frontiers of Literary Studiesin China* 12(2): 182-216.

性》、《徘徊于传统与现代之间：黄遵宪与〈日本杂事诗〉》、《现代的追寻与传统的存续：黄遵宪有关日本的诗作》三篇文章中，林理彰则指出了《日本杂事诗》整体存在着的"传统-现代"这组极具张力的关系，认为正是在日本明治时代的所见所闻，才催生了黄遵宪融合传统与现代的改革思想。其中，《黄遵宪〈日本杂事诗〉中的女性》一文，从《日本杂事诗》中所书写的有关明治维新后日本女性地位提升以及两性关系改变的这一角度出发，非常有说服力地考察说明了黄遵宪的"传统-现代"观，视角独到新颖，英国皇家亚洲学会因之将其评选为 2007 年度最佳远东研究论文。

此外，林理彰还在上述文章中译注了多篇黄遵宪有关日本的诗文，大部分都是首次出现在英语世界中，同时具有译介与研究的双重价值。

（二）作家专论的典范：施吉瑞的清代诗人诗作研究

施吉瑞，现为不列颠哥伦比亚大学（University of British Columbia）荣休教授，1946 年出生于美国芝加哥，1968 年在加州大学伯克利分校获得学士学位，随后在 1970 年、1975 年获得了不列颠哥伦比亚大学的硕士、博士学位，其博士导师为著名华裔学者叶嘉莹教授。施吉瑞早年的学术兴趣主要在宋诗——尤其是南宋诗歌——领域，曾先后在 1976 年、1992 年出版过《杨万里》（Yang Wan-li）[36]、《石湖：范成大诗歌研究》（Stone Lake : The Poetry of Fan Chengda [1126-1193]）[37]两书。20 世纪 90 年代中期左右，其学术兴趣开始转向清代诗歌领域，先后在 1994 年、2003 年、2013 年分别围绕黄遵宪、袁枚以及郑珍出版有《人境庐内：黄遵宪其人其诗考》（Within the Human Realm : The Poetry of Huang Zunxian, 1848-1905）、《随园：袁枚的生平、文学批评及诗歌》（Harmony Garden : The Life, Literary Criticism, and Poetry of Yuan Mei）、《诗人郑珍与中国现代性的崛起》（The Poet of Zheng Zhen [1806-1864] and the Rise of Chinese Modernity），这三部在二十年间断续完成的著作，材料完备，内容详实，译注丰富，时见新材料、新观点，不但对英语世界的清诗研究有填补空白之功，还得到了国内清诗学界的普遍认可与高度评价。据笔者了解，施吉瑞今后分别会就黄遵宪使美经历、以袁枚之孙袁祖志为代表的近代上海

---

36 Schmidt, Jerry D. *Yang Wan-li*. Boston: Twayne, 1976.
37 Schmidt, Jerry D. *Stone Lake: The Poetry of Fan Chengda*. Cambridge：Cambridge University Press, 1992.

诗坛为主题撰写两部新的著作[38]。

自上世纪 70 年代进入中国诗歌研究领域以来，施吉瑞虽然在学术兴趣上前后经历了较大转变，但是其研究风格却始终保持了一贯的特色。从《杨万里》一书开始，施吉瑞的中国诗歌研究著作大致都由三部分组成：诗人生平经历、诗歌创作及诗学思想、诗歌作品选译。他的这一强调作者生平与文学创作之间关系的研究风格，在当前淹没在令人眼花缭乱的现代主义、后现代主义批评理论里的英语世界的汉学研究中显得格外的"保守"。然而，考虑到他所从事的清诗研究基本上皆属于"拓荒"的性质，这种研究思路的选择以及对研究内容和结构做如此的安排，有助于最大限度地为英语世界的读者提供有关某一诗人的全面信息，并不能视之为"过时"，更何况施吉瑞在他足以称得上"典范"的作家专论中，还敢于突破成见，在现有的材料中时能阐发出"新意"——这一切都使他成为了英语世界在清诗研究领域的贡献最巨、用功最勤、影响最大的学者之一。

1. 施吉瑞对于黄遵宪其人其诗的研究

由于其黄遵宪在欧美国家的外交生涯以及其与晚清维新变法之间千丝万缕的联系，英语世界的学者对他拥有十分浓厚的研究兴趣。有关黄遵宪在英语世界的学术研究史，本书在林理彰一节已有介绍，在此不再赘述。需要引起注意的是，蒲地典子的《中国的改革：黄遵宪与日本模式》一书属于外交史、政治史著作，并非通常意义上的文学研究，而林理彰对于黄遵宪的研究仅以期刊论文或会议论文的形式呈现，论述内容很难称得上系统，且相互之间在观点、材料上多有重复。就这点而言，施吉瑞的《人境庐内：黄遵宪其人其诗考》[39]一书可以说仍是英语世界唯一一部从文学角度系统讨论黄遵宪生平、诗歌创作以及诗学思想的学术专著，其价值不容低估。

施吉瑞将黄遵宪选为研究对象，自然有填补英语学界空白的动机在，正像他本人所意识到的那样："我们通常认为 19 世纪晚期的中国是一个大变革

---

38 Schmidt, Jerry. D., Guang Shi. "Qing Poetry, Translation Principles and Literary Theory: An Interview with Professor Jerry Schmidt." *Comparative Literature & World literature（CLWL）*. Vol. 2, No. 2.（December2017）: 1-23.此文乃笔者 2017 年 10 月对施吉瑞教授访谈的英文稿，附录二"施吉瑞（Jerry Schmidt）教授访谈录"即为其汉语译文。

39 [加]施吉瑞；孙洛丹译，人境庐内：黄遵宪其人其诗考[M]，上海：上海古籍出版社，2010 年。

的年代而非文化创新时期。关于太平天国运动、甲午战争和义和团运动等话题，西方学者一直以来论著颇丰，但是即便是那些研究 19 世纪中国的专家也很难去具体分析帝国王朝最后几十年的某个画家或是诗人。……古典诗歌，这一备受 19 世纪中国知识分子推崇的艺术形式却很少有西方学者涉及。"[40]然而，通过分析黄遵宪这一处在传统与现代交叉点的代表性诗人的诗歌创作情况，从而更好地了解中国古典诗歌逐渐被现代白话新诗所取代的进程以及 19 世纪晚期的政治风貌，才是施吉瑞撰写此书的最重要的目的。他认为，"熟谙中国文学传统使他能够在自己的作品中总结过去三千年的诗法，而与此同时他又对 20 世纪怀有期待"，同时，"晚清革新运动领导人之一的身份也使得黄遵宪的诗歌成为了解 19 世纪中国政治情况的一个重要来源，没有几个中国作家能够洞穿社会弊病（包括讽刺的天赋），而他恰恰能够以诙谐的方式将 19 世纪晚期的中国解剖开来"[41]。

　　基于这样的研究目的，施吉瑞在全书的第一部分"生平经历"（第一至第三章）中，并未仅满足于平铺直叙地罗列史实，而是在介绍黄遵宪一生行迹的同时，不但常夹叙夹议式地讨论其诗歌风格及诗学思想的形成渊源，有时还会辅以诗歌文本充实对黄遵宪所经历过的重大历史事件的叙述，这使得本部分的写作呈现出了一种明显的以诗证史式的"诗传"特征。例如，在第一章"青年诗人"中，施吉瑞引用了黄遵宪十七岁时所创作的《感怀》[42]一诗，用以说明黄遵宪否定宋代新儒学、有保留地肯定汉学的思想谱系。又如，在第二章"作为外交官的黄遵宪"中，施吉瑞引用《逐客篇》[43]一诗说明了美国《排华法案》的通过、加州 19 世纪后期一浪高过一浪的排华运动等历史事件。

　　全书的第二部分"诗论"共十章，包括了第四章到第十三章，是全书的主体和精髓所在，融汇有不少施吉瑞对于黄遵宪诗歌的独到见解。根据论述重点的不同，第二部分大致可分为五个板块：第四章到第六章为第一板块，第七、八章为第二板块，第九、十章为第三板块，第十一、十二章为第四板块，第十三章为第五板块。其中，在第一板块中，施吉瑞先从语源学角度指

40 [加]施吉瑞；孙洛丹译，人境庐内：黄遵宪其人其诗考[M]，第 1 页。

41 [加]施吉瑞；孙洛丹译，人境庐内：黄遵宪其人其诗考[M]，第 1-2 页。

42 黄遵宪著；钱仲联笺注，人境庐诗草笺注[M]，上海：上海古籍出版社，1981 年，第 1-12 页。

43 黄遵宪著；钱仲联笺注，人境庐诗草笺注[M]，第 350-365 页。

出，"革命"一词在中国传统文化语境中"并没有法国大革命之后西方语境中的暴力形式的政治和社会起义的意思，也与中国 1949 年马列主义革命运动大不相同"，其激烈程度要温和许多，其要旨在于"对既有秩序的恢复"、"为了重铸和谐"，因此，他认为，黄遵宪、梁启超提出的"诗界革命"，其实"并不是要彻底否定以往的文学传承"，而是"对近几个世纪以来已经被许多诗人遗忘和抛弃的价值观的复兴与重铸"[44]。换言之，"诗界革命"在追求"口语化"、"新创词"、"新境界"的同时，并未放弃对古典诗歌的形式以及过往的诗歌传统的坚持。虽然经过努力实践，黄遵宪"可以将他继承来的传统诗歌形式发挥到最大的限度，可以将古代的诗扩展到不可思议的程度，可以在他的诗中加入大量的古代没有的新词语"，但是其诗学主张中的形式与内容上的矛盾，使得他"并没有像自己希望的那样改革中国诗歌"[45]，"诗界革命"在某种意义上来说是失败的。在这一板块中，施吉瑞还指出，除了"新派诗"之外，黄遵宪还创作了大量传统主题的诗歌，这是其诗歌创作的重要组成部分，然而却常被中国的学者忽略；他还根据自己从事宋诗的研究心得，认为黄遵宪的传统诗歌的创作受到宋代诗歌——施吉瑞将其概括为"机智之诗"（poetry of wit）——影响最大[46]。第二板块则将视角转向了黄遵宪在日本、欧美担任外交官时就所见所感所创作的域外诗上，这部分论述最有价值的部分，莫过于施吉瑞对黄遵宪域外诗用典类型的概括与分析。他认为，黄遵宪域外诗的用典大致有三类："外国典故"（exotic allusions），指的是"早期中国典籍中对外国文化的描写"；"天堂典故"（paradisial allusions），指的是佛教、道教等宗教典籍中有关仙境的记述，黄遵宪常以此类比他"心目中西方人极高的生活水准"；"转化型典故"（transfer allusions），指的是用"单纯的中国文化或者历史中的典故"来"表现外国文化"，如"金轮铭武后"一句中的"武后"，其实指称的是英国的维多利亚女王[47]。由于域外诗最能体现黄遵宪"新派诗"的特点，对于其用典类型的细化分析，无疑有助于我们深入"以旧风格含新意境"之堂奥。第三板块关注了黄遵宪诗歌中的三种代表性类型——讽刺诗、说理诗、叙事诗，施吉瑞在梳理这三种类型诗歌在中国古典诗史中的流变轨迹的

---

44 [加]施吉瑞；孙洛丹译，人境庐内：黄遵宪其人其诗考[M]，上海：上海古籍出版社，2010 年，第 54-55 页。

45 [加]施吉瑞；孙洛丹译，人境庐内：黄遵宪其人其诗考[M]，第 83-84 页。

46 [加]施吉瑞；孙洛丹译，人境庐内：黄遵宪其人其诗考[M]，第 89 页。

47 [加]施吉瑞；孙洛丹译，人境庐内：黄遵宪其人其诗考[M]，第 106-110 页。

基础上，对黄遵宪所创作的这三类诗歌予以了高度的肯定[48]。第四板块则是施吉瑞对于黄遵宪诗歌的两个专题探讨，在第十一章中，施吉瑞分析了黄遵宪诗中的有关现代科技的因素，认为"现代科学技术为黄遵宪开启了一扇崭新的知识之门，但同时也破坏掉那些给生活赋予意义的传统"[49]，在第十二章中，施吉瑞对比了黄遵宪的《己亥杂诗》与龚自珍的同题组诗之间的同与异，指出两者虽然在形式上近似，但是，"黄遵宪的绝句是属于新时代的，而相比之下，龚自珍的作品是逝去的文学世界的产物"[50]。第五板块，即第十三章"世纪末"，可视作是全书正文部分的结语，在这一章中，施吉瑞将黄遵宪与奥地利作曲家古斯塔夫·马勒（Gustav Mahler）进行了类比，认为二人虽然都是横跨两个世纪者，但是其创作仍牢牢地扎根于 19 世纪，因此，其归属也必然是在 19 世纪："黄遵宪承认了诗界革命的失败，他自己所谓先驱只是向 20 世纪迈出了尝试性的一步。……黄遵宪未能革新古典诗歌；他仅仅是写就了最后辉煌的一章。就像古斯塔夫·马勒那样，黄遵宪也只是个跨时代者。"[51]

从上述内容中可以看出，施吉瑞的黄遵宪诗歌研究的层次相当丰富，即使全书的第二部分"诗论"在内容安排上稍显散乱、部分观点有待商榷[52]，但结合着全书第三部分所提供的近百首黄遵宪诗歌的译文以及他对黄遵宪域外诗、科技诗的独到分析，《人境庐内：黄遵宪其人其诗考》仍不失是一部翔实可靠、富有洞见的从纯文学角度分析黄遵宪诗歌的学术著作。近年来，施吉瑞开始利用黄遵宪的外交禀文、加州的英文报刊及美加两国政府的文献等资料，重新审视黄遵宪使美期间的外交活动，发表了《金山三年苦：黄遵宪在

48　[加]施吉瑞；孙洛丹译，人境庐内：黄遵宪其人其诗考[M]，第 156-192 页。

49　[加]施吉瑞；孙洛丹译，人境庐内：黄遵宪其人其诗考[M]，第 207 页。

50　[加]施吉瑞；孙洛丹译，人境庐内：黄遵宪其人其诗考[M]，第 215 页。

51　[加]施吉瑞；孙洛丹译，人境庐内：黄遵宪其人其诗考[M]，第 230 页。

52　Lynn，Richard John. "Review of *Within the Human Realm：The Poetry of Huang Zunxian，1848—1905* by J.D. Schmidt." *China Review International*，vol.3，No.2，1996，pp.305-331.林理彰在这篇书评中，指出施吉瑞此书的可商榷处，主要有以下几点：（1）诗分唐宋，早在《沧浪诗话》中就有系统表述，而非施吉瑞所言是"明代以后"的事情；（2）吉川幸次郎（Yoshikawa Kojiro）并未像施吉瑞所言的那样，以"心情"（sentiment）标举唐诗，以"理性"（intellect）标举宋诗；（3）施吉瑞以"机智之诗"定义宋诗，然而仅将机智理解为"巧妙的转折"、"幽默的形象"——这些元素同样存在与其他朝代的诗歌里，并不只存在于宋诗之中。

旧金山》[53]、《金山三年苦：黄遵宪使美研究的新材料》[54]、《排华时期黄遵宪智取旧金山海关襄助加拿大华人旅客之史实》[55]等文章，以扎实的材料、严谨的论证，纠正了梁启超《嘉应黄先生墓志铭》、《清史稿》以及国内诸种传记材料中有关黄遵宪使美期间活动的夸大不实的叙述[56]，有助于学界编纂一部更客观更可靠的黄遵宪年谱。国内学界应当密切关注施吉瑞在这一方面的研究成果，它们很可能会给当下的黄遵宪研究带来新的材料与突破。

2. 施吉瑞对于袁枚其人其诗的研究

自 19 世纪末、20 世纪初起，袁枚就以清代最著名的诗人的身份而为英语世界的读者所熟知。翟理斯 1898 年在《古今姓氏族谱》中，将袁枚视为是"中国的布里亚·萨瓦兰"[57]，1901 年在《中国文学史》中更是称许他是"满人统治下少之又少的（the few, the very few）出色诗人之一"[58]。1956 年，阿瑟·韦利出版的《袁枚：18 世纪的中国诗人》[59]一书是西方首部系统评述、研究袁枚其人其诗的学术著作，在很长一段时间里也是英语世界唯一一部清代作家专论，由于韦利本人在西方译界举足轻重的地位，此书在袁枚全世界文学声誉的树立过程中发挥着至关重要的作用。可以说，自被译介至英语世界中之后，袁枚不光吸引着学术研究界的关注，也为许多热爱中国文

53 施吉瑞，刘倩，金山三年苦：黄遵宪在旧金山[J]，华南师范大学学报（社会科学版），2018（03）：5-17。

54 施吉瑞，孙洛丹，金山三年苦：黄遵宪使美研究的新材料[J]，中山大学学报（社会科学版），2016，56（01）：48-63。

55 施吉瑞，李芳，排华时期黄遵宪智取旧金山海关襄助加拿大华人旅客之史实[J]，华南师范大学学报（社会科学版），2015（03）：5-17。

56 梁启超在《嘉应黄先生墓志铭》中记述："美政府尝藉口卫生，系吾民数千。先生数语掉阖而脱之，且责偿焉。"此则轶事被国内论黄遵宪者当作信史而被频繁征引，施吉瑞根据自己的调查，指出："这则由梁启超讲述的轶事很显然是综合了事发之后的种种传闻而最终定型的……如果事情真的像梁启超叙述的那样发生，那么该事件会在当时占据优势的种族主义英文报纸中迅速激起空前不友好的评论，但是并没有这样的状况发生，依旧是连篇累牍的华工被拘捕、被罚款的新闻报道。"（《金山三年苦：黄遵宪使美研究的新材料》，载《中山大学学报》2016 年第 1 期）。

57 Giles, H.A. *A Chinese Biographical Dictionary*. Shanghai: Kelly & Walsh, 1898, pp. 969-970.布里亚·萨瓦兰（Brillat-Savarin，1755-1826），法国著名政治家、美食家。

58 Giles, H.A. *A History of Chinese Literature*. London: William Heinemann, 1901, p. 408.

59 Waley, Authur.*Yuan Mei：Eighteenth Century Chinese Poet*. London: George Allen & Unwin Ltd., 1956.

化的普通读者所喜爱。根据表 7-3 的统计，英语世界有关袁枚其人其诗的研究热度虽然只排第 4 位，但倘若将有关《子不语》、随园女弟子以及《随园食单》的研究考虑在内的话，那么袁枚将会是在英语世界中当之无愧的最受关注的清代作家之一。

虽然有阿瑟·韦利的袁枚传记珠玉在前，但是施吉瑞基于以下两点考虑仍选择袁枚及其诗歌作为其研究对象。首先，施吉瑞指出，阿瑟·韦利这本袁枚传记"主要关注的是其生平经历，而很少言及诸如袁枚的思想或文学理论等重要主题"，认为韦利"对于袁枚人生的兴趣使他忽略袁枚的一些最具创造力的诗歌"[60]，因此，英语世界亟需一本更为完善的袁枚研究专著。其次，施吉瑞还指出，由于韦利成书之时，英语世界有关清代文学的了解还很少，《袁枚：18 世纪的中国诗人》一书实际上"并没有给那些期待理解袁枚诗在同时代的位置或者清诗在中国文学中的位置的读者提供足够的文学语境"，因此，施吉瑞下决心在他的研究中，"描绘一幅有关袁枚对中国文学的贡献的客观全面的图景"，试图"提供翔实的背景以展示袁枚与袁枚以前及同代诗人的独特之处"；换言之，施吉瑞是想通过他的袁枚研究，来完成对清代乃至整个中国诗歌传统的勾连与审视。

为了实现这一不可不谓"野心勃勃"的研究目标，施吉瑞对于袁枚先行研究材料的搜罗之详备，研究内容之丰赡，论述阐发之深入，都达到了令人钦服的地步。全书主体由三部分、共计十三章的内容组成，第一部分为"生平经历"，包括一至三章的内容，第二部分为"袁枚的文学理论与实践"，包括四至六章的内容，第三部分为"主要风格与主题"，包括七到十三章的内容；此书另还有第四和第五部分，在第四部分"随园之旅"中，施吉瑞用文字带领读者游览了袁枚去世前几年的随园的各处景点，生动有趣，颇具新意，在第五部分"译诗"中，施吉瑞附上了由自己所翻译的 220 余首袁枚之诗，有不少作品——例如袁枚的许多长诗——都是初次被翻译至西方语言里，是迄今为止英语世界对袁枚诗歌最大规模的翻译。以上五部分内容合起来，使得《随园：袁枚的生平、文学批评及诗歌》一书厚达 750 余页，诚如国内有论者指出的那样，"这本书不仅在英语世界中是袁枚研究中的突破性文献，将之与中国的许多研究对比来看也不遑多让，在不少层面填补了以往袁枚研究的

---

60 Schmidt, Jerry D. *Harmony Garden：The Life，Literary Criticism，and Poetry of Yuan Mei（1716-1798）*.London & New York: Routledge, 2003, p. x.

不足之处"[61]。著名华裔学者孙康宜更是在一篇书评中,视施吉瑞的袁枚研究为"一项前无古人的工作",并将《随园》一书与詹姆斯·鲍斯威尔(James Boswell)[62]的巨著《约翰逊传》(*The Life of Samuel Johnson, LL. D.*)相类比,认为施吉瑞"对袁枚的一生似乎具有一种无所不知的掌握"、"对细节的详尽描述和事无巨细、无所不包的写作原则","都令人联想到鲍斯威尔(James Boswell)的写作方法"[63]。下边分别对构成全书主体的三部分予以简要评述。

全书的第一部分"生平经历"共由三章组成,分别为"早年生活"、"随园生活"、"晚年生活",基本上按照逐年纪事的方式,对袁枚一生的行迹进行了详细的演绎,和《人境庐内》一样,袁枚的诗作经常成为纪事、证史的材料,被施吉瑞穿插在自己的行文中,使得整个第一部分实际上成为了袁枚的一部"诗传"。在第一部分的三个章节中,尤以第二章"随园生活"比重最大、价值最高,施吉瑞在其中逐一分析了袁枚对八股文的看法、世界观、宗教观以及对儒学的态度等,尝试将袁枚复杂的思想底色还原出来,从而挑战了部分学者仅将袁枚视为是某种"文学解放"先锋的偏狭观点。全书的第二部分"袁枚的文学理论与实践"亦由三章组成,分别为"诗歌原则"、"诗歌实践"、"诗歌评价"。围绕"性灵说"的讨论显然是"诗歌原则"一章的重中之重,而集中体现袁枚诗学思想的《随园诗话》、《续诗品》、《论诗绝句》等则成为了讨论的焦点文本,较有新意处在于施吉瑞对于"性灵"、"性情"的讨论:他认为这两个术语在袁枚的诗论中可大致可互换,皆指的是"人类内在的天性与情感",当袁枚特别使用"性灵"一语时,往往还有"被激发出的天性与情感"这层含义[64];然而,袁枚的诗话中使用"性灵"的次数只有20余次,远低于他对"性情"的使用,施吉瑞认为,同时代以及后来的学者以"性灵"指称袁枚的诗学理论,事实上不无偏颇之处。在"诗歌实践"一章,施吉瑞认为

61 陈鑫,袁枚在英语世界的译介与研究[D],北京师范大学,2017 年。

62 詹姆斯.鲍斯威尔(James Boswell, 1740-1795),英国著名传记作家,代表作为《约翰逊传》,对后世传记文学有重要影响力。

63 Sun, Kang-i "Review on *Harmony Garden: The Life, Literary Criticism, and Poetry of Yuan Mei* by J.D. Schmidt." *Harvard Journal of Asiatic Studies*, vol. 64, No.1, 2004, pp. 158-167. 此文的中译文,题为《介绍一部有关袁枚的汉学巨作:J. D. 施米特,〈随园:袁枚的生平、文学思想与诗歌创作〉》,后收录于孙康宜的《古典文学的现代观》(上海译文出版社,2013 年)一书中。

64 Schmidt, Jerry D. *Harmony Garden: The Life, Literary Criticism, and Poetry of Yuan Mei(1716-1798)*, London & New York: Routledge, 2003, pp. 180-186.

袁枚的"性灵说"并未主张毫无节制地在诗中表达自我与感情，相反他十分关注诗歌写作技巧的锤炼，强调炼字、遣词、造句等修辞方面的重要性。孙康宜认为这一发现是施吉瑞此书最大的贡献，因为它"有力地挑战了这个存在已久的观点"，即"所谓'性灵'，指的是不受拘束，自然地表达真情实感"[65]。在"诗歌评价"一章中，施吉瑞并未仅停留在袁枚对于前代诗歌的品评上，他着重考察了袁枚有关清代诗人的诗评，凸显了其论诗不"厚古薄今"的特色。第三部分是全书着墨最多处，也是最为出彩处。施吉瑞将袁枚的诗作大致分为七类：正体诗（normal style）、历史诗（historical style）、政治诗（political style）、说教诗（didactic style）、叙事诗（narrative poetry）、怪异诗（eccentric poetry）以及自然诗（the exploration of nature）[66]。施吉瑞所言的"正体诗"，并非特指某类诗歌，而是用以指代那些通常被认为是具有"袁枚特色"的诗歌，换言之，"正体诗"与学界惯称"性灵诗"大致相同。施吉瑞在"正体诗"一章，主要讨论了宋诗——尤其是杨万里诗歌——对袁枚诗歌创作的影响。除了"正体诗"外，其他六类诗歌类型中，施吉瑞对于"叙事诗"的分析颇具价值：他首先梳理了自诗经、乐府始，经杜甫、白居易，直到清代的吴伟业、王士禛等所承续的中国诗歌叙事传统，接着指出了袁枚在这一传统中的地位与贡献。长久以来，学界津津乐道的是中国诗歌的抒情传统，而对中国诗歌不甚发达、潜含着的叙事传统有所忽略，施吉瑞透过袁枚对这一传统的重新审视，在某种意义上对全面认识中国古典诗歌有一定的救偏补弊的作用。

　　整体而言，施吉瑞的这本《随园：袁枚的生平、文学批评及诗歌》的内容已非常详尽，论述也相当细致深入，在中西学界都是极具学术分量的研究巨作。不过，需要指出，它并非十全十美，还存有一些不尽人意的地方。例如，施吉瑞对于袁枚诗歌的分类标准并不统一，有的依据诗歌主题（如政治诗、历史诗），有的依据的却是诗歌的语言组织形式（如叙事诗），这种稍显混乱的分类标准，有时导致了其论述的重叠和赘余。又如，施吉瑞对于袁枚与其女弟子之间的关系以及袁枚与女弟子之间的唱和作品着墨甚少，而我们知道，袁枚晚年日常生活最重要的一个组成部分，就是与随园女弟子的交游、唱和以及对

---

65 Sun, Kang-i "Review on *Harmony Garden：The Life，Literary Criticism, and Poetry of Yuan Mei* by J.D. Schmidt." *Harvard Journal of Asiatic Studies*, vol. 64，No. 1, 2004, pp. 158-167.

66 笔者对这七种袁枚诗歌类型的翻译，分别采纳了孙康宜、陈鑫的译法。

她们诗集的编选等。再如，施吉瑞对于袁枚叙事诗的分析以及中国诗歌叙事传统的梳理是全书最富创新精神、最具学术价值的部分，但是囿于篇幅，其论述尚不充分，留存了不少有待展开处。

令人欣慰的是，上述这些缺憾，在施吉瑞本人后来的研究以及以他为中心的学术群体的研究中得到了一定程度上的补偿。例如，围绕着袁枚与随园女弟子这个话题，施吉瑞 2008 年在《清史问题》（*Late Imperial China*）一刊上发表了题为《袁枚论女性》（"Yuan Mei on Women"）的长篇论文，论及袁枚生活中的女性、袁枚的女性观、袁枚历史诗中的女性书写等重要主题，可视作是对《随园》一书的补充章节；由施吉瑞所指导的博士生孟留喜（Louis Liuxi Meng）2003年在不列颠哥伦比亚大学完成题为《屈秉筠：袁枚女弟子之一》（"Qu Bingyun (1767-1810)：One Member of Yuan Mei's Female Disciple Group"）的博士论文，此论文 2007 年以《诗歌作为力量：袁枚的女弟子屈秉筠，1767-1810》（*Poetry as Power：Yuan Mei's Female Disciple Qu Bingyun, 1767-1810*）[67]为题在莱克星顿出版社出版，是对施吉瑞的袁枚研究的有益补充和支持。又如，施吉瑞指导的另外一名博士生林宗正（Tsung-cheng Lin）2006 年完成题为《时间与叙述：中国叙事诗中的序列结构研究》（"Time and Narration：A Study of Sequential Structure in Chinese Narrative Verse"）的博士论文，其实正是按照施吉瑞在《随园》一书中梳理出来的中国诗歌叙事传统的脉络、以博士论文的篇幅展开的更为细致的论述，后来林宗正发表的一系列论文，如《袁枚的叙事诗》（"Yuan Mei's [1716-1798] Narrative Verse"）[68]、《金和的女侠叙事诗中的女性复仇者》（"Lady Avengers in Jin He's (1818-1885) Narrative Verse of Female Knight-Errantry"）[69]等，其实也都是对施吉瑞《随园》一书中提及、但尚未展开的论点的延伸与扩充。于此观之，施吉瑞确实是以一己之力将英语世界的袁枚诗歌研究提升到了一个前所未有的新高度。

3. 施吉瑞对于郑珍其人其诗的研究

在《随园》一书出版的十年后，施吉瑞 2013 年推出了他的第三部清代诗

---

67 Meng, Liuxi. *Poetry as Power: Yuan Mei's Female Disciple Qu Bingyun(1767-1810)*. Lexington Books, 2007.

68 Lin, Tsung-Cheng. "Yuan Mei's (1716-1798) Narrative Verse." *Monumenta Serica*, vol. 53, 2005, pp. 73-111.

69 Lin, Tsung-cheng. "Lady Avengersin Jin He's (1818-1885) Narrative Verse of Female Knight-Errantry." *Frontiers of History in China* 8 (4): 93-516.

人研究专著——《诗人郑珍与中国现代性的崛起》[70]。和之前的《人境庐内》、《随园》两书类似，此书仍可称得上是鲍斯威尔《约翰逊传》式的巨著，它共有五部分、八章的内容，厚达 700 余页，依旧大致按"生平经历（第二部分）——诗学与诗（第三部分、第四部分）——译诗选（第五部分）"的结构组织内容，甚至在某些具体的研究主题上，我们都能找到它与以前著作之间的一脉相承的联系，例如，上文已论及的施吉瑞对宋诗之于清诗的影响的关注、对中国诗歌叙事传统的考掘、对中国诗歌中的科技元素的辨认等，都在此书中一一重现并得到了进一步的发扬。

　　这种研究风格上的稳定，并不会遮蔽施吉瑞将郑珍选择为研究对象的突破性意义。正像施吉瑞在第一部分"绪论"中所梳理的那样，在此书出版之前，英语世界介绍、研究郑珍的文献寥寥无几：（1）房兆楹在恒慕义主编的《清代名人传略》中撰写的郑珍辞条[71]；（2）舒威霖（William Schultz）在倪豪士（William H. Nienhauser）主编的《印第安那中国文学指南》（*The Indiana Companion to Traditional Chinese Literature*）中撰写的郑珍辞条[72]；（3）舒威霖 2000 年发表的《论郑珍的用诗》（"Zheng Zhen and the Uses of Poetry"）[73] 一文；（4）白润德（Daniel Bryant）在梅维恒（Victor H. Mair）主编的《哥伦比亚中国文学史》中对郑珍的介绍[74]。在先行研究如此不充分的条件下，施吉瑞的郑珍研究几乎是从零起步的，其学术意义不亚于韦利在 20 世纪 50 年代中期出版的那本袁枚传记。

　　这种研究风格上的稳定，也并没有影响到施吉瑞在分析郑珍其人其诗时

70　Schmidt, Jerry D. *The Poet of Zheng Zhen（1806-1864）and the Rise of Chinese Modernity*. Leiden: Brill, 2013. 此书已由王立译为中文，2016 年在河南大学出版社出版。下文若无特别说明，引文皆参考自此书。

71　Hummel, Arthur W. *Eminent Chinese of the Ch'ing Period（1644-1912）*. Washington: United States Government Printing Office, 1944, pp. 107-108.

72　Nienhauser Jr., William H. *The Indiana Companion to Traditional Chinese Literature*. Bloomington: Indiana University Press, 1986, pp. 242-243.

73　Schultz, William. "Zheng Zhen and the Uses of Poetry." *Ming-Qing wenhua xinlun*（明清文化新论）.Wang chengmian（王成勉）ed.Taibei: Wenjin chubanshe（文津出版社），2000, pp. 311-363.

74　Mair, Victor H. *The Columbia History of Chinese Literature*. p. 438.施吉瑞在《诗人郑珍与中国现代性的崛起》（河南大学出版社，2016 年）中特意将此书与《剑桥中国文学史》对比，指出后者"这份最新的关于中国文学的英文研究中，1500 页的篇幅中竟然没有谈到郑珍"（第12-13 页）。

添人新的视角。在此书中，受以色列社会学家什穆埃尔·艾森斯塔特（Shmuel Eisenstadt）提出的"别种现代性"（alternative modernity）和"多元现代性"（multiple modernity）的启发，施吉瑞认为郑珍诗歌中处处体现着一种源于中国本土的"现代性"，并进一步区分了这种现代性的积极、消极两方面的表现[75]。其中，施吉瑞认为郑珍诗歌的现代性的积极方面应该包括以下九点内容：（1）实事求是的理性主义；（2）对个人的强调、对群体或传统的质疑；（3）思想上的兼收并蓄；（4）种族偏见较少；（5）同情女性；（6）乐观的世界观；（7）身体力行地利用医学、科学改善底层社会；（8）对于社会、政治变革的推动；（9）弟子、亲戚及朋友对于他的现代性的传承与延续。其现代性的消极方面包括以下四点内容：（1）强烈的内疚感和焦虑感；（2）疏离与迷茫的情绪；（3）思想上的危机感；（4）日渐强烈地意识到某些根本性的东西在不可逆地流逝殆尽。事实上，对于郑珍诗歌之现代性的积极、消极两面的体认与解读，不但构成了施吉瑞此书的基本叙述框架，还使他确信，"郑珍是中国伟大的作家，他也是中国现代性的主要先驱之一"、"郑珍的诗作应像杜甫和苏轼的作品那样去阅读"[76]。

《诗人郑珍与中国现代性的崛起》诚然是施吉瑞填补英语世界清诗研究空白的又一力作，然而，正如有论者指出的那样，"郑珍并不是清代文学史上的著名诗人，其声誉主要是地域性的，远比不过施本人之前研究过的黄遵宪、袁枚"[77]，即使施吉瑞在此书中主要是想通过郑珍以及"沙滩派"展示整个19世纪中国诗史的发展脉络，但将郑珍无限拔高至陶渊明、李白、杜甫及苏轼这样的高度的做法也仍有待进一步的商榷与斟酌。

（三）边缘与转捩：齐皎瀚、寇志明的清代诗人诗作研究

在林理彰、施吉瑞这两位最具代表性的研究者之外，英语世界还有很多优秀学者也长期"耕耘"在清代诗词领域，发表了不少较具学术价值的有关清代诗人诗作的研究成果。虽然这些学者进入清代诗词领域的背景和契机各

---

75 [加]施吉瑞著；王立译，诗人郑珍与中国现代性的崛起[M]，开封：河南大学出版社，2016年，第24-25页。

76 [加]施吉瑞著；王立译，诗人郑珍与中国现代性的崛起[M]，第30-31页。

77 Yan, Zinan. "Review of J.D. Schmidt's *The Poet Zheng Zhen(1806-1864) and the Rise of Chinese Modernity*."*Bulletin of the School of Oriental and African Studies*, Volume 78, Issue 01(2015): pp. 218-219.

不相同，其论述择取的研究对象及类型也多种多样，但从整体上来看，大致有两个比较突出的倾向：

其一，关注边缘。所谓"关注边缘"，是指基于自身原因或受西方整体学术潮流影响，英语世界的清诗研究者们会对长期游离在文学史主流之外的边缘作家或作品予以较多关注。例如，集天主教徒、诗人、画家等多重身份于一体的清初文人吴历，长期游离于国内文学史书写的主流之外，然而却备受英语世界学者的重视，这与其主要关注者齐皎瀚的宗教信仰[78]以及他对中国绘画的个人兴趣[79]密切相关。又如，在跨学科的学术视野下，英语世界涌现了多部以兼有画家、诗人双重身份的清代文人为研究对象的学位论文，将梅清（1623-1697）[80]、龚贤（1619-1689）[81]等在清代诗史上并不出名的作家及作品连同其艺术创作情况一同引介至英语世界读者的视野之中。再如，借由80年代中后期性别理论在西方人文研究中普及与运用的"东风"，清代女性作家及作品重新"浮出历史地表"，从过往文学史的"边缘"一跃成为目前英语世界清代诗词研究领域的"主流"和"热门"（下节有专述）。此外，近年来青年学者颜子楠对以前罕有人关注的清代帝王（乾隆、雍正）以及满清贵族（允禧）的诗歌创作的研究[82]，亦可视为是在文学史边缘的有益探索。

其二，重视转捩。历史、政治的剧烈变动，往往能引发文学领域的巨大回响，处在转捩之际的文学创作受极端外部环境的冲击、挤压，反被刺激生成了新的文学活力，塑造出了迥异于以往的文学格局。被后人视为"天崩地坼"的明清之际，因空前的民族矛盾而呼唤出的慷慨激昂的"遗民"文学，加

---

78 Chaves, Jonathan. "Soul and reason in literary criticism: Deconstructing the deconstructionists." *Journal of the American Oriental Society* (2002): 828-835.

79 Chaves, Jonathan. "The sister arts in China: Poetry and painting." *Orientations* 31.7(2000): 129-130.

80 Brix, Donald Edmond. "The Life and Art of Mei Qing(1623-1697)." Diss. University of Southern California, 1988.

81 Wang, Chung-lan. "Gong Xian (1619-1689)：A Seventeenth-Century Nanjing Intellectual and His Aesthetic World." Diss. Yale University, 2005.

82 颜子楠的代表性论述如下：Yan, Zinan. "A Changein Poetic Style of Emperor Qianlong: Examining the Heptasyllabic Regulated Verses on the New Year's Day." Edited by Paolo Santangelo, pp. 371-394.; "Routine Production: Publishing Qianlong's Poetry Collections." *T'oung Pao*, Volume 103, Issue 1-3(2017): pp. 206-245.; "Poetry of Emperor Yongzheng(1678-1735) ." Diss. SOAS, University of London, 2007.; "Voices in the Poetry of the Manchu Prince Yunxi(1711-1758)." Diss. SOAS, University of London, 2011.

之紧随其后的清初文学理论的丰富实践，向来就是学界的研究重点；而经历了中西方文明剧烈碰撞所致的"三千年未有之大变局"的晚清，其文学从外在的语言形式到内在的精神主旨皆发生了深刻而彻底的变革，作为传统与现代的"混合态"，这一阶段文学也是学界一贯关注的对象。根据统计，英语世界有关清代诗人诗作的大部分研究成果都集中在清初、清末两个阶段，在数量上呈现出"两头大、中间小"的"沙漏"状（详见表 7-3），诸如清初的钱谦益、王士禛、吴伟业，以及清末的黄遵宪、龚自珍、陈三立、王国维、苏曼殊等，皆是英语世界学人重点关注、反复论及的重要对象；围绕着这两个转捩阶段的文学，甚至还有出版有专门的论文集和学术专著，如伊维德（Wilt L. Idema）、李惠仪（Wai-yee Li）、魏爱莲（Ellen Widmer）三人主编的《清初文学的创伤与超越》（*Trauma and Transcendence in Early Qing Literature*）[83]、寇志明的《微妙的革命：清末民初的"旧派"诗人》[84]等。

圉于篇幅与精力，本节仅将齐皎瀚、寇志明分别作为英语世界关注清代诗人诗作"边缘"及"转捩"处的学者代表进行重点讨论。

1. 后现代主义的"异议者"：齐皎瀚的清代诗人诗作研究

齐皎瀚，1943 年出生，1971 年获哥伦比亚大学中国文学博士，现为美国乔治·华盛顿大学（The George Washington University）中国语言文学系荣休教授。和施吉瑞相似，齐皎瀚的汉学研究生涯亦起步于宋诗：他的博士论文即以"梅尧臣与北宋初期的诗歌发展"（"Mei Yao-ch'en and the Development of Early Sung Poetry"）为题[85]，他出版的第一部译诗集《天地为衾枕：杨万里诗选》（*Heaven My Blanket, Earth My Pillow：Poems from Sung Dynasty China By Yang Wan-li*）[86]译有南宋诗人杨万里的百余首诗作；即使后来他将主要精力投入到对中国其他朝代诗歌的译介、研究中，宋诗也始终是齐皎瀚念兹在

---

83 Idema, Wilt L., Wai-yee Li, and Ellen Widmer, eds. *Trauma and Transcendence in Early Qing Literature*. Harvard University Asia Center, 2006.

84 Kowallis, Jon Eugene von. *The Subtle Revolution：Poets of the "Old Schools" during Late Qing and Early Republican China*. Berkeley. Institute of East Asian Studies, University of California, 2006.

85 齐皎瀚的博士论文后在修改的基础上出版成书，出版信息如下：Chaves, Jonathan. *Mei Yao-ch'en and the Development of Early Sung Poetry*. New York & London: Columbia University Press, 1976.

86 Chaves, Jonathan. *Heaven My Blanket, Earth My Pillow: Poems from Sung Dynasty China By Yang Wan-li*. New York & Tokyo: Weatherhill, 1975.

兹的学术畛域，近年来他先后出版的《西岩诗：翁卷诗选》（*West Cliff Poems: The Poetry of Weng Chüan*）[87]、《仙人洞：文同诗文选》（*Cave of the Immortals: The Poetry and Prose of Bamboo Painter Wen Tong*）[88]两部译集就是明证。除了宋诗外，齐皎瀚还对唐代及元明清三代的诗歌均有涉足，曾出版有《云门曲：张籍诗选》（*Cloud Gate Song: The Verse of Tang Poet Zhang Ji*）[89]、《参云人：公安三袁诗文选》（*Pilgrim of the Clouds: Poems and essays from Ming China by Yüan Hung-tao and His Brothers*）[90]、《哥伦比亚元明清诗选》等书。齐皎瀚是一位勤勉且高产的译者，在近半个世纪的学术生涯中，他共计译有近千首中国古典诗歌，出版有十余部中日诗文译集，显示了其惊人的毅力与旺盛的创造力。齐皎瀚的译文简洁流畅、生动自然，在精准传达原文的精神风貌的同时，又具有较高的文学性与可读性，受到英语世界读者的普遍认可与赞许，在美国诗坛和译界皆享有崇高声誉的王红公甚至视他为"阿瑟·韦利的继承人"（a successor of Arthur Waley）[91]。

由于齐皎瀚在中国古典诗歌翻译领域所取得的巨大成就，国内学界在对他进行介绍时大多只注意到了他的译者身份，而相对忽视了他作为学者的成就和贡献。事实上，齐皎瀚在西方汉学界是一位极具争议、十分特立独行的研究者，他曾在多个场合及文章中公开抨击当前西方学界的文学研究——当然也包括中国文学研究——滥用后现代主义理论的现象：在《文学批评的魂与理：解构主义者的解构》（"Soul and Reason in Literary Criticism: Deconstructing the Deconstructionists"）一文中，齐皎瀚指出，诸如"解构主义"、"新历史主义"、"女性主义批评"以及福柯的性与身体批评等后现代主义理论，"不但将传统的文学研究方法一扫而尽，更重要的是，还跳出文学研究的范畴，波及到了艺术史、历史乃至整个人文领域"，言辞激烈地表示，

---

87 Chaves, Jonathan. *West Cliff Poems: The Poetry of Weng Chüan* 翁卷（*d. after 1214*）. Tokyo & Toronto: Ahadada Books, 2010.

88 Chaves, Jonathan. *Cave of the Immortals: The Poetry and Prose of Baboo Painter Wen Tong (1019-1079)*. Warren, CT: Floating World Editions, 2017.

89 Chaves, Jonathan. *Cloud Gate Song: The Verse of Tang Poet Zhang Ji [Chang Chi]* 張籍*(766?-830?)*. Warren, CT: Floating World Editions, 2006.

90 Chaves, Jonathan. *Pilgrim of the Clouds: Poems and essays from Ming China by Yüan Hung-tao and His Brothers*. New York & Tokyo: Weatherhill, 1978.

91 Rexroth, Kenneth. "On Mei And Yang." *The American Poetry Review*, vol. 7, No. 6, 1978, pp. 15.

这些"后现代主义批评在知识界的风行造成了我们这个时代的普遍堕落"[92]；在 1990 年美国亚洲研究学会（Association for Asian Studies, AAS）年会的圆桌会议上，齐皎瀚还曾以余宝琳（Pauline Yu）、宇文所安两人的研究为例，痛心疾首地哀叹，"当前我们学界一大怪状就是那些最杰出的头脑却最易受到最坏思想的影响"，认为倘继续不加反思地放任像"解构主义"等后现代理论在中国文学研究领域的"肆虐"的话，我们将丧失对文学之美的感知，在研究中仅余下了浅薄和自负，"最终只能遇见我们自己"（increasingly we meet only ourselves）[93]而已。可以说，齐皎瀚是目前浸淫在后现代主义大潮里的西方汉学界中少有的"异议者"之一，若不能对他所持立场背后的动机——国内尚无人论及——有所了解的话，我们也就无从对其清诗乃至汉学研究成果的学术价值作出准确评估。

根据齐皎瀚自己的说法[94]，他对于后现代主义的反感，并不是出于中国文学研究不适用于来自"西方"的后现代主义的认识，真正促使他形成这一立场的是"常识"（common sense）和"基督教"（Christianity）这两个主要因素。这两者相互区别，又相互联系。关于前者，齐皎瀚指出，"真理"（truth）与"现实"（reality）的始终存在，应是文学研究中不言自明的常识，但后现代主义的理论家却武断声称，"真理并不存在，或者至少通过语言，我们是无从接近真理的"，而他们对于"现实"的质疑与否定，似乎只因——"唯有'现实'被否定，个体方有为自己定义'真实'的空间"。因此，在齐皎瀚看来，这些后现代主义的观点，不啻于古希腊普罗塔戈拉（Protagoras）和高尔吉亚（Gorgias）思想在当代的复现，将会令当代思想界重新陷入相对主义与虚无主义的泥淖中。对于齐皎瀚来说，后者与前者紧密相关。正是因为看到了知识界乃至整个西方世界受后现代主义的影响而普遍弥漫着的

---

92 Chaves, Jonathan. "Soul and Reason in Literary Criticism: Deconstructing the Deconstructionists." *Journal of the American Oriental Society*, vol. 122, No. 4, 2002, pp. 828-835.

93 Chaves, Jonathan. "From the 1990 AAS Roundtable." *Chinese Literature: Essays, Articles, Reviews（CLEAR）*, vol.13, 1991, pp. 77-82.

94 本段对于齐皎瀚观点的复述，皆从他的以下三篇文章中概括而来："Soul and Reasonin Literary Criticism: Deconstructing the Deconstructionists."（*Journal of the American Oriental Society*, vol. 122, No. 4）；"From the 1990 AAS Roundtable."（*Chinese Literature: Essays, Articles, Reviews (CLEAR)*, vol. 13）；"Asleep or Awake? Thoughts on Literature and Reality."（*Translation Review*, vol. 93, No. 1）.

怀疑、否认真理/现实的气氛，齐皎瀚选择在 1988 年改宗基督教，认为只有重新返归至上帝，承认"支撑'现实'的是某种神秘奇妙、令人敬畏且美丽的事物"，文学批评乃至整个时代才能恢复正常（a ruturn to sanity）。从上述梳理中，我们可以清楚看到齐皎瀚作为一个西方知识分子在经历深刻的思想危机后而转向宗教寻求安慰和解决之道的心理历程，虽然他对于后现代主义理论的批判因挟裹宗教情绪而不免太过偏颇，但这一立场至少对于他是有效的，体现在其学术研究领域的逻辑也是自洽的：通过借用维多利亚诗人、天主教教士杰勒德·曼利·霍普金斯（Gerard Manley Hopkins, 1844-1889）创制的"内质"（inscape）[95]这一颇有宗教意味的文学术语，齐皎瀚将无论是中国还是西方的诗歌统一皆视为是"表达'现实'及其'内质'的至高尝试"，沿此思路，他对于诗歌的阅读、翻译、研究实际上都是在体悟、呈现、表征着上帝赋予万物的"内质"；其实，不独诗歌，齐皎瀚长期关注的中国画——中国诗的姊妹艺术形式[96]、以及游记文学——文学的"自然"与自然的"文学"，都是他敬神证道的载体。可以说，至少从 80 年代末改宗起，齐皎瀚就受"内质"之美的感染而进行翻译、研究，复又在翻译、研究中传播、彰显了美的"内质"。唯有准确把握住这一点，我们方能对齐皎瀚的学者身份有更客观、更深刻的理解。

　　在清诗译介、研究领域，齐皎瀚主要着力于以下两点：其一，清初诗人、画家、天主教徒吴历的生平及诗歌创作，围绕于此，他出版有《本源之咏：中

95　"内质"（inscape）的内涵十分复杂，但不论如何，对其的阐释都不能忽略"宗教"这一维度。仅在此摘录国内学界两种较有代表性的说法供参考：（1）"……大体来说，所谓'内质'就是一个物体的综合品质或特性，任何物体都是依靠它本身的内质区别于其他物体，自然万物由于'内质'不同而各异，但都具有一定生命力，一种活力。"（何功杰，《诗苑内外拾零》，132 页）；（2）"但是，自从他改宗天主教、成为耶稣会士以后，自然万物就被披上了一层厚厚的圣光，包括人在内的自然和社会，都渗透着上帝的神意，承载着上帝的使命。他给这种渗透于世界万物中的神意起了一个颇具哲学意味的术语叫做'内质'。内质因承载物的质地、形式、时间、空间的不同而不同。"（蔡玉辉，《挣扎在自然、上帝和自我之间——论 G.霍普金斯式纠结》，安徽师范大学学报[2017 年第 6 期]）。

96　就中国诗画关系，齐皎瀚发表有多篇论文，信息如下："Some Relationships Between Poetry and Paintingin China," *Renditions*, spring, 1976; "Reading the Painting: Levels of Poetic Meaning in Chinese Pictorial Art," *Asian Art*, inaugural issue, Fall/Winter, 1987-88; "The Sister Arts in China: Poetry and Painting," *Orientations*, Vol. 31, No. 7, Sept. 2000.

国画家吴历诗作中的自然与神》(*Singing of the Source: Nature and God in the Poetry of the Chinese Painter Wu Li*)[97]一书，发表有《吴历与中国第一首基督诗》("Wu Li (1632-1718) and the First Chinese Christian Poetry")[98]等文；其二，清代有关黄山的游记性质的诗文，以之为中心，他出版有《一石一天地：黄山与中国游记》(*Every Rock a Universe: The Yellow Mountains and Chinese Travel Writing*)[99]一书，发表有《钱谦益的黄山诗：作为游记的诗歌》("The Yellow Mountain Poems of Ch'ien Ch'ien-i (1582-1664): Poetry as Yu-Chi")[100]等文。另外，齐皎瀚还是英语世界较早研究吴嘉纪的学者，曾有专文[101]论及。接下来，对上述成果逐一进行简要评述：

（1）齐皎瀚对于吴历其人其诗的研究

吴历（1632-1718），字渔山，号墨井道人、桃溪居士，清初著名画家，"清初六家"之一，"少负盛名，晚而学道"[102]，中年起随在华耶稣会士鲁日满（François de Rougemont, 1624-1676）、柏应理（Philippe Couplet, 1624-1692）等人修习天主教义，还曾远赴澳门学道，后晋为司铎，晚年致力于传教事业，绘画、修道之外，亦勤于诗歌创作，有《墨井诗钞》、《三巴集》、《三余集》等诗集存世。集诗人、画家、天主教士三重身份为一体的吴历，其诗画兼擅的特点无疑契合了齐皎瀚自学术生涯起步以来对中国诗画关系的长期关注，而他早年寄心佛道、晚岁改宗天主教的人生经历与齐皎瀚本人转变信仰的心路历程亦有相通互文之处。以此"后见之明"视之，《本源之咏：中国画家吴历

97　Chaves, Jonathan. *Singing of the Source: Nature and God in the Poetry of the Chinese Painter Wu Li*. Honolulu: University of Hawaii Press, 1993.

98　Chaves, Jonathan. "Wu Li (1632-1718) and the First Chinese Christian Poetry." *Journal of the American Oriental Society*, vol. 122, No. 3, 2002, pp. 506-519.

99　Chaves, Jonathan. *Every Rock a Universe: The Yellow Mountains and Chinese Travel Writing; Including A Record of Comprehending the Essentials of the Yellow Mountains*. Floating World Editions, 2013. 书名取自清初安徽文人吴苑（1638-1700）的《望后海诸峰》一诗，其诗曰："寻山兴难巳，理策出烟寺。晴云漾朝光，虚壁响空吹。荒途没人径，一石一天地。环海千万峰，劫初作儿戏。眄左胜难尽，睐右赏不置。坠岸千仞青，嵌空一天翠。平生见名山，履险心忘悸。独此奇无穷，瞠目不敢视。"（《北黟山人诗·卷四·黄山集》，四库禁毁书丛刊本）

100　Chaves, Jonathan. "The Yellow Mountain Poems of Ch'ien Ch'ien-i(1582-1664): Poetry as Yu-Chi." *Harvard Journal of Asiatic Studies*, vol. 48, No. 2, 1988, pp. 465-492.

101　Chaves, Jonathan. "Moral Actionin the Poetry of Wu Chia-Chi(1618-84)." *Harvard Journal of Asiatic Studies*, vol. 46, No. 2, 1986, pp. 387-469.

102　陈垣，吴渔山晋铎二百五十年纪念[J]，辅仁学志，1936，5(1-2): 1-34.

诗作中的自然与神》成为齐皎瀚改宗后所撰的第一本中国诗歌研究专著，实非出于偶然或心血来潮。

由于吴历在清初画坛的崇高声誉以及在明清之际中西文化交流史上的特殊地位，自 20 世纪初期以来，中西学者就从不同侧面展开了对他的研究，然而，在齐皎瀚的《本源之咏》一书出版前，却罕有学者对吴历之诗进行过深入系统的探讨：中国学界对于吴历的研究主要从宗教、历史角度切入，多用功于文献汇编、整理、校释上，如陈垣的《吴渔山晋铎二百五十年纪念》、《〈墨井道人传〉校释》、《吴渔山先生年谱》，以及方豪的《吴渔山先生〈天乐正音谱〉校释》、《吴渔山先生〈三余集〉校释》、《吴渔山先生〈三巴集〉校释》等；而英语世界在 90 年代以前有关吴历的研究文献寥寥无几，笔者目力所及处，见到的惟有丰浮露所翻译的陈垣的《吴渔山晋铎二百五十年纪念》一文、恒慕义主编的《清代名人传略》一书的"吴历"条目以及谭志成、林晓平二人论及吴历绘画的著述[103]，关注的重点亦不在吴历的诗歌上。可以说，无论是在中国学界，还是在英语学界，《本源之咏》都是第一部"首先发掘吴历诗歌创作之优秀并对吴历诗歌创作进行重点研究"[104]的学术专著，填补了清诗领域的一大学术空白。近年来，随着近年来吴历研究的持续升温与深入，具有首创之功的此书自然成为了中西学人频繁征引的最重要的研究文献之一。

从整体上来看，《本源之咏》可分为"诗人"、"诗作"前后两大部分：其中，"诗人"部分是齐皎瀚对于吴历其人其诗的系统讨论，分为"吴历的文学世界"、"吴历的思想与宗教世界"、"吴历的天学诗"三节；"诗作"部分可视为是对"诗人"部分的补充，以接近全书一半的篇幅，翻译了百余首吴历之诗，基本反映了吴历各个时期诗歌创作的基本风貌，是吴历诗歌第一次在英语世界的大规模集中译介，对吴历诗歌的西传贡献卓著。由于"诗作"部分主要属于译介/传播范畴，笔者下边仅对"诗人"部分这一属于研究范畴的内容进行述评[105]。

通过阅读吴历的同代人——如钱谦益、唐宇昭、陈玉璂、陈瑚等——为

---

103 Tam, Laurence Chi-Sing. *Six Masters of Early Qing and Wu Li*. Hong Kong: Urban Council, 1986; Lin, Xiaoping. "Wu Li's Religious Belief and a Lake in Spring." *Archives of Asian Art*, vol. 40, 1987, pp. 24-35.

104 蒋向艳，吴历研究综述[J]，国际汉学，2016(02): 165-170+205。

105 齐皎瀚发表在《美国东方学会会刊》上的《吴历与中国第一首基督诗》一文，实为《本源之咏》"诗人"部分的精简版，在此不再专门予以评述。

其诗集所撰写的序言，齐皎瀚注意到，吴历的画家身份在当时经常遮蔽了他的诗人身份，所谓"然人徒知其善画，而不知其工诗"[106]，此外，同代人对其早期诗歌关注较多，而相对忽略了其中后期诗歌的价值和独特性。但是，在齐皎瀚看来，真正确立吴历诗人身份以及后世声名的，恰是其中后期所写的"完全不同的诗歌"——中国基督诗或吴历自称的"天学诗"[107]，他认为，这种诗歌是"中国诗史上前所未有的创制"，"这种尝试，无论美学上成败与否，都应被视为是中国文学史上最大胆的实验之一"[108]。为了深入探究"天学诗"，齐皎瀚在"诗人"部分的第一节"吴历的文学世界"和第二节"吴历的思想和宗教世界"中，分别从吴历早年间的诗学理念、思想及宗教生活这两个方面，考察了吴历创作"天学诗"的背景和动机：

其一，吴历早年间的诗学理念。齐皎瀚指出，"1670 年到 1671 年是塑造吴历诗人身份的最重要的时期"，因为这一时期吴历"在北京进入了当时包括王士禛、施闰章、宋琬、程可则等在内的主流诗人圈"，不可避免受到这些诗人或多或少的影响。齐皎瀚在此重点分析了三个可能影响吴历后来"天学诗"创作的因素：a. 借用刘若愚的王士禛的研究，齐皎瀚认为王士禛所言之"神韵"是一种"类宗教的形上诗论概念"（quasi-religious 'metaphysical' conception of poetry），这一近乎宗教的诗学理念或对吴历后来的"天学诗"创作有潜在影响。b. 齐皎瀚注意到，吴历在京期间，诗坛出版了由吴之振、吕留良、吴自牧——三人皆与王士禛往来密切——合编的《宋诗钞》一书，并由此推断，吴历很有可能接触过此书，从而其诗歌创作深受清初"宗宋"诗风影响，而宋诗所具有的"强调现实主义、对新事物呈开放性以及相对平淡直白的表达方式"等特质，为吴历的"天学诗"创作提供了诗学上的重要契机。c. 当时北京的文人对于词、散曲、善书等文学形式有普遍的兴趣，他们习于用这些文体去传达儒家观念，这种兴趣及做法或许启发了吴历《天乐正音谱》的创作。[109]

其二，吴历早年间的思想及宗教生活。从分析《淮云问答》这一记录吴

---

106 余怀：《〈写忧集〉序》。

107 吴历、赵仑：《续口铎日抄》。

108 Chaves, Jonathan. *Singing of the Source: Nature and God in the Poetry of the Chinese Painter Wu Li*. pp. 9-10.

109 Chaves, Jonathan. *Singing of the Source: Nature and God in the Poetry of the Chinese Painter Wu Li*. pp. 10-16.

历的业师陈瑚及其门人对话的文本入手，齐皎瀚精警地指出，在以陈瑚为代表的亲历明清巨变的清初知识分子间，普遍弥漫着对儒家经典中诸如"上帝"、"天"等概念的困惑以及面对朝代移易所致的旧有价值观崩毁的惶恐，在这种充满质疑和反思的思想氛围中，知识分子为寻求精神世界的重建而由儒转释、由道转释也就不足为奇了。接着，齐皎瀚还进一步通过对"忻见官除妄/绝无衲叩扉"[110]一诗的详细注解，认为同样经历着清初思想上的"惶恐"与"困惑"的吴历，在独立的灵性探求的道路上，既质疑于程朱理学的本体论和形上论，又不满于佛教的宗教观及修行方法，或许是他最终在儒释道之外选择了天主教这一外来的新精神资源的主要原因。[111]

基于以上两点分析，齐皎瀚展开了第三节"吴历的天学诗"的论述。在此节中，齐皎瀚将吴历的全部诗作分为四类——"传统主题诗"（Poems on Traditional Themes）、"《澳中杂咏》三十首"（Thirty Miscellaneous Poems on Macao）、"基督主题诗"（Poems on Christian Themes in Classical Shih Form）、"基督主题曲"（Poems on Christian Themes in Ch'ü [aria] Form），并重点分析了"《澳中杂咏》三十首"和"基督主题诗"这两类诗。其中，《澳中杂咏》收于《三巴集》前帙，乃是吴历在澳门修道期间吟咏当地风土人情之作，齐皎瀚认为这组诗极有可能是"中国文学作品中最早在直接观察的基础上细致描写西方风俗的诗歌创作"，而诗中显示出的对外国习俗的"令人惊奇的移情以及不排外"（astonishingly empathetic and free of xenophobia）的特质，亦使得吴历成为"尽管身处中国国土，却是一名目击者的身份准确描绘西方风俗的第一位中国诗人"[112]。在对"基督主题诗"一类的分析中，齐皎瀚释读的文本主要是吴历《三巴集》后帙的"圣学诗"以及《三余集》中的《渔父吟》等作品，他指出，吴历的这些"基督主题诗"常常"将中国传统经典中的语汇——如那些对天宫或在月亮、天空或隐于山峦洞穴的仙境的描写——与他自己原创或由耶稣会士译者创制的语汇结合在一起"，以贴切传达以往中国诗歌中从未有过的有关天主教的宗教体悟与经验；通过剖析吴历诗歌中出现的"天梯"、"浮世"、"雪泥鸿爪"等术语，齐皎瀚令人信服地展现了吴历为这些来

110 吴历：《三余集·次韵杂诗七首·其三》。
111 Chaves, Jonathan. *Singing of the Source: Nature and God in the Poetry of the Chinese Painter Wu Li.* pp. 17-46.
112 Chaves, Jonathan. *Singing of the Source: Nature and God in the Poetry of the Chinese Painter Wu Li.* pp. 50-58.

自《楚辞》、佛教典籍的中国传统意象所注入的迥异于以往的宗教内涵，从而使吴历的这些诗成为了其作品中取得最高文学成就的部分[113]。另外，齐皎瀚还以较小的篇幅，简单论及了《天乐正音谱》的价值，指出与对中国传统典籍语汇多有借用的"基督主题诗"的不同，这一文本"在表达上与以往的中国诗歌几乎没有关联"，因此"可被视为是所有中国文学作品中最具原创新的诗作"，并引用郑鄼在《〈天乐正音谱〉跋》中的"今读斯编，格律妥帖，机调圆熟，且复浑雅渊穆，声希味淡，居然于南北曲中，别开新境"[114]一语，郑重向英语世界的读者介绍了吴历这一文本所具有的文学价值。

齐皎瀚在《本源之咏》序言中提及，他写作此书主要有两个目的，一则"在任何语言中首次对吴历之诗进行全面的研究与展示"，二则"透过吴历这一个体的改宗经历去理解基督教在中国十七世纪所扮演的角色"[115]。通过上述评述，我们可以判定，虽然此书中有些观点的逻辑并不严密——如对吴历与清初宗宋风尚的关系的论述，以及对像《天乐正音谱》这样的重点文本缺乏更深入的讨论，但它确实较好地实现了齐皎瀚所提出的上述两个写作目的，可以算作是他为中西学界的清代诗词研究所贡献的最重要的学术研究成果之一。

（2）齐皎瀚对于黄山纪游诗的研究

早在上世纪60年代后期，齐皎瀚就因清初著名徽派画家弘仁（1610-1664）的画作而对黄山以及以黄山为中心的文学艺术创作十分倾心，他一度还打算将弘仁作为自己博士论文的选题[116]，后虽以研究梅尧臣及宋诗获得博士学位，未能实现这一想法，但他对黄山的兴趣却始终浓厚，1988年在《哈佛亚洲学报》上发表了《钱谦益的黄山诗：作为游记的诗歌》一文，2013年还出版有《一石一天地：黄山与中国游记》一书。

在《钱谦益的黄山诗：作为游记的诗歌》中，通过细读文本，齐皎瀚将钱谦益创作于1641年的24首黄山纪游诗[117]分成两组：第一组为《东山诗集

---

113 Chaves, Jonathan. *Singing of the Source: Nature and God in the Poetry of the Chinese Painter Wu Li*. pp. 62-74.

114 方豪，方豪六十自定稿[M]，台北：学生书局，1969年，第1626页。

115 Chaves, Jonathan. *Singing of the Source: Nature and God in the Poetry of the Chinese Painter Wu Li*. p. xi.

116 Chaves, Jonathan. *Every Rock a Universe: The Yellow Mountains and Chinese Travel Writing; Including A Record of Comprehending the Essentials of the Yellow Mountains*. Floating World Editions, 2013, p. x.

117 具体篇目详见《牧斋初学集·卷十九·东山诗集二》。

二》的第 1-18 首，其中，第 1、6、11、12、14、15、16、17、18 首为我们提供了钱谦益"1641 年 4 月 16-21 日的详细而有序的实际旅程"的信息，第 2-5、7-10、13 首记录了"钱谦益旅程中的纷杂感受"；第二组为《东山诗集二》的第 19-24 首，它们"通过突出钱氏所览之主要景点而实现了对其黄山之游的复现"。他注意到，钱谦益的这两组黄山纪游诗，"虽然都是'古诗'，但其韵律却有显著的形式差别，即第一组诗皆为七言一句，第二组诗皆为五言一句"，认为"这种声音类型（types of voice）或诗歌外形（poetic persona）上显而易见的差异绝非巧合"。通过对比两组诗歌的主旨意趣，齐皎瀚发现，钱谦益黄山纪游诗的第一组主要是以近乎自传（autobiographical）的方式去忠实纪录其黄山之行，而第二组则在本质上是抒情的（lyrical），其目的是"为了召唤黄山的永恒之美，从普遍意义上（sub specie aeternitatis）对其予以描述"。齐皎瀚将前者称之为"叙事型"（narrative type），将后者称之为"抒情型"（lyrical type），认为这两种诗歌类型与美国汉学家何瞻（James M. Hargett）在《中国 十二世纪之行旅：范成大的旅行日记》（*On the Road in Twelfth Century China：the Travel Diaries of Fan Chengda*）[118] 一书中所总结的游记文学所具有的"动态"（dynamic）、"静态"（static）两种视角在学理上有类比相通之处，并进而指出，第一组黄山纪游诗因其"动态"、"叙事"的特质而成为了某种意义上的"游记"，显示了钱谦益在文类上沟通诗与游记散文功能的尝试。接着，齐皎瀚择要回溯了中国山水、纪行诗的传统，指出钱谦益黄山纪游诗的第一组应属于孙绰一脉，而第二组应属于谢灵运一脉。最后，齐皎瀚还横向列举了若干与钱谦益同时代文人——如徐霞客、梅清、弘仁等——对于游记文学的普遍兴趣和书写实践的案例，推断这是由于晚明西学东渐以及对宋诗的价值重估所致，体现了一种务实求真的新的时代精神（zeitgeist）的生成。[119]

　　在 2013 年出版的《一石一天地：黄山与中国游记》中，齐皎瀚将视角从钱谦益转向了另外一位与黄山密切相关的、但却长期处于文学史边缘的清代文人——汪洪度（1646-1721?）。和《本源之咏》类似，此书在整体上亦由两部分组成：第一部分是黄山纪游诗文的专题研究，分为四个小节——"旅行者、明

118 Hargett, James M. *On the Road in Twelfth Century China: the Travel Diaries of Fan Chengda*. Stuttgart: Franz Steiner Verlag Wiesbaden Gmbh, 1989.

119 Chaves, Jonathan. "The Yellow Mountain Poems of Ch'ien Ch'ien-i（1582-1664）: Poetry as Yu-Chi." *Harvard Journal of Asiatic Studies*, vol. 48, No. 2, 1988, pp. 465-492.

遗民与朝圣者"、"儒家与黄山"、"佛道与黄山"、"诗人汪洪度";第二部分为汪
洪度《黄山领要录》一书的译文,需特别提及,此译本是《黄山领要录》在英
语世界首个完整译本。仅在此简要述评与本章论题密切相关的第一部分的内
容:在第一节"旅行者、明遗民与朝圣者"中,齐皎瀚指出,黄山虽与"黄帝"
的传说息息相关,但它真正进入到文人视野、成为众多旅行者心仪的胜地则是
迟至 17 世纪中后期的事情了,他认为,这一时期黄山在文化艺术领域中地位
的骤升,主要有政治、宗教、审美三方面的原因,其中,政治原因是指明清易
代之际,大量对新朝不满的明遗民隐居于黄山,为黄山文化书写提供了契机,
宗教原因是指安徽南部地区儒释道三教互溶互渗的氛围,丰富了黄山文化书写
的内涵,审美原因是指对于宋诗的重新发现和价值重估,使得文化艺术的各个
领域普遍滋长出"一种新的现实主义"(a new realism),促生了以黄山为中心
的游记书写;另外,齐皎瀚还在此节引用了刘勰在《文心雕龙》里所总结的"为
文而造情"、"为情而造文"两种写作姿态,认为汪洪度有关黄山的诗文创作在
上述两种姿态中找了完美的平衡点,故而在清初众多黄山纪游诗文中值得予以
特别关注。在第二节"儒家与黄山"和第三节"佛道与黄山"中,齐皎瀚分别
检视了黄山和安徽南部地区与三教有关的文化遗存,阐明了当地融合三教于一
炉的特殊文化氛围以及三教与民间信仰互相关联的文化态势,从而向英语世界
的读者系统介绍了黄山丰富的人文内涵。在第四节"诗人汪洪度"中,齐皎瀚
指出,学界长期以来对汪洪度的诗歌、散文及绘画成就的忽视是有失公允的,
认为汪洪度的纪游诗,"完美地将自然诗歌的古代传统与个人经验的特殊情景
融为一体",具有很高的文学价值,而诸如《翁履冰》、《纪岁珠》等诗作,则远
承杜甫的"诗史"精神与白居易"新乐府"诗的旨趣,近接吴嘉纪以诗笔记录
底层民生疾苦的路数,以"直白而有力的叙事诗"的形式为我们提供了许多明
清鼎革下底层人民的喜怒悲欢的鲜活案例。另外,齐皎瀚还注意到了汪洪度所
作的《扬州竹枝词》组诗,扼要地点评了汪氏对民间谣曲的灵活借用与改造,
最后他总结到,"尽管现已难窥汪洪度诗歌全貌,但根据现存的《息庐诗》和其
他一些散见在画轴和诗选中的作品来看,我们可以确认,汪洪度确实是一位严
肃的诗人……他是中国文学史上为数不多的兼擅诗文的作家之一"[120]。

---

120 Chaves, Jonathan. *Every Rock a Universe: The Yellow Mountains and Chinese Travel Writing; Including A Record of Comprehending the Essentials of the Yellow Mountains.* Floating World Editions, 2013, pp. 1-68.

（3）齐皎瀚对于吴嘉纪其人其诗的研究

齐皎瀚 1986 年发表在《哈佛亚洲学报》上的《吴嘉纪诗中的道德行为》一文，长达 82 页，是英语世界目前最深入、最系统的有关吴嘉纪诗歌的专题性论述。这一文献虽为期刊论文，但其结构与齐皎瀚的《本源之咏》、《一石一天地》两书近似，在整体上亦分为前后两部分：前半部分为齐皎瀚对吴嘉纪诗歌的专题研究，后半部分由两个附录组成，其中，附录一是齐皎瀚翻译的二十余首吴嘉纪之诗，附录二是齐皎瀚翻译的与吴嘉纪有关的清代文人的作品；前半部分是对后半部分的"导论"和"解读"，而后半部分则为前半部分提供"支持"与"补充"。

在此文的前半部分，齐皎瀚开篇就指出，"1644 年的政治危机引发了清初士人深刻的自我反省，他们倾向于认为，'忠'、'孝'、'贞'等传统儒学基本价值观败坏，最终导致了明季的衰亡"，因此，这一时期的知识分子普遍迫切地去寻求对儒学传统的复兴以及对儒家基本价值观的重新确认（reaffirmation），这种带有鲜明时代印记的思想诉求，体现在清初文学创作的不同领域，戏剧方面以《桃花扇》代表，而诗歌方面则以吴嘉纪的创作的代表。齐皎瀚注意到，清初存有大量诗作注重"记录农民、商人、底层文人等各阶层的行为"，而这些行为往往"真切地展示了核心儒学美德持续的生命力"，而吴嘉纪之诗是这类诗歌作品中的翘楚。接着，齐皎瀚引入了本书的核心术语——"道德行为"（moral action），来概括吴嘉纪诗歌的主要旨趣，指出吴氏视当时社会"最无力、最边缘的民众"——而非士人、高官等精英阶层——为"重新确认文明基础价值观的载体"（vehicles for reaffirming the civilization's most fundamental values），在诗中注重记录这些普通人富有道德感的"行为"，而不是他们的"声音"，因为"在危机之时，个体的'行为'以及其行为所体现出的'道德选择'，才是真正重要之事"，认为吴嘉纪实际上在诗中寄予了"复兴传统中国价值观、乃至中华文化的希望"。以此作为核心论点，齐皎瀚接着以大量篇幅分析了若干出现吴嘉纪诗中、用实际行为去践行"忠"、"孝"、"贞"三种价值观的案例，不但细致阐述了体现在这些诗中的既保守又灵活——尤其是在他处理自残、自杀等主题时——的吴嘉纪的道德理念，还高度评价了吴嘉纪在这些诗作中所运用的纯熟的叙事技巧，"故事残酷地揭示了其可怖结局，每首诗因之获得了一种刀劈剑刺、直击本质的表达效果"。最后，齐皎瀚还就吴嘉纪诗歌创作与当时儒释道三教融合及民间信仰的关系进行了简要论述。[121]

　　综上所述，国内学界目前多将齐皎瀚视为是一位勤奋多产、才华横溢的译者，而相对忽视了其学者身份。通过上述对齐皎瀚清诗研究成果的回顾，我们不难发现：齐皎瀚是英语世界为数不多的热心推动清代诗词翻译与研究的西方学者之一，他特立独行的学术理念和研究风格，使他能够去关注那些通常被主流学界所忽视的"边缘"作家和文本，虽然其论述有时稍显牵强，对某些作家的评价亦带有较强主观色彩，但这些成果以其前瞻性和填补学术空白之功而使得齐皎瀚成为了英语世界清代诗词研究领域中不容忽视的另一重要学者。

2. 从鲁迅到晚清：寇志明的清末民初"旧派"诗人诗作研究

　　在英语世界中，只有个别学者——如林理彰、麦大伟等——是在其学术生涯的初始阶段就选择清代诗词作为自己主要研究领域的，目前活跃在这一领域的中坚学者有很大一部分都是从其他学术方向转投而来的。大致来讲，这种转向有两种基本路径：其一，从清代之前——尤其是宋代——的文学"顺流而下"，进入清代文学，如上文提及的施吉瑞、齐皎瀚以及下文将论及的孙康宜、方秀洁等人，皆由宋代诗词研究起步[122]，而最终抵达清代诗词研究之域；其二，立足于现当代文学，"沿波讨源"而至清代文学，如以研究茅盾、老舍小说而崭露头角[123]的王德威，后因对晚清小说现代性的发现和对中国抒情传统的考掘，转而提出"没有晚清，何来五四"的口号，对龚自珍之诗多有论及。和王德威类似，本节接下来将要重点讨论的寇志明亦由第二种路径而步入清诗研究领域之中。

　　寇志明，现任教于澳大利亚新南威尔士大学，先后于哥伦比亚大学、夏威夷大学、加州伯克利大学取得了学士、硕士、博士学位。他在夏威夷大学

---

121 Chaves, Jonathan. "Moral Action in the Poetry of Wu Chia-Chi（1618-84）." *Harvard Journal of Asiatic Studies*, vol. 46, No. 2, 1986, pp. 387-469.

122 施吉瑞的博士论文题为"杨万里之诗"（"The Poetry of Yang Wan-li"），齐皎瀚的博士论文题为"梅尧臣与北宋初期的诗歌发展"（"Mei Yao-ch'en and the Development of Early Sung Poetry"），孙康宜的博士论文题为"晚唐迄北宋词体的演进"（"The Evolution of Tz'u from Late T'ang to Nortahern Sung"），方秀洁的博士论文题为"吴文英与南宋词艺"（"Wu Wenying and the Art of Southern Song 'Ci' Poetry"）。

123 Wang, David Der-wei. "Verisimilitude in Realist Narrative: Mao Tun's and Lao She's Early Novels." Diss. The University of Wisconsin-Madison, 1982.

完成的硕士论文题为"鲁迅旧体诗译注"（"An Annotated English Translation of Lu Xun's Classical Chinese Poetry"），后经修改以《全英译鲁迅旧体诗》（*The Lyrical Lu Xun：A Study of His Classical-style Verse*）[124]为题在夏威夷大学出版社出版。根据寇志明的自述[125]，他在加州伯克利大学跟随白芝（Cyril Birch）攻读博士学位期间，最初仍打算继续研究鲁迅，"原定的博士论文题目是鲁迅在他早期文言论文里对中国传统思想的态度"，因为"这些文章同他的旧体诗一样虽然是用古文写的，但在内容上却有明显的现代性倾向"；后在白芝、夏志清、钱锺书的指导下，最终将博士论文的研究对象确定为清末的旧派诗人，他表示，"这个题目跟我的硕士论文题目很不一样，因为这几位诗人的思想与诗作和鲁迅迥然不同。不过，他们之间也有共同点，即如何用旧体诗这个'古典形式'来表达现代意识"；2006 年，他的这本博士论文经修改正式以《微妙的革命：清末民初的"旧派"诗人》[126]为题出版。从以上事实中，我们不难发现寇志明因在鲁迅旧体诗中对中国古典诗歌传达"现代性"之巨大潜力的"惊喜"发现而"顺理成章"返归至"晚清"这一包蕴无数可能性的"转捩"年代的治学路径。事实上，寇志明的《微妙的革命》一书，正因他切入清诗研究领域的独特角度以及问题意识，才迥异于那些通常意义上的中国古典文学研究成果，成为了一部对中西清诗学界都颇有启发意义、不容忽视的学术创新之作。

在《微妙的革命》中，寇志明指出，以前中国文学研究界"往往将十九世纪晚期视为是传统文学形式——尤其是旧体诗——如'垂死的'（moribund）清王朝的政治命运般衰微的时代"，而将"对海外意象以及西方语言、思想的吸纳"当作"推动中国诗歌进入'现代'"的唯一途径。为了质疑这种文学批

---

124 Kowallis, Jon Eugene von. *The Lyrical Lu Xun：A Study of His Classical-style Verse*. Honolulu: University of Hawai'i Press, 1996.在《中英对照鲁迅旧体诗》（沈阳：春风文艺出版社，2016 年）中，黄乔生将此书书名译为《诗人鲁迅：关于其旧体诗的研究》，而根据台静农先生为此书初版时所题写之书名，当以《全英译鲁迅旧体诗》称之更妥。

125 主要参考两个文献，信息如下：寇志明，学习鲁迅四十年[C]// 上海鲁迅纪念馆编，上海鲁迅研究（2007 春），上海：上海文艺出版社，2007: 66-81；寇志明，一个国外鲁迅研究者之路（代序）[M]// 黄乔生编，寇志明译，中英对照鲁迅旧体诗，沈阳：春风文艺出版社，2016: 1-26。

126 Kowallis, Jon Eugene von. *The Subtle Revolution: Poets of the "Old Schools" During Late Qing and Early Republican China*. Berkeley: Institute of East Asian Studies, University of California, 2006.

评政治化的倾向以及将西方视为是中国文学现代性唯一源头的"东方主义"观点，证明"旧体诗可以且确实充当了其作者及预设读者表述复杂微妙的对现代性的理解和感受的媒介"，寇志明在此书的主体部分以三章的容量，分别细致释读了来自晚清诗坛三大流派的王闿运、邓辅纶、樊增祥、易顺鼎、陈衍、陈三立、郑孝胥等人的诗歌作品，同时也对这些作品涉及的人、事和当时文化环境、社会背景的关联进行了详尽分析。正文三章的内容中，较引人瞩目的论述主要有以下两点：其一，以往文学史叙述中通常将王闿运、邓辅纶等归入"汉魏六朝派"，将樊增祥、易顺鼎等划至"中晚唐派"，将陈衍、陈三立、郑孝胥等称为"同光体"或宋诗派，寇志明认为这种命名方式不能准确反映晚清诗坛这三派的实际创作风貌，因为在他看来三派的诗学主张和诗歌创作其实都对前代优秀诗学资源有所吸收、借鉴，并没有后人命名所显示的那样"排外"和"单一"；有鉴于此，寇志明根据自己的研究，以"拟古派"（neo-ancient school）取代"汉魏六朝派"，以"晚清用典派"（late-Qing allusionists）取代"中晚唐派"，至于"宋诗派"和"同光体"，他指出前者不过是个"误称"（a misnomer），后者更多应指称的是一段时期内的诗人群体，而非一种诗学理念或风格——此书即在这一意义上以"同光体"之名而展开了对陈衍、陈三立、郑孝胥的论述。其二，为辅助论点，寇志明在正文三章中译注了大量的诗歌文本，其中，此书的樊增祥《彩云曲》译本，是此诗在英语世界的第一首全译本；诗歌译介当然是此书学术贡献之一，但更重要的是，寇志明经由对这些诗歌文本的译注和解读，所发掘出的晚清旧体诗创作潜藏着的诸多"现代性"的面相，如鲁迅等现代作家在作品中所表现的犹豫彷徨或"现代性困境"（dilemma of modernity）、"生存危机"（existential crisis），"面对逝去传统秩序时"诗人的"个人疏离感"、"痛苦及自我怀疑"，"发展视角、反讽距离以及对往昔永逝不返的逐渐体悟"，以及对知识分子在现代境遇下应扮演角色的追问等；正因晚清诗歌对这些现代性情绪的成功言说，使得寇志明确信，"早在梁启超等论者通过标举黄遵宪等人以有意发动[诗界革命]前，[晚清的]诗国早就涌动着一场微妙的革命"，与后来不同，这场"微妙的革命"是"自发形成的"，"或是受所处时代驱动形成的"，它有力证明了"中国传统的伟大以及即使是最严苛环境之下的人类精神的强韧"，也带来如下启示，"正如哈姆雷特所恳求霍拉旭的那样，将他们[晚清诗人]及他们的事业'如实告诉那些不知底细的人们'，对我们更清楚地认识当今中国及其文学有重大意义"。此外，寇志明在主题章节中，还常将晚清诗人与艾略特、庞德、波德莱尔、马拉美等西方现代主义诗人并置在一起论述，阐明这事实上并无任何交集的两组诗人间的共通的现代性表述，从而使得此书拥有了一种自觉的比较文学品质。[127]

在 2009 年就此书发表的一篇书评中，陈国球精辟地总结到，"……二十世纪中叶以来，不少学者如普实克、米列娜、王德威等，开始从晚清通俗小说中探寻'现代性'"，寇志明在《微妙的革命》中"着意在这些'旧派'诗人的经历和作品中搜寻'现代性'，挑战固有的文学史论述"的做法，实际上是"另辟古典诗的议题，可说是这种思路的一个补充"，不但准确揭橥出《微妙的革命》一书的阅读策略和阐释路径，也对寇志明在探求晚清文学现代性的学术路径中"另辟"诗歌一径的贡献予以了肯定。不过，紧接着陈国球就严正质疑了这类"现代性"研究——"考掘'现代性'会否变成另一种'神话'制作，把'现代性'之有无视为文学和文化价值高低的唯一标准，这种征逐对我们的理解历史以了解自己有多大帮助？"，"著者所强调的'现代'意义，究竟存在于过去读者的阅读印象中，还是现今研究者所享有的发明呢？"[128]，这种质疑固然一针见血点明了目前流行于西方学界的"现代性"话语模式的问题所在，但我们也应承认，寇志明在《微妙的革命》中对这一阐释策略的应用，确实推动了英语世界对晚清文学、乃至现当代时期古典文学创作的关注与"重审"，或隐或显地启发了一批相关学术成果的出现。例如，在上文已论及的《诗人郑珍与中国现代性的崛起》一书的导论中，施吉瑞就推许《微妙的革命》为本领域研究的"先驱之作"（pioneering study）[129]，书中对郑珍诗歌现代性的发掘与寇志明的观点也多有呼应、互证之处。又如，2014 年 7月在法兰克福大学召开的主题为"返归现代：古典诗歌与现代中国的思想嬗变"（Back into Modernity: Classical Poetry and Intellectual Transition in China through the mid-20th Cuntury）的学术会议上，寇志明以及与他持有相近观点、从不同领域进入到近代古典文学研究领域的中西学者——如孙康宜、施吉瑞、林立（Lam Lap）、钱南秀、冯铁（Raoul D. Findeisen）、高利克（Marian Galik）、

127 Kowallis, Jon Eugene von. *The Subtle Revolution: Poets of the "Old Schools" During Late Qing and Early Republican China.*

128 陈国球，书评[J]，汉学研究，27（01）：351-356。

129 Schmidt, Jerry D. *The Poet of Zheng Zhen (1806-1864) and the Rise of Chinese Modernity.* Leiden: Brill, 2013, p. 3.

林宗正、杨治宜、孙之梅、张辉等——汇聚一堂，不但都发表了各自对晚清民初诗歌的论文，还"各举所学，切磋琢磨，求同存异"，共同签署了《法兰克福共识》（Frankfurt Consensus）[130]，"共识"指出："一个幽灵，达尔文主义的幽灵，"在中国文学史叙事中"游荡。百年来治史者，陈言相因，皆倡文体进化以俗文学为主线之说，而 1917 年后更以'言文一致'之白话文学为正宗。自此说之兴，所谓唐诗宋词元曲明清小说，文体以朝代为界。孜孜以宋元明清诗为业者，固以鲜矣，遑论治 1917 年后尚为洋洋大观之文言诗词者哉！"有鉴于此，与会学者达成了五点共识，兹完整摘录如下：

其一，20 世纪以来的文言诗词写作，系中国现代文学之固有一部，亟需纳入现代文学史叙述之中，以丰富中国现代主义的多维面相。

其二，现代文学、乃至整部中国文学史写作，亟需摆脱进化论、目的论的思维惯性，以批评之眼光、独立之精神，采纳多元性、历史性的写作方式。

其三，我们应当认识到，文言创作并非皆出于传统之惰性，而往往是作者有意的文体抉择，以建构与传统相延续的文化身份。故现代之文言诗词创作，包括各种在文学传统内部开出新路的文体实验，以及当下利用传统诗学因素、再造具备古典韵味的歌诗创作，当称为"古典主义诗歌"，与其他主义、流派共立于现当代文学之林。

其四，对现代古典主义诗歌的研究，既需注意其与晚清文学的延续性，亦需注意其与白话文学的对话性，更需注意其生生不息的时代性。

其五，对现代古典主义诗歌的研究，亟需学人裒辑资料、建立范式。我们提倡跨学科、跨文化的理论探究，鼓励具有多种学科背景的学人参与讨论，提高学科的开放度。

从参与签署这一"共识"的学者数量、影响力以及"共识"文本提供的"野心勃勃"的研究计划来看，英语世界今后预计还会涌现出更多探寻近代

---

130 "Frankfurt Consensus." *Frontiers of Literary Stuides in China*. 2015, 9(4): 507-509. 《法兰克福共识》的中英版以及此次会议的部分论文都发表在由高教社发行的《中国文学研究前沿》（*FLSC*）2015 年第 4 期的专刊上。

古典诗歌之"现代性"的研究成果。因此，倘抛开现代性话语阐释的有效性的论争，仅就《微妙的革命》出版后在英语世界清诗学界引发的"蝴蝶效应"而言的话，寇志明的《微妙的革命》在呈现清末民初生发于中国古典诗歌领域内部的"微妙的革命"的同时，也在传统中国文学研究理念上引发了另外一场"微妙的革命"——这是处在清诗转捩之域的寇志明及其研究提供给我们的最重要的学术贡献。

（四）文学女性与女性文学：孙康宜、方秀洁等学者的清代诗人 诗作研究

自上世纪 80 年代末起，英语世界受性别理论的影响在对明清"文学女性"的发掘以及"女性文学"的研究上取得了为中外学人所共同瞩目的成就。加州大学圣地亚哥分校的卢苇菁曾撰文指出："中国妇女研究在北美的中国研究领域中是最年轻的学科之一。虽然立足学术界时日尚浅，却是所有学科中发展最快，最具有活力的一门。在过去的近二十年中，有关妇女研究的论文论著不断涌现，研究阵营不断壮大，研究课题也不断趋向深化和多样化，其研究成果在美国的学术界深受注目。……已从一个边缘学科发展到主流学科，而且其发展势头方兴未艾。……学者们渴求运用妇女自身的记录来研究妇女史的热望直接导致了研究古代女性文学的课题的兴起。"[131]南京大学的张宏生也在《明清文学与性别研究》一书的前言中指出："性别研究是近年来全球新兴的重要学科之一，渗透人文社会科学的许多领域并引起了积极的反响和回应，在中国古典文学、尤其是明清文学研究方面，也吸引了不少学者从这一角度进行探索，产生了显著的成果与积极的影响，并展示出良好的发展前景。"[132]事实上，由于性别理论在人文学科的广泛运用以及参与研究人数的迅速增长，根据笔者的统计（参见表 7-3），以清代女性诗词为中心的研究成果目前已占据了英语世界清代诗词研究文献总量的"半壁江山"，且正在日益成为英语世界清代诗词研究的主流方向之一。

作为英语世界明清女性文学研究的领军人物，孙康宜教授近年来在多篇文章和场合中，对性别理论以及在其影响下产生的代表性学术成果、研究主

---

131 卢苇菁，美国中国妇女研究[G]// 张海惠，薛朝慧，蒋树勇编，北美中国学——研究概述与文献资源，北京：中华书局，2010 年，第 490-496 页。

132 张宏生编，明清文学与性别研究[C]，南京：江苏古籍出版社，2002 年，第 1-2 页。

题以及未来发展前景多有论及，为我们精准把握英语世界——尤其是北美学界——的相关研究动态提供了极大的便捷。关于性别理论，孙康宜指出，它"视性别为个人的社会属性（gender），而非我们通常理解的自然生理属性（sex）——当然二者之间无法分割。在这一基础上，性别研究分析文学和社会中性别的构筑和认同"[133]。在孙康宜看来，性别理论在人文研究领域的提出和应用，"是有一个渐进的发展过程的"。它首先发轫于"60-70 年代的妇女解放运动"，出现在这次运动中的所谓"提高意识"（consciousness-raising）的学术实践，所产生的影响尤为深远，这一实践"是一种自我界定的活动，其目的在于寻求妇女在当今和在从前的'声音'"，其中较为激进的一路，"尖锐的批判父权制，号召建立妇女自身性别路线"，代表作是凯特·米利特（Kate Millett）的《性政治》和贝蒂·弗里丹（Betty Friedan）的《女性的奥秘》等，而学院里的女学者则"不愿意以咄咄逼人的姿态"示人，她们利用"解构主义"，"在传统学术领域内填补女性的空白"、"纠正男性的歪曲和盲视"，最终在学院内部建立起了"妇女研究"（women study）这一学科。进入到 80 年代中后期，随着各种权力争取的实现，"妇女研究"也波及到了其他学科，"其新颖的批评实践和富有洞察的发现确实也吸引了大量的男性学者"，不但在"不知不觉中消除"了男女的界限，还"穿越和渗透"了"学科之间的森严壁垒"，并由此走向了"性别研究"（gender study）。当性别理论被应用至中国古典文学研究领域之后，"妇女在过去历史中的声音"、"通行的文学史忽视的众多女作家"被挖掘、搜集和展示出来，而明清两代存量丰富的女性诗歌别集或选集成为了英语世界研究者最为倚重的文献资源。根据孙康宜的观察，目前英语世界对明清的文学女性与女性文学的研究主要集中在以下几个主题：（1）"文学中男性和女性'声音'的区别和相互作用"；（2）"重新思考道德和性意识的权力意义"；（3）"性意识和欲望"；（4）"重新发现女性主义话语中的女性身体"。[134]对于性别理论下的明清文学研究的前景，孙康宜有着很高的期待，认为"性别理论"与性别理论视域下的"汉学研究"最终能实现一种双向的互动与交流，"西方的理论必须结合到中国研究中来，而中国研究必须用

---

133 孙康宜，钱南秀，美国汉学研究中的性别研究[J]，社会科学论坛，2006，（21）：102-115。

134 孙康宜，老领域中的新视野——西方性别理论在中国古代文学研究中的探索和突破[C]// 张宏生编，明清文学与性别研究，南京：江苏古籍出版社，2002 年，第 957-970 页。

来产生特殊的基础性的社会性别理论,它对于普遍的性别理论或是一种补充,或是一种挑战"。[135]

　　在英语世界明清女性文学研究二十余年来的发展历程中,有一些学术会议、论文集、学术刊物以及研究群体在其间发挥着十分关键的作用。在一次访谈[136]中,孙康宜、钱南秀指出,有三次会议对明清女性文学研究影响深远,分别为:(1) 1993 年在耶鲁大学召开的"女性与中国明清文学"(Women and Literature in Ming-Qing China)国际学术研讨会(下文简称"耶鲁会议"),参会论文后以《明清女作家》[137]为题结集出版;(2) 2000 年在南京大学召开的"明清文学与性别"国际学术研讨会(下文简称"南京会议"),参会论文后以《明清文学与性别研究》[138]为题结集出版;(3) 2006 年在哈佛大学召开的"由现代视角看传统中国女性"(Traditional Chinese Women Through a Modern Lens)国际学术研讨会(下文简称"哈佛会议"),参会论文后以《跨越闺门:明清女性作家论》[139]为题结集出版。其中,"耶鲁会议"是英语世界明清女性文学研究界的第一次大规模集会,在总结此前学术成果的同时,也正式标志着西方汉学界对性别理论的运用开始由自发走向自觉。在这次会议前后,高彦颐的《闺塾师:明末清初江南的才女文化》(Teachers of the Inner Chambers: Women and Culture in Seventeenth-Century China)[140]以及曼素恩的《缀珍录:十八世纪及其前后的中国妇女》(Precious Records: Women in China's Long Eighteenth Century)[141]书写了 17、18 世纪中国女性的文化活动史,当然是领一时风气之先的著作,但"两位作者都是社会历史学家,因而并不在意这些

135 孙康宜, 性别理论与美国汉学的互动研究[J], 清华大学学报(哲社版), 17 (S1): 51-55。

136 孙康宜, 钱南秀, 美国汉学研究中的性别研究[J], 社会科学论坛, 2006, (21): 102-115。

137 Widmer, Ellen, Kang-i Sun Chang. *Writing Women in Late Imperial China*. Stanford: Stanford University Press, 1997.

138 张宏生编, 明清文学与性别研究[C], 南京: 江苏古籍出版社, 2002 年。

139 Fong, Grace S., Ellen Widmer. *The Inner Quarters and Beyond: Women Writers from Ming through Qing*. Leiden: Brill, 2010. 此书中译本出版信息如下: [加]方秀洁, [美]魏爱莲, 跨越闺门: 明清女性作家论[M], 北京: 北京大学出版社, 2014 年。

140 Ko, Dorothy. *Teachers of theInner Chambers: Women and Culture in Seventeenth-Century China*.Stanford: Stanford University Press, 1994.

141 Mann, Susan. *Precious Records: Women in China's Long Eighteenth Century*. Stanford: Stanford University Press, 1997.

活动所产生的文学作品"[142]，真正开始以文学角度研究明清女性文学——尤其是诗词作品——的非孙康宜莫属，她的《情与忠：陈子龙、柳如是诗词因缘》（*The Late-Ming Poet Ch'en Tzu-lung: Crises of Love and Loyalism*）[143]一书、发表在《格斯特图书馆学报》（*The Gest Library Journal*）上的《明清女诗人选集及其采辑策略》（"Ming-Qing Anthologies of Women's Poetry and Their Selection Strategies"）[144]以及与苏源熙（Haun Saussy）合编的《中国历代女作家选集：诗歌与评论》[145]，都有力推进了相关领域的研究；此外，像《清诗问题》（*The Late Imperial China*）1992 年推出的"晚期帝制中国的诗与妇女文化"（poetry and women's culture in late imperial China）特刊，以及 1999 年专门刊发中国女性及性别研究的《男女》（*NAN NÜ: Men, Women and Gender in China*）杂志的创刊，也都显示了英语世界明清女性文学的研究已小有规模、气候初成。在"耶鲁会议"之后召开的"南京会议"，则体现了滥觞于英语世界的明清女性文学研究的理论视角和学术范式对于国内学界的"刺激"与"反哺"，与会的钱南秀深有体会："国内的古典文学研究，基本还是男性学者的领域，对妇女文学和与之有关的性别研究，尚未触及。南大会议的召开，对国内的性别研究，有极大的促动，南大本身就培养了一批专攻性别研究的年轻女学者……进一步促成了中美学者的合作……"[146]这表明，孙康宜所期待的明清女性文学研究的中西双向互动和交流，正在逐步形成。"南大会议"召开后，英语世界明清女性文学研究的发展有以下两点格外突出：其一，伊维德（Wilt L. Idema）与管佩达（Beata Grant）合作编纂了《彤管：中国帝制时代妇女作品选》，这是英语世界继《中国历代女作家选集：诗歌与评论》之后所出现的第二部大型中国女性文学选集，它在材料的多元化和论述的深度上相较于后者更具优胜之处，体现了英语世界中国女性文学研究的长足进步；其二，方秀洁除了自身对

142 伊维德撰，李国庆译，北美的明清文学研究[G]// 张海惠，薛朝慧，蒋树勇编，北美中国学——研究概述与文献资源，北京：中华书局，2010 年，第 646 页。

143 Chang, Kang-i Sun. *The Late-Ming Poet Ch'en Tzu-lung: Crises of Love and Loyalism*. New Haven: Yale University Press, 1991.

144 Chang, Kang-i Sun. "Ming-Qing Anthologies of Women's Poetry and Their Selection Strategies." *The Gest Library Journal*, 1992, 5(2): 119-160.

145 Chang, Kang-i Sun, Haun Saussy, ed. *Women Writers of Traditional China: An Anthology of Poetry and Criticism*. Stanford: Stanford University Press, 1999.

146 孙康宜，钱南秀，美国汉学研究中的性别研究[J]，社会科学论坛，2006，（21）：102-115。

清代诗词有精湛的研究外，还在 2003 年牵头发起的“明清妇女著作数字化项目”（Ming Qing Women's Writing），为英语世界乃至国内的清代女性诗词研究者提供了最为便捷、最可靠、最基础的文献材料，嘉惠士林，意义深远。据方秀洁透露，在 2006 年的“哈佛会议”上，主办方“特别邀请欧美、澳大利亚、新西兰与中港台的学者运用网站和数据库，作为他们的研究方法之一，对这些珍贵数据进行描述、分析，以及进一步的理论化工作”[147]。事实证明，这种原始一手文献的电子化以及随之而来的广泛普及，与英语世界本就渐已风行的性别理论研究范式一经结合，就直接催生了英语世界至今其势不颓且未来有望持续的明清女性文学研究的繁盛局面。

上述内容是对英语世界明清女性文学研究的理论视角和学术发展史的粗略梳理，以此为背景，我们接下来以清代女性诗人诗作为中心，对本领域的一些重要学者的代表性论著进行简要述评。

1. 孙康宜的清代诗人诗作研究

孙康宜，1946 年出生于北京，1978 年获普林斯顿大学东亚系博士学位。早年间，孙康宜的学术生涯是以研究晚唐北宋词[148]、六朝诗歌[149]而起步的；1985 年胡文楷《历代妇女著作考》[150]的再版，“对我们这些在美国汉学领域里做研究的人启发特别大，它使我们惊喜地发现，原来世界上没有一个国家比传统中国出版过更多的女诗人作品——仅仅在明清两代，就出版了三千种以上的女诗人选集和专集”[151]，孙康宜自 20 世纪 90 年代初开始转向了对明清文学——尤其是女性诗词——的研究。二十多年来，无论是在基础资料的整理、研究成果的发表，还是在学术同仁的交流、年轻学者的培育上，孙康宜都是目前英语世界明清文学研究界的领军人物和重要参与者；又因为高度重视与国内及港台学界的交流对话，孙康宜不但常亲自以中文立论，其大部分著述往往还有一个甚至数个中译本，所以她在国内学界也

147 [加]方秀洁，[美]魏爱莲，跨越闺门：明清女性作家论[M]，北京：北京大学出版社，2014 年，第 383 页。

148 Chang, Kang-i Sun. "The Evolution of T'zu from Late T'ang to Northaern Sung: A Genre Study." Diss. Princet on University, 1978.

149 Chang, Kang-i Sun. *Six Dynasties Poetry*. Princeton: Princeton University Press, 1986.

150 胡文楷，历代妇女著作考[M]，上海：上海古籍出版社，1985 年。

151 孙康宜，西方性别理论在汉学研究中的运用与创新[M]// 孙康宜，文学经典的挑战，南昌：百花洲文艺出版社，2002 年，第 245-267 页。

拥有极高的知名度——国内近年来涌现出的多篇专以孙康宜为中心的学位论文[152]或期刊论文[153]即为明证。

有论者将孙康宜的中国女性文学研究，分为作家作品和诗学理论两大类，并指出前一类成果的切入角度有三个，分别为"对不同类型的女性诗人作品进行解读和比较"、"对明清寡妇诗歌分析"、"关注明清女子的乱离诗"，后一类成果的阐发主题亦有三个，分别为"对中国'女子无才便是德'观念的讨论"、"分析了中国古典文学作品中的'声音'"、"明清女性作品的经典化问题"[154]。这一描述框架虽然是就孙康宜的中国女性文学研究的整体而言，不过也大致适用于与本论题相关的她的专门研究清代女性诗歌的成果。

在清代女性诗人诗作研究方面，孙康宜的代表性研究成果有《情与忠：陈子龙、柳如是诗词因缘》、《寡妇诗人的文学'声音'》、《末代才女的乱离诗》等。其中，《情与忠》一书将陈子龙视为是明清之际诗体、词体发展嬗变的关键人物，"他的作品乃以想象在记录日常经验，同时也是 17 世纪中国文化史的重要见证"，将柳如是看作是"其时才伎的典范（paradigm）"，认为她与陈子龙的诗词唱和构成了陈子龙"生命意义和经验的流通"的重要组成部分，且还"透露了一些女性问题，为她们重新定位"，通过细致的文本阅读与阐释，最终指出，陈子龙与柳如是的情缘"革新了清词的方向，是'词'在晚明雄风再现的主因"，陈子龙早期情词"在晚年为他激发过力

---

152 例如，赵文君《论美国学者孙康宜之明清女性文学研究》（华东师范大学，2009年）、陈颖《美籍学者孙康宜的中国古典诗词研究》（长沙理工大学，2010年）、胡清波《论美籍学者孙康宜的文学经典研究》（华中师范大学，2014年）、梁晗昱《孙康宜中国文学思想研究》（暨南大学，2016年）、杨彦纺《互动性：对孙康宜性别研究的考查》（华中师范大学，2017年）、陈娇《美国汉学家的明清女性文学研究——以孙康宜、高彦颐为例》（海南大学，2018年）等。

153 例如，康正果《重构通变的轨迹——评孙康宜的古典诗词研究》（中国典籍与文化，1994年第2期）、徐志啸《从六朝诗人到唐宋词人：美籍学者孙康宜古代诗词研究论析》（龙岩学院学报，2008年第5期）、陈颖、成松柳《语言分析与作品意义：美籍学者孙康宜的柳永、苏轼词研究探微》（湖南社会科学，2010年第2期）、涂慧《挪用与质疑，同一与差异：孙康宜汉学实践的嬗变》（世界文学评论，2012年第2期）、朱巧云《论孙康宜中国古代女性文学研究的多重意义》（江苏社会科学，2013年第3期）、韩晗《论孙康宜的学术研究与文学创作》（国际汉学，2019年第1期）等。

154 朱巧云,论孙康宜中国古代女性文学研究的多重意义[J],江苏社会科学,2013(3): 168-172。

撼山河的忧国词作"，而其晚期的爱国诗作则"掀露了中国人的悲剧观"[155]，总之，此书在阐述了陈子龙与柳如是诗词中的"情"与"忠"的两个范畴及其关系的同时，也就 17 世纪诗体与词体背后体现的个体表达策略进行了考察。《寡妇诗人》、《末代才女》两文都试图将明清女性特定主题的诗歌创作放置到具体的中国诗歌传统中，以凸显其在中国诗史上独特的价值和意义。前者指出，明清以前，"文学中的寡妇形象大多是男性文人创造的"，这种代言体的诗歌其实是"男人在抒写女性心理及生活方面的垄断"，而明清以后，由于大量女性——有不少都是寡妇——诗人的出现，男性诗人所写的代言体寡妇诗大为减少，方维仪、商景兰、宗婉、王慧、黄媛介等明清寡妇诗人"常常毫无保留地发挥并展示自己的内心世界"，其创作区别于男性文人"为文造情"的寡妇诗，从而为中国文学传统贡献了"一种超越性别的文学声音"[156]；后者认为，由蔡琰在《悲愤诗》中开创书写乱离之世的女性写作传统，"一直要到晚明以后，它才慢慢被建立起来"，以毕著、王端淑为代表的明清女诗人在"描写苦难、逃亡、挣扎的过程中"，"已重新构建出一种新的'时代'的声音"，这一声音代表了明清女性抒情"从个人（private）走向公共（public）领域"，体现了明清女性诗歌创作的"一种全面性的'男女变性'的风格"[157]。

在清代女性诗学理论研究方面，孙康宜涉及明清女性才德之辩以及道德力量（moral power）的代表性研究成果有《女子无才便是德？》、《传统女性道德力量的反思》等。其中，前者由袁枚、章学诚的女子才德之辩说起，上下梳理了历代有关此议题的观点，分别细致考察了各家持论的立场与其时的文化社会环境，最终确认，"所谓'男女分野'的观念，不一定吻合明清文化实情，更何况种种意识形态也不是用'男女问题'即可概括"[158]；后者借用福柯的权力多向论，认为"绝对不能用'压迫者'和'受害者'的二分法来简单阐释"传统中国男女间的权力关系，指出包括明清女性诗人在

---

155 [美]孙康宜著，李奭学译，情与忠：陈子龙、柳如是诗词因缘[M]，北京：北京大学出版社，2012 年，第 1-4 页。

156 [美]孙康宜，文学经典的挑战[M]，南昌：百花洲文艺出版社，2002 年，第 315-333 页。

157 [美]孙康宜，文学经典的挑战[M]，第 334-358 页。

158 [美]孙康宜，文学经典的挑战[M]，第 268-291 页。

内的中国古代女作家其中一直拥有一种"道德力量",她们往往通过"在逆境中对自身高洁忠贞的肯定,从而获得一种'自我崇高'(self-sublimation)的超越感",而这种"道德力量"与"传神而优美的文字"之力量有密不可分的关系[159]。围绕女性文学的"声音","性别面具"(gender mask)、"声音互换"(cross-voicing)以及"男女双性"(androgyny)这三个既相互联系、又各有侧重的理论术语在孙康宜的清代明清女性诗词研究成果中占有特殊地位。其中,"性别面具"是指男性诗人在"情诗或政治诗"中,"通过虚构的女性声音"而"借以达到必要的自我掩饰和自我表现",同时,女性诗人"可以通过虚构男性声音来说话,可以回避实际生活加诸妇女身上的种种压力与偏见",男女两性借由"性别越界"(gender crossing)而建立起来的一种托喻美学。如《情与忠》、《隐情与"面具"——吴梅村诗试说》[160]、《传统读者阅读情诗的偏见》[161]等论著,即是对"性别面具"的阐述与运用;"声音互换"与"性别面具"的含义相近,但侧重不同,后者更加指向抒情主体的性别虚构,而前者更加偏向于文本的语态口吻及其背后的旨趣情操,上文述及的《末代才女》一文中对此有精彩阐发;如果说"性别面具"指向抒情主体、"声音互换"指向抒情文本的话,那么"男女双性"则指向一种理想的抒情风格,孙康宜在《何谓"男女双性"?——试论明清文人与女性诗人的关系》中指出,在这一时期,明清女性诗人"纷纷表现出一种文人化的倾向",她们"强调写作的自发性"、"消闲性"、"分享性"等这些原本十分男性化的写作价值观,这种趋势"等于创造了一种风格上的'男女双性'",由于女性诗歌创作的独具的"感性"、"丰富的想象"以及"精神、情感上的单纯、纯净",这种"男女双性"最终和极具男性化的"清"这一美学特质联系在一起,不独对明清女诗人的自我肯定意义深远,也有利促进了男女文人间的共识的达成,"'清'可谓中国古典的 androgyny"[162]。此外,孙康宜在《明清文人的经典论和女性观》[163]、《妇女诗歌的经典化》[164]、《试论

---

159 [美]孙康宜,古典文学的现代观[M],上海:上海译文出版社,2013 年,第 61-72 页。
160 [美]孙康宜,文学经典的挑战[M],第 168-188 页。
161 [美]孙康宜,文学经典的挑战[M],第 292-303 页。
162 [美]孙康宜,文学经典的挑战[M],第 304-314 页。
163 [美]孙康宜,文学经典的挑战[M],第 83-98 页。
164 [美]孙康宜,文学经典的挑战[M],第 99-104 页。

明清文学里的性别与经典问题》[165]、《明清女诗人选集及其采辑策略》[166]等文章中还探讨了明清女性诗歌经典化的问题，指出这一时期女性诗集的大量刊行，一方面与男性文人及书商的辑采、言说策略有关，另一方面也更离不开女性自觉结集、编选、品评的"自我经典化"。

除清代女性诗人诗作外，孙康宜还对清代男性诗人及其作品广有涉猎[167]，如《钱谦益及其历史定位》、《典范诗人王士禛》、《重读八大山人诗——文字性与视觉性及诠释的限定》、《写作的焦虑：龚自珍艳情诗中的自注》、《金天翮与苏州的诗史传统》等文章，包罗有清一代各个阶段的重要诗人，论述独具手眼，亦是英语世界清代诗词研究领域里极可注意的重要收获。

2. 方秀洁的清代诗人诗作研究

方秀洁，1948 年生，1984 年在叶嘉莹的指导下获加拿大不列颠哥伦比亚大学博士学位，博士论文题目为《吴文英与南宋词的艺术》（"Wu Wenying and the Art of Southern Song 'Ci' Poetry"）[168]，后经修改在普林斯顿大学出版社正式出版[169]，现任教于加拿大麦吉尔大学。20 世纪 90 年代初，方秀洁的研究重点由南宋词转向了明清文学——尤其是女性诗词——领域，二十余年以来，不论是在文献整理，或是诗词译介，还是学术研究上，她在此领域都取得了丰硕成果。文献整理方面，由她在 2003 年牵头发起的"明清妇女著作数字化项目"（Ming Qing Women's Writing）对中西明清女性文学研究界的重大意义，前已论及，不再赘言。诗词译介方面，除参与蔡宗齐主编的《如何阅读中国诗》[170]一书的编写，承担了明清部分的写作，译介、评述有王士禛、袁枚、

---

165 王成勉编，明清文化新论[C]，台北：文津出版社，2000 年，第 217-245 页。

166 Chang, Kang-i Sun. "Ming-Qing Anthologies of Women's Poetry and Their Selection Strategies." *The Gest Library Journal,* 1992, 5(2): 119-160. 此文由马耀民译为中文，收入《情与忠：陈子龙、柳如是诗词因缘》（北京大学出版社，2012 年）的附录中。

167 以下诸篇皆可在《文学经典的挑战》（百花洲文艺出版社，2002 年）、《古典文学的现代观》（上海译文出版社，2013 年）两书中找到，故不在此一一注出各篇中英版本的文献信息。

168 Fong, Grace S. "Wu Wenying and the Art of Southern Song 'Ci' Poetry." Diss.The University of British Columbia, 1984.

169 Fong, Grace S. *Wu Wenying and the Art of Southern Song "Ci" Poetry.* New Jersey: Princeton University Press, 1987.

170 Cai, Zongqi. Ed. *How to Read Chinese Poetry: A Guided Anthology.* New York: Columbia University Press, `2007.

甘立媺等多位清人诗作之外，方秀洁还独立编译了《玉镜：中国女诗人》[171]一书，是英语世界近年来较有特色的女性诗词选本，译有大量的清代女性诗词。学术研究方面，她在各类期刊及论文集中发表有近二十篇文章，牵涉作家众多，研讨议题多元，像叶绍袁、朱彝尊、洪亮吉、沈善宝、季娴、贺双卿、钱守璞、凌祉媛、吕碧城等作家以及女性绝命诗、女性疾病诗、女性诗集编选及经典化等主题都曾进入到其研究视野当中；她还与其他研究者合编了三本有关明清文学性别研究的学术论文集，分别是《超越传统与现代：中国晚清的性别、文体及世界主义》（*Beyond Tradition and Modernity: Gender, Genre and Cosmopolitanism in Late Qing China*）[172]、《话语的不同世界：清末民初性别与文体的转变》（*Different Worlds of Discourse: Transformations of Gender and Genre in Late Qing and Early Republican China*）[173]、《跨越闺门：明清女性作家论》（*The Inner Quarters and Beyond: Women Writers from Ming through Qing*）[174]，在本领域内颇有影响力；此外，她在 2008 年出版的《卿本作家：晚期帝制中国的性别、主动力及写作》（*Herself an Author: Gender, Agency, and Writing in Late Imperial China*）[175]一书，凝聚了其多年心血，甫一出版，就得到了英语世界的普遍好评，现已成为明清女性文学研究领域的经典之作。

"明清妇女著作数字化项目"的顺利实施，无疑为学界提供了丰富的这一领域的文献材料。不过，作为这一项目的主持人，方秀洁也清醒意识到，"一旦大量的女性文本被发现"，之后面临的最大的困难是"如何评估、阅读、阐释和表现它们"。通过引用伊索贝尔·阿姆斯特朗（Isobel Armstrong）的观点，她指出，长期以来，男性占据着文坛主流，几乎所有的研究理论和阅读

171 Fong, Grace S. *Jade Mirror: Women Poets of China*. New York: White Pine Press，2013.

172 Fong, Grace S., Nanxiu Qian, and Harriet Zurndorfer. *Beyond Tradition and Modernity: Gender, Genre and Cosmopolitanism in Late Qing China*. Leiden: Brill, 2004.

173 Qian, Nanxiu., Grace S. Fong, and Richard J. Smith. *Different Worlds of Discourse Transformations of Gender and Genre in Late Qing and Early Republican China*. Leiden; Boston: Brill, 2008.

174 Fong, Grace S., Ellen Widmer, eds. *The Inner Quarters and Beyond: Women Writers from Ming through Qing*. Leiden: Brill, 2010.此书中文版信息如下：[加]方秀洁，[美]魏爱莲，跨越闺门：明清女性作家论[M]，北京：北京大学出版社，2014 年。

175 Fong, Grace S. *Herself an Author: Gender, Agency, and Writing in Late Imperial China*. Honolulu: University of Hawaii Press, 2008.

策略都是围绕着男性写作而建立起来的，而这些理论和策略不一定适用于女性写作，"我们可以发现她们是谁，但却没有方式去谈论她们"。基于这样的思考，方秀洁在多年的学术实践中，逐渐形成了属于自己的特色鲜明的研究理念：在她的研究中，文学文本的释读与分析虽然仍是其展开论述的基础，但是她并不仅仅止步于"对诗歌的主题研究或另一种形式的女性书写的文学史"，在她看来，"问题的评估必须要相对化，基于不断变化的标准和价值的历史叙事；它们必须要在诗歌理论和审美趣味的流变中被历史化，必须要被置于经济和社会环境之下研究"，因此，她的明清女性文学研究更多地将文学文本视为是一种"文化实践"（cultural practice），"试图在分析中阐释女性文本生产的经济制度及文化意义，而非其单纯的文学框架"；正如方秀洁自己总结的那样："在这个意义上，我的研究方法反映了文学研究中的'文化转向'"。[176]在这一理念的指导下，方秀洁在研究中建立了一整套理论术语体系，用以分析明清女性文学文本及其潜在的文化社会意义，其中，高频出现且最为核心主要有以下三组："作者"（author）、"主体性"（subjectivity）、"主动力"（agency）；"文本"（text）、"自我刻写/表达/表现"（self-inscription/ expression/ representation）；"话语领域"（discursive field）。以上术语中，须特别注意的是"主动力"一词，此词借用自朱迪斯·巴特勒（Judith Burler）的《身体至关重要》（*Bodies that Matter*）一书，是指"一种重申或重述的实践，内附于权力，而不是权力外部位置上的一种关系"，"具有矛盾性的是，它有待于被发现于对那个法律规定受限制的执行中、该法律的现实化、以及对那些规范要求的义务执行和认同所打开的可能性中"[177]，在方秀洁的语境里，"主动力"是指"一种自主、有意地采取行动的能力和意愿"，与"自我"（selfhood）、"个体"（individuality）、"主体"（subjecthood）等概念多有交叉重叠[178]，但更强调作者的内在的自知自觉及随之而来的外在的主动行动。由此，上述三组术语间形成了如下的逻辑关系：在种种文化限制和社会规范中，具有"主体性"与"主动力"的"作者"，经由自觉主动的"文本"书写，完成了"自我刻写

176 Fong, Grace S. *Herself an Author: Gender, Agency, and Writing in Late Imperial China*. p. 3.

177 Butler, Judith. *Bodies that Matter: on the Discursive Limits of "Sex"*. London: Routledge, 1993, pp. 12-15. 此处表述参考了《明清女性创作绝命诗的文化意义》一文的中译本（载《明清文学与性别研究》，江苏古籍出版社，2002 年）。

178 Fong, Grace S. *Herself an Author: Gender, Agency, and Writing in Late Imperial China*. Honolulu: University of Hawaii Press, 2008, p. 5.

/表达/表现"，从而成功构建出了属于自己的独立的"话语领域"——尽管这种话语大多仍在既有的文化限制和社会规范中运行。

　　带着上述对方秀洁研究理念和论述逻辑的认识，我们在《书写自我、书写人生：沈善宝性别化自传/传记的书写实践》一文中看到，沈善宝为了实现"书写自我的渴望"、"建构自我生命叙事"，主动设计、采取了多种文本策略，如在《鸿雪楼诗选初集》中的"长篇散文体序言和对自己诗作的夹注"、在《名媛诗归》中"自我书写与书写他人融合一体的自传性/传记性'干预'（intrusions）"，"当沈宝善在文本和文类间游走的过程中，插入自我反映的评注以建构文本互涉与内文本性的自我书写时，她的自传/传记冲动突破了文类的惯例和界限"，实现了所谓的"文本超越"（textual excesses），最终，通过这种"主动力"之下的书写，"我们具体地看到了女性诗人如何成为自己的自传作者，有时是彼此的传记作者，以此提供她们描述的女性史"[179]。在《书写与母亲一家团聚之感：洪亮吉自传以及忆旧诗》一文中看到，洪亮吉在《外家纪闻》以及卷帖浩繁的诗词作品中，通过描述、追述对其成长意义重大的母亲家乡及亲族，不仅提供了一种"自传性回忆"，也让我们有机会一瞥"十八世纪男女遗失或淹没的个人生活"[180]。在《闺中隐士：诗人季娴，1614-1683》一文中看到，身为人妇、深处闺中却一心向佛、努力修行的季娴，通过其诗歌创作，既真实表现她体验到的"以典范的方式践行自己社会角色的儒家诉求"与"通往冥想修行的佛教诉求"之间的张力，又在"隐居"（reclusion）这一长久以来"由男性所主导的文化话语/体制"中清楚表述并合法化了她自己的诉求[181]。在《私人情感、公开纪念：钱守璞的悼亡诗》一文中看到，男性的悼亡诗通常视"闺阁"这一空间为其一己悲痛所钟之地，而在钱守璞和以钱守璞为代表的女性诗人所作的悼亡诗中，她们的丈夫以及她们自己却被

179 Fong, Grace S. "Writing Self and Writing Lives: Shen Shanbao's (1808-1862) Gendered Auto/Biographical Practices." *NANNÜ: Men, Women and Gender in China*, vol. 2, No. 2, Apr. 2000, pp. 259-303. 此文中译本信息如下：[加]方秀洁著；邱于芸，王志锋译，书写自我、书写人生：沈善宝性别化自传/传记的书写实践[M]// 伊沛霞，姚平编，当代西方汉学研究集萃（妇女史卷），上海：上海古籍出版社，2016年，第201-234页。

180 Fong, Grace S. "Inscribing a Sense of Self in Mother's Family: Hong Liangji's (1746-1809) Memoir and Poetry of Remembrance." *Chinese Literature: Essays, Articles, Reviews(CLEAR)*, vol. 27, 2005, pp. 33-58.

181 Fong, Grace S. "A Recluse of the Inner Quarters: The Poet Ji Xian(1614—1683)." *Early Modern Women*, vol. 2, 2007, pp. 29-41.

放置在"更广阔的社会和家庭脉络（context）中"，换言之，她们在创作悼亡诗时呈现了"一副更'公共'的面孔"（a more 'public' face），并且，女性诗歌别集的印刷、流通，也使得女性悼亡诗的私人情感具有了一种公共的维度（a public dimension）[182]。在《明清女性创作绝命诗的文化意义》一文中看到，当身体被暴露到"各种形式之下的动乱和暴力"、被暴露到"超出正常的肉体所处空间与道德领域"而成为玛丽·道格拉斯（Mary Douglas）所谓的"脱离本位的实体"（matter out of place）之时，以杜小英、黄淑华、凌帙女等为代表的明清女性毅然选择了自杀，并且她们"往往会在自杀前以诗文的形式书写她们个人的历史、情感、自我意志"，这类文本是"一种作为有性别的个人向集体读者致词的声音而构筑的文本"，这种绝命诗创作过程实际上是"在肉体上遭受的无秩序被女性主动力转化为刻写在文本实体上的秩序"的过程，明清女子创作绝命诗这一文本生成现象，最终表明，即使是在女性处于从属地位、话语严格受限的意识形态中，这一时期的女性经由文学书写仍有"构筑自我和认同的主动力"[183]。在《书写与疾病——明清女性诗歌中的"女性情景"》一文中看到，"明清女性不仅将疾病变成了她们诗歌中常见的一种题材，而且似乎还发展出一种将疾病与写诗联系在一起的书写模式，一种或许是女性特有的写作倾向"，更重要的是，借由诗歌创作，明清女性"将生病的情景转换为某种可以富有创造性的状态，映射出作者自己的审美观照与精神感悟"[184]。在《卿本作家：晚期帝制中国的性别、主动力及写作》一书中，我们可以看到方秀洁对于明清女性文学——尤其是诗词——的更为系统的论述：在此书的第一章中，她大致呈现了甘立媃的诗歌创作生涯，并以此探讨

182 Fong, Grace S. "Private Emotion, Public Commemoration: Qian Shoupu's Poems of Mourning." *Chinese Literature：Essays，Articles，Reviews（CLEAR）*, vol. 30, 2008, pp. 19-30.

183 Fong, Grace S. "Signifying Bodies: The Cultural Significance of Suicide Writing by Women in Ming-Qing China." *Passionate Women: Female Suicide in Late Imperial China*. Paul Ropp, ed. Leiden: Brill, 2001, pp. 105-142. 此文中译本信息如下：[加]方秀洁著，李小荣译，明清女性创作绝命诗的文化意义[C]// 张宏生编，明清文学与性别研究，南京：江苏古籍出版社，2002 年，第 92-126 页。

184 Fong, Grace S., and Ellen Widmer, eds. *The Inner Quarters and Beyond: Women Writers from Ming through Qing*. Leiden: Brill, 2010, pp. 19-47. 此文中译本信息如下：[加]秀洁著；石旻，王志锋译，明清女性创作绝命诗的文化意义[M]// [加]方秀洁，[美]魏爱莲编，跨越闺门：明清女性作家论，北京：北京大学出版社，2014 年，第 18-47 页。

了这一时期女性的文本生产以及其背后的"自传书写冲动"（autobiographical impulse）；在第二章中，她将关注的对象由甘立媄这样的"正妻"转向了以沈彩为代表的"媵妾"，指出即使身份卑微，媵妾们仍能通过文学书写来构筑身份、建立权威，实现自我书写和表达，展现别样的主体姿态，彰显能动性与主体性；在第三章和第四章中，方秀洁分别考察了明清女性在纪游诗文和诗歌批评实践中所体现的主动力[185]。特别需要提及，《卿本作家》是英语世界第一部系统探析晚清帝制中国女性诗文写作的学术专著。

除上述成果外，方秀洁还有很多其他研究也都立论新颖，极富洞见。例如，针对明清女性诗歌的"经典化"问题，她并未人云亦云地去附和，而是在《性别与经典的缺失：论晚明女性诗歌选本》中，令人信服地指出，或由于滥选，或由于忽视诗歌文学性，或由于未建立对女性诗歌的评价标准，明清时期男性编选的女性诗集事实上与女性诗歌的经典化是背道而驰的，与之对照，由于选编内容窄狭、时代框架有限，女性编选的女性诗集最终在女性诗歌的"反经典化"上，与男性编选的女性诗集是"殊途同归"的[186]。又如，在《解构/建构十八世纪女性的理想：〈西青散记〉以及双卿的故事》一文中，她有意回避了对双卿真伪的争论，而是从性别视角考察了《西青散记》的行文，指出史震林的叙事口吻"过度表达了男性的欲望"，而"剥夺了女性应有的声音"，因此他所提供的双卿，不论是否真实存在，也"只不过是偶像化、理想化的角色"而已[187]。可以说，正是凭借这种把握文本及文本背后问题的敏锐性，兼之对明清女性文学文献整理的巨大贡献，方秀洁是目前英语世界明清女性诗歌研究领域中在孙康宜之外又一当之无愧的领军人物。

除了孙康宜、方秀洁、曼素恩、魏爱莲、罗溥洛、伊维德等这些早期倡导者外，我们还惊喜地发现，一大批更年轻的中青年学者也相继投入到明清

---

185 Fong, Grace S. *Herself an Author: Gender, Agency, and Writing in Late Imperial China*. Honolulu: University of Hawaii Press, 2008.

186 Fong, Grace S. "Gender and the Failure of Canonization: Anthologizing Women's Poetry in the Late Ming." *Chines eLiterature:Essays, Articles, Reviews（CLEAR）*, vol. 26, 2004, pp. 129-149. 此文中译本信息如下：[加]方秀洁著，聂时佳译，性别与经典的缺失：论晚明女性诗歌选本[J]，南阳师范学院学报，2010（2）：73-81。

187 Fong, Grace S. "De/Constructing a Feminine Ideal in the Eighteenth-Century: *Random Records of West-Green* and the Story of Shuangqing." *Writing Women in Late Imperial Chinese*. Ellen Widmer, Kang-i Sun Chang, ed. Stanford: Stanford University Press, 1997, pp. 264-281.

女性文学领域中来，如管佩达、钱南秀、李惠仪、李小荣、孟留喜、吴盛青、黄巧乐、杨彬彬、徐素凤、王燕宁、杨海红等，他们与早期先行者一同发表了数量丰富的各类论著（学位论文、期刊论文等）[188]，对明清女性文学以及诗歌创作进行了多方位的有益探索：例如，围绕学界聚讼不已的贺双卿，英语世界出现了两本论著对其生平及作品予以介绍、翻译和研究，分别是罗溥洛（Paul Stanley Ropp）的《女谪仙：寻找双卿，中国的农民女诗人》和艾尔希·蔡（Elsie Choy）的《祈祷之叶：中国十八世纪的农妇诗人贺双卿的生平及诗作》；又如，处在晚清"别种现代性"与女性文学的性别视域的交叉点上的薛绍徽，引起了钱南秀的极大兴趣，认为"她的诗作，几乎就是维新变法及其后新政时期的一部编年诗史"[189]，她在2015年出版的《中国晚清的政治、诗学与性别：薛绍徽与变革时代》一书，是目前中西学界对薛绍徽最细致最深入的研究成果；再如，近年来英语世界对明清女性作家的研究出现了明显的细化趋势，有学者从宗教的视角切入，专门研究晚期帝制中国的兼具文学创作者与宗教实践者双重身份的文学女性，如管佩达，出版有《空门之女：中国女尼诗歌集》、《名尼：十七世纪中国女禅师》等译著，发表有《何谓我？何谓彼？一位十八世纪佛教女信徒的诗歌》、《女诗人与戒师：顾太清道家诗选》等文章，也有学者从民族的范畴出发，特别关注了清代满族女性诗人的文学创作活动及价值，如伊维德，他在2017年出版的《两个世纪的满族女性诗人选集》一书中，不但译有那逊兰保、完颜金墀、百保友兰、多敏惠如等多位清代满族女性作家的诗词作品，还附有较为详尽的生平介绍和初步研究成果；此外，像孟留喜对于随园女弟子屈秉筠的研究、耿长琴对于顾太清生平与创作的研究、李小荣对于晚清帝制中国女性诗史的研究、杨彬彬对于清代女性诗歌的疾病书写的研究、王燕宁对于明清女性纪游诗歌的研究、杨海红对于明清女性诗学的研究等，都清楚显示了此领域年轻一代学者迅速成长的这一事实。

综上所述，目前势头正健且未来仍极具阐释潜力的英语世界明清女性文学研究，值得国内学界继续对其保持密切关注，并在理解的前提下，尝试与

188 上述诸位学者的明清女性文学的研究成果，具体可参看本书附录一"英语世界清代诗词传播年表简编"的有关内容，在此不再一一详注其文献信息。

189 孙康宜，钱南秀，美国汉学研究中的性别研究[J]，社会科学论坛，2006，(21)：102-115。

之对话、交流，从而进一步将本领域研究向前推进。

二、英语世界的词人词作研究——以麦大伟为重点

由于 20 世纪初逐渐形成的"唐诗宋词元曲明清小说"这样的带有进化论色彩的文学史叙述逻辑的影响，以及诗文相较于小说、戏曲这类通俗文学在语言释读上的天然难度，一直以来，英语世界清代诗词研究的成果数量，都要远远少于清代小说、戏曲。若仅就清代诗词领域内部而言，诗体和词体在研究数量上同样也存在着显著差异：经由上一节的介绍，我们可以清楚看到，自 20 世纪上半叶近代在华英文报刊出现研究清代诗人诗作的文章后，半个多世纪以来，英语世界的清代诗人诗作研究虽无法与洋洋大观的清代小说戏曲相比，但也已取得了为数不少的代表性学术成果，以之为中心，还集聚了一批优秀的专门研究者；与之形成鲜明对照，英语世界清代词人词作的研究成果数量则相当有限（参见表 7-3 的统计）。除了如朱门丽的《词人陈维崧》[190]、麦大伟的《十七世纪中国词人》[191]等屈指可数的几部/篇专以词为中心的论著外，大部分清词研究都被附属于清诗研究的名下，例如，黄秀魂在 1975 年出版的《龚自珍》，虽在第五章"湖云与梦：作为词人的龚自珍"[192]中，讨论了龚自珍的词体创作，但其论述主体还是龚自珍的诗歌创作，又如，孙康宜在《情与忠：陈子龙、柳如是诗词因缘》中，词体也是被与诗体并置在一起论述的。英美学界常将诗、词甚或包括曲在内统称为"poetry"，概念边界的含混模糊或是塑造并置论述清代诗词逻辑的主因，然而，这并不能遮掩如下事实：与英语世界的晚唐、五代、南北宋词研究相比，无论是在名义上还是事实上，清词研究都未发展出一个相对独立的学术畛域，目前也尚未形成专门耕耘于此的学者群体。有鉴于此，笔者拟在本节依时间顺序纵向梳理英语世界的清词研究史，并就其中的重点文献进行适当述评，需特别提及，英语世界为数不多的专治清词的学者之一麦大伟及其著述将会得到重点关注。

虽然早在 1829 年德庇时就在《汉文诗解》中将注意到了词这一特殊诗

---

190 Chu, Madeline Men-li. "Ch'en Wei-sung, the Tz'u Poet." Diss. The University of Arizona, 1978.

191 McCraw, David R, *Chinese Lyricists of the Seventeenth Century*. Honolulu: University of Hawaii Press, 1990.

192 Wong, Shirleen S. *Kung Tzu-chen*. Boston: Twayne, 1975, pp. 100-130.

体，认为它"介于诗与散文之间"，并译有若干首清词以辅论述[193]，但是英语世界迟至20世纪上半叶才开始正视中国古典词的悠久传统与独特价值，在此之前，词体在大部分情况下几乎完全被"无视"了，如翟理斯在《中国文学史》中只字未提词体，即为明证[194]。从20世纪初到二战结束前，在中外学者的共同努力下，词体才真正步入英语世界读者的视野。其中，英国译者坎德林的《风信集》[195]、中国学者初大告的《中华隽词》[196]这两部出现在20世纪30年代的译集，在这一过程中居功至伟，它们第一次将中国古典词大规模、成体系地译为英语，从而为英语世界的学者乃至普通受众提供了具体可感的有关词的文本基础。受此影响，在英语世界消失近百年的清词的背影又重新浮现出来：《中华隽词》所译清初诗僧释正岩的《点绛唇》，足称滥觞；吴经熊在《天下》月刊所译的11首纳兰词，在很长一段时间内，都是英语世界最为通行的纳兰词译本；抗战期间，中美学者合作完成的《清代名人传略》更是将大量清代词人介绍至了英语世界中，有些人名条目的内容，甚或已初具研究专论之品质，如"性德"一条，认为纳兰词"直追五代词风……悲凉感人，充满激情"，指出"这些特色加上他的早逝，使人将他比之为唐代诗人李贺和英国诗人济慈"[197]，评骘到位，深中肯綮。

二战之后，在汉学研究的日益学科化、专业化以及汉学中心向北美转移的"东风"下，英语世界的词学研究迅速发展起来。首先拉开这一序幕的非白思达（Glen Baxter）莫属，他在上世纪50、60年代翻译的《钦定词谱》一书[198]以及发表的《词律的起源》（"Metrical Origin of the Tz'u"）[199]一文，使得英美学界从词韵角度出发获得了对词体的深刻体认，"筚路蓝缕，以启山林，

193 Davis, John Francis. "On the Poetry of the Chinese." *Transactions of the Royal Asiatic Society of Great Britain and Ireland*, vol. 2, No. 1, 1829, pp. 393-461.
194 Giles, Herbert A. *A History of Chinese Literature.*London: W. Heinemann, 1901.
195 Candlin, Clara M. T*he Herald Wind: Translations of Sung Dynasty Poems, Lyrics and Songs*. London: J. Murray, 1933.
196 Ch'u, Ta-kao. *Chinese Lyrics*. Cambridge: Cambridge University Press, 1937.
197 Hummel, Arthur W. *Eminent Chinese of the Ch'ing Period(1644-1912)*. Washington: United States Government Printing Office, 1944, p. 663. 中译本信息：[美]恒慕义，清代名人传略[M]，西宁：青海人民出版社，1990年，第681页。
198 Baxter, Glen. *Index to the Imperial of Tz'u Poetry*. Cambridge: Harvard University Press, 1956.
199 Baxter, Glen. "Metrical Origin of the Tz'u." *Studies in Chinese Literature*, John Bishop ed.Cambridge: Harvard University Press, 1966.

功不可没"，堪称是"北美词学鼻祖"。与此同时，英语世界这一时期还出现了数种中国文学史著作，如陈受颐的《中国文学史导论》、赖明的《中国文学史》、柳无忌的《中国文学概论》等，一改翟理斯对词体的忽视，开始将中国词史纳入中国文学史的叙述框架之中，虽然诸书有关时代与文体的论述难免有侧重和疏漏（详见第五章第二节内容），但它们无疑将"词体乃中国文学不可或缺的有机组成"这样的事实深铭至英语世界读者的脑中，为随后的词学研究奠定了必要知识准备。以此为起点，到上世纪 90 年代初，英语世界的词学研究进步显著，成果斐然。作为亲历者和实际参与者，孙康宜将英语世界二十余年来词学研究的发展脉络大致勾勒如下：就词的风格而言，"北美词学自始即以婉约派的研究为重心"，"盖词之为体实与西方的抒情诗暗相契合，均属音乐语言与文学语言并重的艺术形式，又皆以抒情为主，尤重感性修辞"；就词的时段而言，两宋之词自是北美汉学界关注的重点，如艾朗诺（Ronald Egan）之于欧阳词、林顺夫之于白石词、方秀洁之于梦窗词，此外"敦煌曲词"、"唐五代词"亦是"北美词学界的显学"，像孙康宜之于晚唐词、魏世德（John Timothy Wixted）之于韦庄词、白润德之于冯延巳及李后主词等；就词的研究理念而言，"文体研究"（genre studies）"渐次成为比较文学批评鉴赏的中心课题"，此外，"解构批评（deconstruction）蔚为学派，影响力无孔不入"[200]。

从孙康宜提纲挈领的回顾和梳理中，我们不难发现，清词的确不是这一阶段英语世界词学的研究热门，以之为主题的成果，数量也极为有限。不过，这些数量有限的研究成果，其研究价值却不容轻忽。兹举其荦荦大者如下：

（一）文学译集方面，1986 年出版的由罗郁正、舒威霖主编的《待麟集》是英语世界首部也是目前唯一一部专门性的清代诗词译集，其译介清代诗词方面的贡献自不待言，也应注意，书前由两位编者撰写的导言长达 30 余页，细致深入绍述了清代诗词的历史分期、经济社会背景、与政治的关联、诗坛派系、诗论的繁荣以及唐宋之争等问题，更单列一节"清词复振"（the revival of the tz'u），分别介绍了浙西词派和阳羡词派的创作主张及代表作家，还特别指

---

200 [美]孙康宜，北美二十年来的词学研究——兼记缅因州国际词学会议[M]// [美]孙康宜著；李奭学译，词与文类研究，北京：北京大学出版社，2004 年，第 161-173 页。

出咏物词在清代词坛的盛行这一现象[201]。（二）工具书/辞书方面，在 1986 年出版的《印第安那中国文学指南》和 1993 年出版的《新编普林斯顿诗歌与诗学百科全书》两书中，有多个条目论及清词领域的重要作家作品，对清词复兴的情况也有恰如其分的说明，其中，《印第安那中国文学指南》在书后索引中，专设"清词复兴"一条，下列五个与之相关的词条，分别是"浙西词派"、"蒋士铨"、"朱彝尊"、"纳兰性德"、"词"，尤其引人关注的是由孙康宜撰写的"词"这一条目，它以四页的篇幅梳理了中国古典词史，清代部分被给予了近三分之一的篇幅，从陈子龙、朱彝尊，论至纳兰性德、蒋春霖、项鸿祚，再至宣南词社、王鹏运、朱祖谋、王国维、毛泽东等[202]；《新编普林斯顿诗歌与诗学百科全书》中，由孙康宜执笔的"中国古典诗歌"部分，按照云间词派、浙西词派、阳羡词派以及纳兰词这样的顺序简述清代词史，且和《待麟集》序言一样，也格外论及了清代咏物词的流行[203]。（三）论文集及期刊论文方面，叶嘉莹的《常州词派的词学批评》、《王国维词论视域下的王国维词作》，是英语世界为数不多的词论研究论文，下节将有详述；朱门丽 1987 年发表在《中国文学》（CLEAR）上的《传统与创新的互动：十七世纪词体的复兴》一文，认为清初词体的复兴，在"摒弃了对耽于官感的《花间词》式的写作的肤浅模仿"以及"反对不加批判地模仿几种特定的正统文学形式"的同时，重新确立了"词作为自主思考、独立判断及个人情感的文学表达载体的文体价值"，肯定了"在文学创作中强调自我表达与道德意义的古代诗歌传统"，并进而指出，陈维崧以其丰富的创作实践，"为词注入了一种特别的能量和自信的品质"，"扩展了词的范围，展示了词的创造性潜力，赋予了词智性，重新恢复了词的文学地位"，有力推动了清词复兴的进程[204]，由是可断定，此文其实是其博士论文的衍生成果。（四）专著与学位论文方

---

201 Lo. , Irving Yucheng, William Schultz. *Waiting for the Unicorn: Poems and Lyrics of China's Last Dynasty, 1644-1911*. Bloomington & Indianapolis: Indiana University Press, 1986, pp. 1-33.

202 Nienhauser Jr. , William H. *The Indiana Companion to Traditional Chinese Literature*. Bloomington: Indiana University Press, 1986, pp. 846-849.

203 Preminger, Alex, T.V.F. Brogan. *The New Princeton Encyclopedia of Poetry and Poetics*. New Jersey: Princeton University Press, 1993, pp. 190-198.

204 Chu, Madeline. "Interplay between Tradition and Innovation: The Seventeenth Century Tz'u 词 Revival." *Chinese Literature:Essays, Articles, Reviews（CLEAR）*, vol. 9, No. 1/2, 1987, pp. 71-88.

面。黄秀魂的《龚自珍》中有一节专论龚词，上文已有简论。涂经诒、李又安分别在 1970 年和 1977 年贡献了各自对于王国维《人间词话》的翻译，译文之外的序言、评注皆为王国维词论研究成果，下节将会详述。这一时期，最值得注意清代词人词作研究文献有二，其一是朱门丽 1978 年在亚利桑那大学所完成的博士论文《词人陈维崧》，这是英语世界第一部也是到目前为止最全面的有关陈维崧的词人词作研究成果，此文主体由四部分组成，分别为"家庭背景"、"生平和思想"、"陈维崧与词体复兴"、"陈维崧之词"，其中"陈维崧之词"是全文最具分量与新意的章节，其下设有"主题"、"风格"、"情绪"、"技艺"、"品评"五个议题，对陈维崧的词体创作活动作了全面考索，尤其是"主题"一节创造性地将陈词划为五类，"一己悲欢"（feelings of personal sufferings）、"思幽怀古"（sentiments on history）、"时事品评"（comments on current events）、"官感情绪"（sensuous moods）、"归隐闲适"（leisurely retirement），且在每一类下都译有典型文本做示范，为英语读者提供了扣摸陈维崧词之世界的大致方向[205]；其二就是我们接下来要重点述评的麦大伟的《十七世纪中国词人》一书。

麦大伟，1986 年获斯坦福大学博士学位，导师为刘若愚先生，博士论文主题为陈与义的诗歌创作[206]，现任教于夏威夷大学中国研究中心。麦大伟虽以宋诗研究起步，但博士毕业后就随即转入清词研究领域，他在 1990 年出版的《十七世纪中国词人》[207]一书，是英语世界正式出版的首部清词研究专著，具有不可磨灭的填补学术空白之功。

在此书第一章"导言"中，麦大伟一方面概要介绍了明末清初的政治社会环境，另一方面也指出了刺激词体在清初复兴的几个可能性因素：（1）由于清初满族统治者对诗文的高压管制，清初文人不得不转向通常被视为是"小道"的词，去寻求一种更安全、更隐秘的抒情达意的途径；（2）明清动荡的时局，激发了士人赓续文脉的热情，或间接促使了词体的复振；（3）表演性音乐在明清士人阶层的普遍流行，也在一定程度上有益于词的复兴。

---

205 Chu, Madeline Men-li. "Ch'en Wei-sung, the Tz'u Poet." Diss. The University of Arizona, 1978.

206 McCraw, David R. "The Poetry of Chen Yuyi(1090-1139)." Diss. Stanford University, 1986.

207 McCraw, David R. *Chinese Lyricists of the Seventeenth Century*. Honolulu: University of Hawaii Press, 1990.

在第一章之后，麦大伟从第二章到第七章依次对陈子龙、吴伟业、王夫之、陈维崧、朱彝尊、纳兰性德这六位词人的生平和作品进行了绍述、翻译和阐读，每一章皆由四部分组成，分别是"生平"（biography）、"词作"（poetic world）、"语言"（language）、"结语"（conclusion），其中不乏有很多精彩的创见：在第二章中，麦大伟不认同朱门丽将陈子龙之词视为是摆脱花间词影响而不得的产物，而指出，虽然陈子龙与冯延巳之词虽在谋章布局、遣词造句上有形色差别，前者也并不如后者有创造力，但二人词风无疑更接近，且还指出，陈子龙对于五代词的推崇，实际上后来对吴伟业、王士禛的词创作影响巨大；在第三章中，麦大伟指出，吴伟业之词在语言上是很平庸（hackneyed）的，少有经验的语言效果，其意象单调贫乏，其用韵也常粗放不协，但这并未影响其艺术感染力，他认为，吴伟业的小令，语调直白，嵌入对话性元素，风格近于韦庄，而其慢词在风格上近于柳永，在内容上则接续苏辛一路，因此，在多样性上胜过陈子龙，在清初部分地拓展了词体的表现力；在第四章中，麦大伟敏锐地注意到，相较于一般的词体语言，王夫之词作更多地受惠于诗歌的表达方式，其形式和风格多种多样，故而很难将它与某一特定的前代词人关联在一起，不过，他的某些慢词与南宋遗民王沂孙的咏物词之间有明显的承继关系，他认为，王夫之词作最突出的成就在于，它"在使用了一种充满道德严肃性的庄严语调的同时，又没有牺牲掉（词本身的）美学吸引力"，并判定，王夫之对于清词的贡献要远超过陈子龙和吴伟业；在第五章中，麦大伟通过自己对迦陵词的释读，向朱门丽博士论文《词人陈维崧》中的某些观点提出了质疑，即，陈维崧固然通过"扩大词的表现范围"、"提升词的道德关切"而使词体逐渐受人尊重，但他并不像朱门丽声称的那样，实现了"词体的空前提升与拓展"，不过，与此同时，麦大伟也不认可郑骞全盘否认迦陵词价值的看法——"若夫其年之粗狂叫嚣，则词中之天魔夜叉也"[208]，最终表示，陈词虽有种种局限，质量也参差不齐，但其动人心魄的艺术魅力和高超的语言技巧理应得到认可，且认定，"其年是清初主要但不是最好的词人之一，其词略逊于王夫之词"；在第六、七两章，麦大伟高度评价了朱彝尊和纳兰性德的作词成就，认为前者虽然

词作内容稍显"轻薄"（lightweight），令人产生"其创造严肃崇高之诗境的能力逊于其语言才能"的印象，但他以其多元风格和高超词艺成为清初词坛最杰出的代表之一，认为后者的创作确实在主题和词调上都十分狭窄、单调，但其优胜处在于运用白描手法对内在生命的有效呈现，表示纳兰凭此即可卓然傲视同代词人。最后，在结语部分，麦大伟简要重申了此书主体章节的观点，并进而总结到，十七世纪词坛的确产生了不少精致优美的词作，理应得到学界更多的关注。

通览《十七世纪中国词人》一书，我们不难发现，无论是在结构还是立意上，它都与刘若愚的《北宋主要词人》（Major Lyricists of the Northern Song）[209] 一书都高度相近，事实上，麦大伟在序言中有明确表示，此书"是对刘若愚教授的致敬，是以他的《北宋主要词人》为典范的"。具体而言，两书有同也有异。其相同处首先体现在研究理念上，和刘若愚一样，麦大伟亦认为，中国诗歌是"对世界和语言的双重探索"，"是一种化内外经验为精微语言的重铸行为"，并由此出发，将"新批评"（New Criticism）作为其释读文本的主要指导理论；其相同处其次还体现在研究体例上，和刘若愚在《北宋主要词人》中择取六位词人代表以阐明北宋词坛概貌一样，麦大伟在《十七世纪中国词人》中亦挑选出六位词人来呈现清初词坛的演进态势，且与刘若愚之书近似，麦大伟对每位词人的论述，也都包含翻译（由多首不同风格主题的词作组成）、分析（重点分析词作的措辞、意象、句法、用典、韵律）、结论（评估词人在清初词坛的地位和贡献）这三项基本内容。两书的相异处有三点：其一，词的译文前特意添加了词人小传的内容；其二，论述中自觉将十七世纪词人与前代词人对比，从而"加深对词人风格的理解，确认其词学典范，并在此视角下体认词人创作成就"；其三，译词只提供译文，不再像刘若愚那样在译文外还附上逐字翻译（word-for-word rendering）、拼音及韵律图解。有关本书的学术价值，笔者认为，孙康宜对于《北宋主要词人》的评价，稍加改动后，可同样适用于此："……从新批评的观点阐发清初词家，将各大山门的风格逐一发微，体系严整。像陈子龙、王夫之、吴伟业、陈维崧、朱彝尊与纳兰性德等词客的作品都经法眼细察，无论遣词、用典、句构、

---

209 Liu, James J, Y. *Major Lyricists of the Northern Sung*. Princeton: Princeton University Press, 1974.

章法与托意，一一都在其细腻解说下现形。"210

　　1990 年 6 月 5 日至 10 日在美国缅因州约克镇召开的国际词学会议，可以说是自二战以来在英语世界词学研究界具有承前启后意义的重要事件。正如孙康宜在《北美二十年来的词学研究——兼记缅因州国际词学会议》中所述，一方面"会中所讨论的问题均属目前词学研究关键，相当具有代表性"，集中呈现了英语学界在前一个阶段所积累的成就，另一方面，"各方学者互相切磋争辩，其影响必将波及往后词学的发展"。此次大会议题大致集中在以下三个方向：其一，"关于词之美学特性与形式问题"；其二，"关于女性问题的社会背景"；其三，"关于词评、词籍保存与词的接受等问题"。其中，会议对"女性问题的社会背景"议题的关注，以后见之明来看，事实上是英语世界词学研究界广泛运用女性主义和性别理论的先声。此次会议之后，我们看到一批围绕明清女性词人词作而展开的研究成果，它们数量虽有限，但极富启发性：孙康宜的《柳是和徐灿的比较：阴性风格或是女性意识？》，区分了词体创作领域以柳如是为代表的"青楼伎师传统"和以徐灿为代表的"名门淑媛传统"，认为前者的创作具有"凝练优雅与温柔感受的美学价值"，可视为是词这一阴性文类的终极象征，后者在尝试融入男性文学传统的过程中，"打破了诗词创作中文类与性别的界限"，颇有前卫的女性意识，最后二者在 18 世纪合流，共同成为了明清女性词文学的重要资源211；柳是、徐灿之外，与纳兰性德齐名、有"男中成容若，女中太清春"（《蕙风词话续编》卷二）之称的清代著名女词人顾太清亦在这一时期得到了英语世界研究者的重点关注，以其人其作为中心，先后出现了多篇专题论文，如 2004 年黄巧乐在麦吉尔大学完成的题为《为女性社群写作：顾太清及其诗歌》212的硕士论文、2009 年

---

210 [美]孙康宜，北美二十年来的词学研究——兼记缅因州国际词学会议[M]// [美]孙康宜著；李奭学译，词与文类研究，北京：北京大学出版社，2004 年，第 161-173 页。这句话的原文："刘教授后来又别刊专著，从新批评的观点阐发北宋词家，将各大山门的风格逐一发微，体系严整。像晏殊、欧阳修、柳永、秦观、苏轼与周邦彦等词客的作品都经法眼细察，无论遣词、用典、句构、章法与托意，一一都在其细腻解说下现形。"

211 Chang, Kang-i Sun. "Liu Shih and Hsu Ts'an: Feminine or Feminist?" *Voices of the Song Lyric in China*. Yu, Pauline, ed. Berkeley: University of California Press, 1994, pp. 169-187.

212 Huang, Qiaole. "Writing from within a Women's Community: Gu Taiqing (1799-1877) and Her Poetry." Diss. McGill University, 2004.

管佩达发表的《女诗人与戒师：顾太清道家诗选》[213]一文、2012 年耿长琴在夏威夷大学完成的题为《镜、梦、影：顾太清的生平与创作》[214]的博士论文、2014 年王燕宁发表的《一位满族女诗人梦与诗的世界：顾太清的记梦诗》[215]一文等；清末民初的著名女词人吕碧城，以其传奇的人生经历和丰富的文学创作实践，近年来亦成为多篇论文的主题，如吴盛青发表的《"旧学"与吕碧城词中现代空间的女性化》[216]，方秀洁发表的《另类的现代性，或现代中国的古典女性：吕碧城充满挑战的一生及其词作》[217]、《重塑时空与主体：吕碧城的〈游庐琐记〉》[218]等；一些女性词创作中的特殊主题，也被精心捻出论述，如 2005 年李小荣发表的《激发英雄气概：明清女性的"满江红"词作》[219]一文、2010 年杨海红在爱荷华大学完成题为《升起自己的旗帜：晚期帝制中国才女的自题词》[220]的博士论文等；此外，上世纪 90 年代以降，男性词人研究颇少，目力所及，仅见 1994 年方秀洁发表的《刻写情欲——朱彝尊之〈静志居琴趣〉》[221]和 2016 年赵颖之发表的《逐影：王夫之的词和

213 Grant, Beata. "The Poetess and the Precept Master: A Selection of Daoist Poems by Gu Taiqing." *Text, Performance, and Gender in Chinese Literature and Music; Essays in Honor of WiltIdema.* Tian Yuan Tan, ed. Leiden: Brill, 2009, pp. 325-340.

214 Geng, Changqin. "Mirror, Dream and Shadow: Gu Taiqing's Life and Writings." Diss. University of Hawai'i at Manoa, 2012.

215 Wang, Yanning. "A Manchu Female Poet's Oneiric and Poetic Worlds: Gu Taiqing's (1799-1877) Dream Poems." *Quarterly Journal of Chinese Studies*, Vol.3, No. 2. pp. 1-22.

216 Wu, Shengqing. " 'Old Learning' and the Refeminization of Modern Space in the Lyric Poetry of Lü Bicheng." *Modern Chinese Literature and Culture,* vol. 16, No. 2, `2004, pp. 1-75.

217 Fong, Grace S. "Alternative Modernities, or a Classical Woman of Modern China: The Challenging Trajectory of Lü Bicheng's (1883-1943) Life and Song Lyrics. " *NAN NÜ* 6.1(2004): 12-59.

218 Fong, Grace S. "Reconfiguring Time, Space, and Subjectivity: Lü Bicheng's Travel Writings on Mount Lu." *Different Worlds of Discourse Transformations of Gender and Genre in Late Qing and Early Republican China.* Qian, Nanxiu., Grace S. Fong, and Richard J. Smith, ed. Leiden; Boston: Brill, 2008.

219 Li, Xiaorong. "Engendering, Heroism: Ming-Qing Women's Song Lyrics to the Tune Man Jiang Hong. " *NAN NÜ: Men, Women and Gender in China*, vol. 7, No. 1, Mar. 2005, pp. 1-39.

220 Yang, Haihong. "Hoisting One's Own Banner: Self-inscription in Lyric Poetry by Three Women Writers of Late Imperial China." Diss. The University of Iowa, 2010.

221 Fong, Grace S. "Inscribing Desire: Zhu Yizun's Love Lyrics in Jingzhiju Qinqu." *Harvard Journal of Asiatic Studies,* vol. 54, No. 2, 1994, pp. 437-460.

诗学》[222]两篇文章。

正如有论者所指出的那样："由于词学研究毕竟在北美并非显学，专事词学研究的著名学者也屈指可数，因此其词学研究也存在诸多不足，主要表现为研究布局的失衡，比如仅有词体的系谱学与音韵学研究而缺乏词史的系统性研究；词人词作的研究亦局限于几位著名词人及其作品；断代研究主要是两宋研究，南唐及清代偶有涉足，金元明时期尚属未开垦的处女地；词话研究基本局限于王国维及其《人间词话》的研究，自宋至清浩如烟海的历代词话则几乎无人问津。"[223]受制于这样的整体环境，英语世界的清代词人词作研究，无论是在数量还是规模上，都远不及英语世界的清代诗人诗作研究，更无法与国内的清代词人词作研究相提并论，且可以预见，在今后很长一段时期内，英语世界的清代词人词作研究大概率不会涌现太多新成果，但毋庸置疑，目前已出现的这些研究成果，以其开阔理论视野和鲜明的阐发方法，仍能为国内相关领域的研究带来有益启示。

三、英语世界的清代诗词理论研究——以刘渭平、刘若愚、宇文所安、叶嘉莹为重点

在为《海外汉学与中国文论·英美卷》精心结撰的"总述：英语世界中国文论研究概貌"一编中，黄卓越先生描述了中国文论研究在英语世界的开展历程："这个历程由两大进阶构成，从外部来看，表现为从大汉学至文学史研究，再至文论史研究的进阶；从文论研究内部看，则又表现为从'理论的研究'至'理论的阐释'，再至'理论的建构'的进阶。两大进阶又共同刻绘出一条文论独立与'理论'自身不断攀升的运行弧线，从而展示出在英美汉学语境中中国文论言说谱系逐渐构型的历史。"[224]基于上述判断，他将英语世界中国文论研究细分出三个时期——"蛰伏期"、"分治期"、"新变期"，并概括提炼了每一时期的基本研究范型。

作为中国文论的有机组成部分之一，清代诗词理论在英语世界的研究，

---

222 Zhao, Yingzhi. "Catching Shadows: Wang Fuzhi's Lyrics and Poetics." *CLEAR: Chinese Literature: Essays, Articles, Reviews,* Volume 38（2016/17）.

223 吴珺如，论词之意境及其在翻译中的重构[M]，上海：上海外语教育出版社，2012年，第34页。

224 黄卓越，海外汉学与中国文论·英美卷[M]，北京：北京师范大学出版社，2018年，第27页。

大体亦符合《海外汉学与中国文论·英美卷》一书所总结的分期和范型所呈现出的状况。接下来，笔者拟遵循这一描述框架去述评英语世界的清代诗词理论研究风貌，且考虑到"蛰伏期"并无太多直接的文论研究以及"新变期"泛文论化研究的不少成果——尤其是性别理论视域下的清代女性诗词研究——已在上文述及等事实，将会以"科学主义"为研究范型的"分治期"作为关注的主要阶段。其中，刘渭平、刘若愚、宇文所安、叶嘉莹等人的清代诗词理论研究著述，将会是本节研读的重点文本。

（一）清代诗词理论研究的"蛰伏期"

英语世界中国文论研究的第一时期为"蛰伏期"，始自 19 世纪初，至 20 世纪 50 年代止。"蛰伏"是指，这一时期的汉学界"对中国文论的关注还相当稀缺"、"也未将稀见的这些散评视为文论（文学批评）材料"，即使"汉学家通过对文学作品的阅读，从中提炼出了一些带有规则性的理论叙述"，但其本质仍"属于文学史研究/文学研究的一个组成部分"。这一时期的基本研究范型为"泛用主义"，意即，"对文学概念界义使用的泛化，与大至汉学研究小至文学研究的实用化倾向"。[225]

在"蛰伏期"阶段，和大部分清代诗人词人一样，不少清代诗词理论文本首次进入英语世界也是通过一些书目、辞典之类的工具书的绍介才得以实现的。具体而言，伟烈亚力撰写的《中国文献纪略》和恒慕义主编的《清代名人传略》两书在其中发挥的作用最为显著：（1）《中国文献纪略》的框架设计和主体内容，基本上取自《四库全书总目提要》，故而，伟烈亚力在经（Classics）、史（History）、子（Philosophers）、集（Belles-lettres）的集部下，亦单列"诗文评"（Critiques on Poetry and Literature）一项，对中国历代文论重要书目作了概要梳理、述评，并指出，这类文献包含丰富的信息，涉及诗歌的历史、流变、内在技巧及主旨等，"对正确理解中国诗的精神十分有益和重要"[226]。伟烈亚力对于诗文评的看法，虽与四库馆臣的观点有千丝万缕的联系，但这毕竟是目前英语世界所能见到的对中国传统文论的最早关注和评

---

225 黄卓越，海外汉学与中国文论. 英美卷[M]，北京：北京师范大学出版社，2018年，第 29-38 页。

226 Wylie, Alexander. *Notes on Chinese Literature*. Shanghai: The American Presbyterian Mission Press, 1867, pp. 196-197.上引伟氏之言或是《四库全书总目提要》"诗文评"条目中"然汰除糟粕，采撷菁英，每足以考证旧闻，触发新意。……岂非以其讨论瑕瑜，别裁真伪，博广参考，亦有裨于文章欤？"一语的意译。

价。在此书的"诗文评"部分,伟烈亚力依时代顺序总共列出了 40 部诗文评著述,其中,仅清代诗文评就占将近半数,达 17 部之多,像王士祯的《渔洋诗话》、杭世骏的《榕城诗话》、李沂的《秋星阁诗话》、宋荦的《漫堂说诗》、赵执信的《谈龙录》、吴骞的《拜经楼诗话》、宋大樽的《茗香诗论》等清人谈诗之作,都是首次被介绍到英语世界中。(2)正如笔者在第三章第三节中所总结的那样,作为一部人名辞典类的参考工具书,《清代名人传略》不但内容全面、体例完备、点评准确、阐发深入,还能对当时学界最新的研究成果进行充分利用。此书所列清代诗人、词人条目中,间或有涉及清代诗词理论的内容,像上文已论及的"王士祯"条目对其"神韵"说堪称精审的释读,即是显例之一。有时,各个条目的有关内容勾连在一起,还可大致还原出清代诗派纷争的若干侧面。例如,"袁枚"条目提到,"袁枚和沈德潜是同代人……但他们两人在人品和诗品两个方面都大相径庭,他们是两个重要文论派别的代表者,在当时彼此经常互相指摘",并就两人的诗论进行了对比:"沈主张诗以载道,写诗要谨遵格律,至少大体上要如此。袁则主张,诗的作用在于娱情怡性,好诗不在于严守固定的格式,而在于诗人的学问、才气以及个性。他强调,表现生活中流露出来的自然情感应不受拘束,并直接了当地认定两性之间的爱情在生活中扮演重要角色。""沈德潜"条目则指出:"在文学评论领域,沈德潜在内容及形式两方面均崇尚复古。他赞同韩愈的'文以载道'说。他认为诗应上承古风,保持汉、魏及唐代的形式和风格。他极为重视作诗的宗旨、诗的形式以及王士祯所十分强调的诗的'神韵'。总之,沈德潜所主张的'格调说',与袁枚所主张的'性灵说'截然相反。"[227] 不过,上述这些散见于"蛰伏期"工具书中的有关清代诗词理论的文字,大都服务于文献甚或是政治方面的实用性质的考量,且基本上处于这一阶段英语世界的中国文学知识体系的边缘,并不能被视为是严格意义上的清代诗词理论研究成果。

(二)清代诗词理论研究的"分治期"

英语世界中国文论研究的第二时期为"分治期",始自 20 世纪 50、60 年代,截止到 80、90 年代。所谓"分治"是指,在"英美学术体制中出现的学

---

227 Hummel, Arthur W. *Eminent Chinese of the Ch'ing Period(1644-1912)*. Washington: United States Government Printing Office, 1944, pp. 955-957; 645-646.中译本信息:[美]恒慕义,清代名人传略(中)[M],西宁:青海人民出版社,1990 年,第 12 页;第 159 页。

科分化趋势"的大背景下，"文论研究逐渐从前一时期的泛用主义模式，即目标上的实用性与学科上的泛化论中分化出来，形成了相对独立的言述分支"。在这一时期，"科学主义作为一种思维方式，成了此期文学文学研究领域最为通行的主导性观念"，受其影响，多种话题模式随之形成，如原典研究、文类研究、"抒情传统"、汉字诗律（汉诗形态）、比较文论等。[228]

在"分治期"阶段，一方面，标榜"纯文学"观的新汉学研究形态逐渐取代了以往多学科、实用型的传统汉学研究模式，另一方面，越来越多的中国文学批评和文学史研究成果在英语世界的出现，兼之这一时期整个西方人文学界对理论的"激情"，也逐渐将中国文论推向了研究者的视野前沿之中，这一时期的西方学者"因此知道了历史上固然地存在一个'批评史'（'文学理论'）的显性系脉，它与文学史之间长期以来就是以互动的方式呈现的，并且也是可以作为一个独特的话题予以关注的"[229]。在英语世界此次大规模译介、研究中国文论的热潮中，有两点须格外注意：其一，正如涂经诒所观察到的那样，因为"诗歌是中国古代文学的主流，并且中国古代诗歌理论大体上触及了文学的一般性本质"，以及"这些诗歌理论中的杰出洞见使得依照它们来作的实际研究很有价值"，所以"中国诗学和诗歌理论仍然是中国文学批评的研究者们最感兴趣的领域"[230]；其二，清代诗词理论不但流派纷呈、数量众多，还拥有独到深入的学术品格，吸引了英语世界众多学者的注意，像卜松山（Karl-Heinz Pohl）就表示，清代的"诗歌方面没有起色，但理论上却极为繁荣"，"这一时期的文学批评，也即所谓的'诗话'，无论在广度上还是深度上都胜过前代在这方面的作品"[231]，宇文所安更是认为，"接触到王夫之和叶燮，来到 17 世纪中晚期，我们就有了现代意义上的'文学思想'，以及一种真正'全面思考'一整套

228 黄卓越，海外汉学与中国文论·英美卷[M]，北京：北京师范大学出版社，2018年，第38-73页。

229 黄卓越，海外汉学与中国文论．英美卷[M]，第39页。

230 Tu, Ching-i. "Traditional Chinese Literary Criticism." *The Journal of the Chinese Language Teachers Association*, vol. 14, No. 3, 1979, pp. 91-106. 中译文信息：[美]涂经诒，中国传统文学批评[C]// 王晓路主编，北美汉学界的中国文学思想研究，成都：巴蜀书社，2008年，第18-34页。

231 Pohl, Karl-Heinz. "Ye Xie's 'On the Origin of Poetry' "(Yuan Shi)". A Poetic of the Early Qing." *T'oung Pao*, vol. 78, No. 1/3, 1992, pp. 1-32. 中译文信息：[德]卜松山，论叶燮的《原诗》及其诗歌理论[M]// [德]卜松山著；刘慧儒，张国刚等译，与中国作跨文化对话，北京：中华书局，2000年，第173-201页。

问题的批评”[232]，可以断言，在本阶段英语世界有关中国文学理论的知识架构中，清代诗词理论占据着一个十分显著地位。

　　翻译是研究的基础，但是这一阶段单纯以清代诗词理论的翻译为目的的文献资料并不多见。目力所及，只有《译丛》杂志选译的清代“论诗诗”（poems on poetry）及张宗橚的《词林纪事》[233]，涂经诒、李又安各自翻译的《人间词话》[234]，黄兆杰翻译的《姜斋诗话》[235]，林理彰翻译的王士禛《论诗绝句》[236]，以及宇文所安在《中国文论：英译与评论》一书中对王夫之和叶燮诗论的翻译[237]等论著，意识明确地节译或完整翻译了一批清代诗词理论文本。由于翻译本身即是阐释，再兼之上述材料在译文外，往往还提供有详细的导言或评论，具有一种“译注”（annotated translation）的学术特质，我们亦可将其粗略地归入研究的范畴之中。如此以来，我们可对英语世界的清代诗词理论研究的情况概览如下：（1）宏观描述各阶段的清代诗词理论，或将清代诗词理论置入整体框架中论述的研究成果。前者有刘若愚的《清初诗学的传统与创造》[238]、澳大利亚华裔学者刘渭平 1967 年在悉尼大学完成的博士论文《清代诗学之发展》[239]以及《晚清的诗界革命：价值

---

232 Owen, Stephen. *Reading in Chinese Literary Thought*. Cambridge: Harvard University Press, 1992, p.8. 中译本信息：[美]宇文所安，中国文论：英译与评论[M]，王柏华，陶庆梅译，上海：上海社会科学院出版社，2003 年，第 6 页。

233 Minford, John ."Brush and Breath: Poems on Poetry from Ch'ing Dynasty." *Renditions*, No. 21 & 22, 1984, pp. 371-382.; Tsai, Frederick C. "Behind the Lines: T'zu Poets and Their Private Selves." *Renditions*, No. 11 &12, pp. 57-61.

234 Tu, Ching-i. *Poetic Remarks in The Human World, Jen Chien Tz'u Hua*. Taipei: Chung Hwa Book Company, 1970.; Rickett, Adele A. *WangKuo-Wei's Jen-Chien Tz'u-Hua, A Study in Chinese Literary Criticism*. Hong Kong: Hong Kong University Press, 1977.

235 Wong, Siu-kit, trans. *Notes on Poetry from the Ginger Studio*. Hong Kong: Chinese University Press, 1987.

236 Lynn, Richard John ."Wang Shizhen's Poems on Poetry: A Translation and Annotation of the Lunshi jueju 论诗绝句." *Chinese Literary Criticsm of the Ch'ing Period(1644-1911)*, JohnC. Y. Wang, ed. (Hong Kong: University of Hong Kong Press, 1993), pp. 55-95.

237 Owen, Stephen. *Reading in Chinese Literary Thought*. Cambridge: Harvard University Press, 1992, pp. 451-492; 493-582.

238 Liu, James, J.Y. "Tradition and Creativity in Early Ch'ing Poetics." *Artists and Traditions: Uses of the Past in Chinese Culture*, Christian F. Murck, ed.(NewJersey: Princeton University Press, 1976), pp. 17-20.

239 Liu, Wei-Ping, "A Study of the Development of Chinese Poetic Theories in the Ch'ing Dynasty, 1644-1911." Diss. University of Sydney, 1967.

重估》[240]、宇文所安的《拯救诗歌：有清一代的"诗意"》[241]、蔡宗齐的《重新认识"情"：晚清时期传统文学批评的转化》[242]等，后者则包括黄兆杰 1969 年在牛津大学完成的博士论文《中国文学批评中的"情"》[243]、黄维樑 1976 年在俄亥俄州立大学完成的博士论文《中国印象式批评：诗话传统研究》[244]、刘若愚的《中国诗学》[245]、《中国文学理论》[246]等著述。（2）特定作家或理论文本的研究成果。清代诗论方面，清初的钱谦益、王夫之、叶燮、王士禛，清末的龚自珍、康有为、梁启超、黄遵宪等人的诗学思想，得到了最多关注。其中，关于钱谦益的研究成果有车洁玲（Doris Kit-ling Che）1973 年在香港大学完成的硕士论文《钱谦益论诗》[247]、严志雄 1998 年在耶鲁大学完成的博士论文《明清之际历史记忆的诗学：钱谦益晚期诗歌研究》[248]，关于王夫之的研究成果有黄兆杰译注的《姜斋诗话》[249]、《诗广传》[250]以及《王夫之批评文本中的情与景》[251]一文，宇文所安在《中国文论：英译与

240 Liu, Wei-Ping. "The Poetry Revolution of the Late Ch'ing Period: A Reevaluation." *Austrina: Essays in Commemoration of the Twenty-Fifth Anniversary of the Founding of the Oriental Society of Australia*, A. R. Davis, ed., 1982.

241 Owen, Stephen. "Salvaging Poetry: The 'Poetic' in the Qing." *Culture & State in Chinese History: Conventions, Accommodations, and Critiques.*, Theodore Huters, R. Bin Wong, and Pauline Yu, eds. Stanford: Stanford University Press, 1997, pp. 105-128.

242 Cai, Zongqi. "THE RETHINKING OF EMOTION: THE TRANSFORMATION OF TRADITIONAL LITERARY CRITICISM IN THE LATE QING ERA." *Monumenta Serica*, vol.45, 1997, pp. 63-100.

243 Wong, Siu-kit. "Ch'ing in Chinese Literary Criticism." Diss, University of Oxford, 1969.

244 Wong, Wai-Leung. "Chinese Impressionistic Criticism: A Study of the Poetry-Talk Tradition." Diss.The Ohio State University, 1976.

245 Liu, James J. Y. *The Art of Chinese Poetry*. Chicago & London: The University of Chicago Press, 1962.

246 Liu, James J. Y. *Chinese Theories of Literature*. Chicago: University of Chicago Press, 1975.

247 Che, Doris Kit-ling. "Ch'ien Ch'ien-I (1582-1664) on Poetry, " Diss, The University of Hong Kong, 1973.

248 Yim, Chi-hung. "The Poetics of Historical Memory in the Ming-Qing Transition: A Study of Qian Qianyi's (1582-1664) Later Poetry." Diss. Yale University, 1998.

249 Wong, Siu-kit, trans. *Notes on Poetry from the Ginger Studio*. Hong Kong: Chinese University Press, 1987.

250 Wong, Siu-kit, trans. "Three Excerpts from *Shi Guangzhuan*." *Renditions*, No. 33 & 34, 1990, pp. 182-187.

251 Wong, Siu-kit. "Ch'ing and Ching in the Critical Writings of Wang Fu-chih." *Chinese Approaches to Literature from Confuciusto Liang Ch'i-Chao*, Adele A. Rickett, ed. ,

评论》中译注的《夕堂永日绪论》、《诗绎》[252]等，阿列森·哈莱·布莱克（Alison Harley Black）的《王夫之哲学思想中的人与自然》[253]，关于叶燮的研究成果有宇文所安在《中国文论：英译与评论》中译注的《原诗》[254]、卜松山的《叶燮之〈原诗〉》[255]等，关于王士禛的研究成果主要都由林理彰完成，包括其博士论文《传统与综合：作为诗人和诗论家的王士禛》[256]，期刊及会议论文《正与悟：王士禛诗歌理论及其先行者》[257]、《王士禛的论诗诗：〈论诗绝句〉翻译及注释》[258]等；处在古典诗歌与现代诗歌转折处的诗人及其诗论，也是英语学界关注的重点，关于龚自珍的研究成果有黄秀魂的《龚自珍》[259]一书，关于康有为的研究成果有卫德明所撰《明夷阁诗集》[260]一文，关于梁启超的研究成果有马汉茂（Helmut Martin）的《1897-1917 年期间中国文学的过渡性概念：梁启超论诗歌改革、历史戏剧以及政治小说》[261]，关于黄遵宪的研究成果有施吉瑞的《人境庐内：黄遵宪其人其诗考》[262]和邓腾克（Kirk A. Denton）翻译的《〈人境庐诗

Princeton, N. J：Princeton University Press, 1978, pp. 121-150.

252 Owen, Stephen. *Reading in Chinese Literary Thought*. Cambridge: Harvard University Press, 1992, pp. 451-492.

253 Black, Alison H. *Man and Nature in Philosophical Thought of Wang Fu-chih*, Seattle: University of Washington Press, 1989.

254 Owen, Stephen. *Reading in Chinese Literary Thought*. Cambridge: Harvard University Press, 1992, pp. 493-582.

255 Pohl, Karl-Heinz. "Ye Xie's 'On the Origin of Poetry' "(Yuan Shi)". A Poetic of the Early Qing." *T'oung Pao*, vol. 78, No. 1/3, 1992, pp. 1-32.

256 Lynn, Richard John. "Tradition and Synthesis: Wang Shih-chen as a Poet and Critic." Diss. Stanford University, 1971.

257 Lynn, Richard John. "Orthodoxy and Enlightenment: Wang Shih-chen's (1634-1711) Theory of Poetry and Its Antecedents. " W. T. de Bary, ed. , *The Unfolding of Neo-Confucianism* (New York: Columbia University Press, 1975), pp. 215-269.

258 Lynn, Richard John. "Wang Shizhen's Poems on Poetry: A Translation and Annotation of the Lunshi jueju 論詩絕句." *Chinese Literary Criticsm of the Ch'ing Period (1644-1911)*, John C. Y. Wang, ed. (Hong Kong: University of Hong Kong Press, 1993), pp. 55-95.

259 Wong, Shirleen S. *Kung Tzu-chen*. Boston: Twayne, 1975.

260 Wilhelm, Hellmut. "The Poems from the Hall of Obscured Brightness. " *K'ang Yu-wei: A Biography and a Symposium*. Jung-pang Lo. Tucson: The University of Arizona Press, 1967, pp. 319-340.

261 Martin, Helmut. "A Transitional Concept of Chinese Literature 1897-1917: Liang Ch'i-Ch'ao on Poetry-Reform, Historical Drama and the Political Novel."*Oriens Extremus*, vol. 20, No. 2, 1973, pp. 175-217.

262 Schmidt, Jerry D. *Within the Human Realm: The Poetry of Huang Zunxian, 1848-1905*. Cambridge: Cambridge University Press, 1994.

草〉自序》[263]一文；除了上述林理彰对于王士禛论诗诗的关注外，闵福德（John Minford）在《译丛》杂志中还译有张问陶的《论诗绝句》（三首）、赵翼的《论诗绝句》（五首）、舒位的《论诗》以及袁枚的《续诗品》（七首）[264]。清代词论方面的研究成果要远远少于清代诗论，王国维及其《人间词话》毫无疑问是英语世界词论研究的重中之重，研究成果包括涂经诒 1967 年在华盛顿大学完成的博士论文《王国维文学批评之研究》[265]、撰写的《王国维研究：积极形式下的保守主义》[266]以及译注的《人间词话》[267]，李又安的《王国维的〈人间词话〉》[268]，波娜（Joey Bonner）的《王国维：一位知识分子的传记》[269]以及叶嘉莹的《论王国维词——从我对王氏境界说的一点新理解谈王词的评赏》[270]等；叶嘉莹的常州词派研究也很有特色，代表性成果是《常州词派比兴寄托之说的新检讨》[271]一文；此外，蔡濯堂（Frederick C. Tsai）还译有张宗橚《词林纪事》[272]的若干则内容。

由上可见，20 世纪下半叶以来，作为中国文学理论重要组成部分的清代

263 Denton, Kirk A. *Modern Chinese Literary Thought: Writing on Literature, 1893-1945*. Stanford: Stanford University, 1996, pp. 69-71.

264 Minford, John. "Brush and Breath: Poems on Poetry from Ch'ing Dynasty." *Renditions*, No. 21 & 22, 1984, pp. 371-382. 张问陶三首论诗诗句分别为，首句分别为，"少时学语苦难圆"、"诗解穷人我未空"、"满眼生机转为钧"、"李杜诗篇万口传"、"只眼须凭自主张"；舒位论诗诗首句，"天地有生气"；袁枚《续诗品》七则分别是 "崇意"、"精思"、"博习"、"相题"、"选材"、"用笔"、"理气"。

265 Tu, Ching-i. "A Study of Wang Kuo-wei's Literary Criticism." Diss. University of Washington, 1967.

266 Tu, Ching-i. "CONSERVATISM IN A CONSTRUCTIVE FORM: THE CASE OF WANG KUO-WEI 王国维（1877-1927）." *Monumenta Serica*, vol. 28, 1969, pp. 188-214.

267 Tu, Ching-i. *Poetic Remarks in The Human World, Jen Chien Tz'u Hua*. Taipei: Chung Hwa Book Company, 1970.

268 Rickett, Adele A. *Wang Kuo-Wei's Jen-Chien Tz'u-Hua, A Study in Chinese Literary Criticism*. Hong Kong: Hong Kong University Press, 1977.

269 Bonner, Joey. *Wang Kuo-wei: An Intellectual Biography*. No. 101. Harvard University Press, 1986.

270 Yeh, Chia-ying. "Wang Kuo-wei's Song Lyrics in the Light of His Own Theories." *Voices of the Song Lyric in China*, Pauline Yu, ed., Berkeley: University of California Press, 1994, pp. 258-298.

271 Yeh, Chia-ying. "The Ch'ang-Chou School of Tz'u Criticism." *Harvard Journal of Asiatic Studies*, vol. 35, 1975, pp. 101-132.

272 Tsai, Frederick C. "Behind the Lines: T'zu Poets and Their Private Selves." *Renditions*, No. 11 & 12, pp. 57-61.

诗词理论，在英语世界收获了数量不可不谓丰富的研究成果。这些成果各以其优长和不同的关注侧重，拓展了英语世界读者对具有悠久历史和独立价值的中国文学的批评传统的认知。囿于篇幅和精力，笔者无意在此对其一一展开讨论，仅在此依据黄卓越先生所区分的英美学界研究中国文论的三种基本操作方式——"理论的研究"、"理论的诠释"、"理论的建构"，择取其中最具代表性和影响力的汉学家及其学术成果进行述评，希冀以此反映这一时期英语世界清代诗词理论研究的基本样态。

（1）统观：刘渭平与《清代诗学之发展》

所谓"理论的研究"，是指"将中国文学批评与理论的著述、人物、术语、思潮等作为研究对象的研究（包括译介）"，这类研究"以'以史为证'作为其主要的方法"，又可称之为"传记式批评"（biographical criticism）或"批评史"研究[273]。上文所列诸成果，大都属于这一研究范式或包括有这一范式性质的内容，不过，其中最典型的"理论的研究"非刘渭平 1967 年在悉尼大学完成的博士论文《清代诗学之发展》莫属。

刘渭平（1915-2003），原籍江苏南通，厦门大学法学学士，澳大利亚悉尼大学文学硕士、博士，曾任中华民国悉尼总领馆副领事、悉尼大学东亚研究系副教授等职；他长期致力于澳洲华侨史研究，著有《澳洲华侨史》（1989）、《大洋洲华人史事丛稿》（2000）等书，在澳洲华人文坛乃至华人社群中享有崇高声誉；其博士论文《清代诗学之发展》，是英语世界第一部、也是到目前为止唯一一部系统完整地研探有清一代诗学批评史的论著。

《清代诗学之发展》长达 440 余页，正文共计有八章构成。在第一章"导论"中，刘渭平先是指出，中国文学批评出现较晚，且"相较于作品评价，一般更关注创作原则——特别是风格与文体的关系"[274]，接着他按照时代顺序大致梳理了从先秦到元代的中国文学批评传统，并简要绍述了其中的重点文本，如《论语》、《孟子》、《典论·论文》、《文赋》、《诗品》、《文心雕龙》、《诗式》、《沧浪诗话》、《瀛奎律髓》以及元好问的《论诗绝句》等，从而为其后清代诗学的讨论提供了一个完整连贯的历史背景。在第二章"清代诗论的本源"

---

273 黄卓越，海外汉学与中国文论·英美卷[M]，北京：北京师范大学出版社，2018年，第 21 页。

274 Liu, Wei-Ping, "A Study of the Development of Chinese Poetic Theories in the Ch'ing Dynasty, 1644-1911." Diss. University of Sydney, 1967, p. 1.

中，刘渭平将论述焦点集中于几种对清代诸多诗论观点的形成有重大影响的文献和观点上，包括司空图的《二十四诗品》、严羽的《沧浪诗话》、黄庭坚的诗歌理论、胡应麟的《诗薮》、谢榛的《四溟诗话》等，在呈现上述文献核心意旨的同时，他时刻注意分析它们对清代诗论的具体前导作用。例如，他指出，《二十四诗品》首次或较早地在论诗时采用了"味"、"韵"、"景象"等批评术语，而这些术语后来皆成为清初"神韵派"诗论体系中的重要组成部分；又如，针对《沧浪诗话》"以禅喻诗"的论诗方式及"夫诗有别材，非关书也；诗有别趣，非关理也"的说法，他展示了后代论诗者是如何在"误读"的基础上对其进行批驳或接受的脉络；再如，他指出，虽然清人对于明代诗论多有批驳，但在以谢榛、王世贞为代表的明人批评著述中，有不少表述都与清代的神韵说、性灵说的精神是相通或相近的。在第三章"清初诗论"中，钱谦益、叶燮、沈德潜、王夫之四人的诗论得到了特别关注和详细讨论。其中，刘渭平指出，钱谦益所讨论的"别裁伪体"、"有/无诗"、"真/伪诗"，对清代诗歌审美趋向的形成有重大影响；叶燮的《原诗》不满于前任论诗之零碎，而以史家手眼探讨诗歌源流，其"理事情"、"识胆才力"、"私法"、"活法"的提法，自成体系而颇有原创性；沈德潜论诗，既注重道德教化，又强调恪守"格调"，不过也有若干观念与性灵、神韵两说暗合；作为清初遗民学人的杰出代表，王夫之论诗所用"兴观群怨"，其内涵要远比本义复杂精微，所论"情/景"交融，有赖于诗人与特定境况的结合，而王夫之诗论中的"势"，其实与后来王士禛的"神韵"已相差无几。由于刘渭平将神韵说和性灵说视为是清代诗论中最重要的两支，因此，第四章"王士禛与'神韵派'"与第六章"袁枚与'性灵派'"实际上是此文篇幅最长的两章，分别拆开，皆可作为独立的专题研究论文看待。在第四章中，刘渭平细分出 9 个小节，系统深入地对王士禛及其神韵说进行了考察，包括王士禛的生平、神韵二字的出处渊源、神韵说提出的历史背景、"妙悟"与从姜夔的"高妙"到王士禛的"神韵"再到王国维的"境界"等概念的关联、"三昧"一词的七重含义、翁方纲《神韵论》的主要内容及核心观点、王士禛晚年对神韵说的补充与完善、王士禛所作"神韵诗"之举例、王士禛所选"神韵诗"之举例、同代人及后人对于神韵说的评价等主题，都得以详尽阐述。在第六章中，刘渭平在 6 节的内容中，分别讨论了袁枚的生平、性灵说的理论源起、性灵说的主要内容、袁枚所选"性灵诗"之举例、袁枚与和他并成为"乾隆三大家"的赵翼和蒋士铨在诗风及诗论上的同异、同代及后世学人对于"性灵说"的评价等主题。介于第四、六两章之间的第五章"赵执信与翁方纲",虽然讨论重点是赵执信的"格调说"和翁方纲的"肌理说",但亦附带讨论了"浙西诗派"、"高密诗派"的诗作与诗论,因此,本章可视作是对神韵、性灵二说之外的清代诸诗派的概览。第七章"晚清诗论"主要评述了桐城派、宋诗派(同光体)、"诗界革命"这三脉的诗论观点。第八章结语部分,刘渭平将笔墨主要集中于王士禛、袁枚身上,他认为王士禛的神韵说在理论上有很多不尽人意的地方,但这并不能遮掩王士禛是清代最好的诗人之一的事实,而袁枚恰恰与王士禛相反,他的"性灵说"完备且对后世影响巨大,但其诗歌创作的成就却相对一般,并在最后总结到,"不论是古典诗歌的改革,还是'新诗'价值的创造,我们都能在袁枚的诗论中获得若干重要标准"[275]。

从以上内容中,我们不难注意到《清代诗学之发展》论述框架严密、使用材料丰富、讨论主题多元等优点,抛开这些,笔者认为,以下三点最能体现此文学术价值:其一,追根溯源,贯通古今。刘渭平时刻注意将清代诗学放置到整个中国文学理论传统中去讨论,他在论述框架中专门设置第二章"清代诗论的本源",以及从字义、词源及出处角度对"神韵"、"性灵"的细致考辨,都赋予其研究以历时维度和阐发深度;更引人瞩目的是,他的研究并未严格限定在古典文学的框架中,而是将清代诗学与新文学运动有机联系在一起,认定清代诗学的某些理论资源,仍对白话新诗有一定借鉴意义;如此论述,更彰显了清代诗学在古今连贯一气的诗论传统中的独特价值。其二,注重利用学界最新成果。在行文论述中,刘渭平并没有在原始诗论材料中打转,而是利用了不少中西学界最新的研究文献,这显示了其广阔的视野与敏锐的学术意识。例如,在第六章"袁枚与'性灵派'"中,刘渭平就引用了阿瑟·韦利1956年出版的《袁枚:18世纪的中国诗人》一书的内容,指出梁启超等人在"诗界革命"中的某些观点,其实早就见诸袁枚的诗论中;又如,他还对当时刚出版不久的郭沫若的《读随园诗话札记》进行了点评,认为郭沫若以现代政治的观念去曲解袁枚的做法并不可取。其三,作者不会盲目附和前人观点,论述中时有原创性思考与独立判断。例如,原为佛教术语的"三昧"在王士禛的诗论表述中具有相当复杂的内涵,刘渭平尝试将其分解为以下七方面,"偶然欲书"(chance composition)、"活句"(living lines)、"领悟"(mental

---

275 Liu, Wei-Ping, "A Study of the Development of Chinese Poetic Theories in the Ch'ing Dynasty, 1644-1911". Diss. University of Sydney, 1967, p. 421.

understanding）、"不作太尽致语"（expression should not be carried to an excessive extend）、"笔墨之外"（beyond the reach of brush and ink）、"意味"（interest）、"天才"（genius），较为成功地揭示了"三昧"一词的多维面相；又如，铃木虎雄在《中国诗论史》中比较了王士禛、袁枚例举的宋诗篇目后，得出"神韵派喜好闲远清淡，性灵派则倾心于机巧轻妙"的结论，刘渭平则指出，王士禛择选宋诗是受朱彝尊的启发，而袁枚择选宋诗是为了增补友人诗集，目的皆非辅助其诗论表达，因此对铃木虎雄的比较方法及结论提出了严正质疑。不过，也应承认，此文也偶有错谬与疏漏处。比如，他将以厉鹗为代表的"浙西诗派"错称为"浙江诗派"，又如，他对晚清诗坛的梳理，有意或无意略去了"中晚唐派"、"汉魏六朝派"这两个在当时亦拥有广泛影响力的诗派。但是，这些皆属白璧微瑕，并不影响此文的整体价值。

综上所述，刘渭平的《清代诗学之发展》是英语世界第一部也是到目前为止唯一一部专门以清代诗学为主题的学术论著。考虑到当时英语中国文学史才刚刚将清代诗词纳入到文学史书写框架中这一事实，我们不得不惊叹于作者学术眼光的超前性；即便在中国及日本学界有像陈中凡的《中国文学批评史》、朱东润的《中国文学批评史大纲》、郭绍虞的《中国文学批评史》及铃木虎雄的《中国诗论史》等著作珠玉在前，此文以其论述框架的严整及观点视角的独到，在学术价值上也毫不逊色。不过，由于长期以手稿的形式存放在悉尼大学图书馆，一直未能有机会公开出版，兼之作者学术生涯的中后期转投至澳洲侨民史研究、缺乏后续的发表与宣传等因素，《清代诗学之发展》一文的学术影响力受到严重限制，其学术价值也被严重低估，中西学界一直未能对其进行深入研讨。笔者在此尝试对其初步分析，期待今后学界能有更多人关注这一英语世界早期清代诗词理论研究的重要文献。

（2）细读：宇文所安及其清代诗学研究

在一篇纪念美国著名汉学家傅汉思（Hans Frankel）的文章中，宇文所安将自己的这位导师称为是二十世纪六十年代美国中国文学研究领域的"温柔的革命家"（the gentle revolutionary），理由是，"他使他的学生们认识到，这个研究领域除了重要的汉学家之外，也是由欧洲和美国的主要文学批评家和理论家所构成的"[276]。受其影响，宇文所安并不排斥用西方理论去阐释、解

---

276 Owen, Stephen. "Hans Frankel: The Gentle Revolutionary." *Tang Studies*, 13(1995): 7.

读中国文学文本的做法，他明确表示：“‘西方’因其历史和地域上的不同，代表了一种自成一体的文学传统……中国代表了一种不同的文学传统。每一个传统都能从另一个借鉴文本；读者也有权去处理他们想处理的文本。根据西方的文学解读方式来解读中国的文本在道义上无可非议，就像不能禁止遵循中国传统的解读艺术来解读一部西方文学文本那样。”[277]当然，这里的西方理论既能指向一般的中国文学文本，也可指向中国文学批评与理论文本；当其面对中国文学批评与理论文本时，这样的研究方式就属于上文提及的“理论的诠释”。宇文所安的《中国文论：英译与评论》（以下简称《中国文论》）一书，就是这一“理论的诠释”范型下的代表性研究成果。需特别注意，在此书的第 10、11 两章中，宇文所安分别节译并逐段详解了王夫之《夕堂永日绪论》、《诗绎》及叶燮《原诗》的部分内容，考虑到全书以十一章的体量去涵盖中国整个文论传统而清代诗论独占其中两章的事实，我们不难看出清代诗论在宇文所安心中所占据的特殊地位。鉴于宇文所安在中西学界的卓绝声誉及巨大影响力，他的这一清代诗学研究成果十分值得在此专门讨论。

在述评宇文所安的清代诗学研究之前，我们有必要先简单介绍下《中国文论》较为独特的成书理念及结构体例。在“中译本序”中，宇文所安指出，“当时的中国文学批评领域以所谓‘观念史’（history of ideas）为主流”，具体的研究路径是“从文本中抽取观念，考察一种观念被哪位批评家所支持，说明哪些观念是新的，以及从历史的角度研究这些观念怎样发生变化”，他认为“观念史”的研究方法虽有其合理处，但“容易忽视观念在具体文本之中是如何运作的”，有“把批评著作处理为观念的容器”的倾向；有鉴于此，他希望他编写的《中国文论》能最大限度地“展现思想文本的本来面目”，即，“各种观念不过是文本运动的若干点，不断处在修改、变化之中，它们绝不会一劳永逸地被纯化为稳定的、可以被摘录的‘观念’”。[278]基于这样的理念，他考察了当时展开中国文论研究的几种具体做法：其一，“把文学理论分为几大类，然后选摘若干原始文本分别举例加以说明”，如刘若愚的《中国文学理论》；其二，以具体文本为中心，分析其背景，“一直追溯到它们在诗歌和文

---

277 [美]宇文所安，中国传统诗歌与诗学：世界的征象[M]，陈小亮译，北京：中国社会科学出版社，2013 年，第 29-30 页。

278 [美]宇文所安，中国文论：英译与评论[M]，王柏华、陶庆梅译，上海：上海社会科学院出版社，2003 年，第 1-2 页。

学讨论上的源头"，如魏世德（John Timothy Wixted）的《论诗诗：元好问的文学批评》；其三，选择一个核心论题，对其做讨流溯源式的研探，如余宝琳的《中国传统的意象阅读》。宇文所安认为以上三种做法各有优长，但皆不能实现其还原思想文本面目的意图，故而采取了一种全新的论说结构，即，依时代顺序，择选中国文论传统中最重要的代表文本，按"一段原文，一段译文，然后是对若干问题的讨论"的体例，逐一释读；他表示，这样的做法或许"从一开始就注定要走向笨重、繁冗"，有时还会"为照顾每一文本的特殊需要而牺牲连贯性"，但"这一描述是真实的，而且也是最基本的"。[279]中文语境的读者很容易就会将宇文所安的这种做法与中国古代的注疏传统联系在一起，事实上，宇文所安在此书序言中也曾将《中国文论》对中国古典文本的释读类比为"用古汉语为古代中国读者解释并翻译亚里士多德的《诗学》"[280]。不过，我们不能贸然将二者划上等号，因为中国的注疏传统是宇文所安"在阅读和理解中随时要面对"的"他者"式的存在，他在这里所采取的释读中国文论的方式，更多根源于西方"新批评"理论的"文本细读"（close reading）传统。就像他在《他山的石头记——宇文所安自选集》中曾解释的那样："虽然选择细读文本本身和选择纯理论不同，算不上一个立场，但还是有其理论内涵。而且，任何理论立场都可以通过细读文本实现（或者被挑战，或者产生细致入微的差别）。偏爱文本细读，是对我选择的这一特殊的人文学科的职业毫不愧疚地表示敬意。"[281]

基于上述理念与体例，宇文所安在《中国文论》中翻译、释读的清代诗论的具体文本如下：王夫之《夕堂永日绪论》的第 1-9、11-14、17-18、23-27、35 条，《诗绎》的第 3-7、14、16 条，叶燮《原诗》"内篇（上、下）"的完整内容及"外篇"的部分内容。由于宇文所安对"观念史"化约文本的反感以及所采取的文本细读的具体解读方式在本质上是反概括、反归纳的，这给我们述评其清代诗学研究成果带来了极大不便。接下来，笔者仅就宇文所安讨论王夫之、叶燮诗论的核心内容勉力进行绍述：（a）王夫之诗论。其一，关于篇目选译。宇文所安认为，王夫之最犀利的诗论批评更多见于《诗广传》、《古

---

279 [美]宇文所安，中国文论：英译与评论[M]，王柏华，陶庆梅译，第 11-12 页。
280 [美]宇文所安，中国文论：英译与评论[M]，王柏华，陶庆梅译，第 13 页。
281 [美]宇文所安，他山的石头记——宇文所安自选集[M]，南京：江苏人民出版社，2003 年，第 244-245 页。

诗评选》、《唐诗评选》、《明诗评选》等选集中，但这种笺注文字往往就具体诗作而发，很难恰切地译介、传达给英语世界的普通读者，因此，对王夫之诗论的翻译及释读才退而求其次地转向了论述相对集中的《夕堂永日绪论》和《诗绎》。其二，对王夫之诗论的整体评价。宇文所安点评到，"他是一位孤独的修正主义者，试图将世俗诗歌的价值统一到他个人对《诗经》所蕴涵的价值的理解之中；像所有孤独的修正主义者一样，他的孤独给予了他表达个人立场的权力，在社交气更浓的清代学术圈子里，这种个人立场越来越难以保持了"。其三，对王夫之诗论体系中核心概念的释读。有关"兴观群怨"，宇文所安注意到，在王夫之语境中，它的内涵远比其原始意义复杂丰富，孔子论诗的四种功能，经"'可以'云者，随所'以'而皆'可'也"的阐释，实际上演变为一组对拥有不同类型"情"的诗歌的描述术语，且这四类诗之"情"可依具体情境而相互转化，"在王夫之看来，这种可以转化的能力是《诗三百》的本质特征"；有关"情/景"，宇文所安指出，"按照王夫之的说法，情与景'合'"，这一"合"意味着，"景是外在世界，由情而'作'"，"感知根据具体的情来组织外在世界"，因此，"诗里的景和作为经验世界之一部分的景"在王夫之这里本质上是同一的，"一个景的一个特定之整体就是一个特定之人的'境'或'心理'（二者都是情）的产物"，换言之，"相互界定的'情'和'景'同时发生"；此外，"意"、"法"、"势"、"现量"等术语也被或多或少地论及。[282] （b）叶燮的《原诗》。其一，对《原诗》的整体评价。宇文所安高度认可《原诗》的理论价值，认为"继《文心雕龙》之后，它第一次严肃尝试提出一套全面系统的诗学"，且"《原诗》全面深入地关注诗歌理论的根基，这使它比《文心雕龙》更配得上'诗学'这个称谓"，更重要的是，"从许多方面看，叶燮的《原诗》试图打破那个以诗歌为神秘自治体的认识，它试图向读者证明诗歌如何参与到万事万物的运作之中。在一个诗和哲学被视为两个畛域分明的学科的时代，叶燮断言诗的和哲学的关注是统一的，他坚持认为诗歌的基本问题为人类和自然世界所共有。"其二，关于《原诗》的术语群的释读。"道"、"理事情"、"气"、"识才胆力"是宇文所安重点关注的对象，其中，"理事情"是"道"的三个层次，"气"维持并贯穿"理事情"的整个过程，"法"是"道"的必然性，"识才胆力"中"识"是优秀诗人应具备的最核心

---

282 [美]宇文所安，中国文论：英译与评论[M]，王柏华，陶庆梅译，上海：上海社会科学院出版社，2003 年，第 503-546 页。

的能力。不过，宇文所安也敏锐把握到，虽然叶燮努力以精心设计的术语来构建严整的诗论体系，但在实际的阐发过程中，这一体系的某些部分却并未与叶燮本人所反对的对象拉开距离，例如，"叶燮把严羽所谓的'诗的意象'（poetic image）从诗歌的自治领域里赶出去，然后又在诗歌之外的那个经验世界给它找回了一个位置"，又如，"虽然大力反驳明代复古派，可叶并没有逃脱他们的谱系，他关注的许多问题跟复古派没有什么两样，他们所使用的许多核心语汇他都试图重新加以界定"。[283]

经由细致的译注，和此书所选其他著作一样，《夕堂永日绪论》、《诗绎》、《原诗》这三部清代诗论，在一定程度上摆脱了"观念史"模式下的"削足适履"，其具体文本在"细读"的"聚光灯"下，被宇文所安"召唤"出了更为丰富的意涵与更为广阔的阐释空间。例如，在翻译《原诗》"若有法，如教条政令而遵之，必如李攀龙之拟古乐府然后可，诗末技耳"一语中的"末技"时，宇文所安并未简单地将其译为"unimportant art"或者"trivial art"，而是从"末"字的原始含义出发，将其译为"final art"，并解释到："其实，'末'是树枝的末梢，与它相对的是'本'即树根。'末'是一个过程的最后阶段，它经常是前面部分的'后续'或'结果'，因此也就是'当下'（present）的'后续'或'结果'；虽然叶燮给该词赋予肯定色彩，可是'末'暗示小的或不重要的，它让人想起曹植以来的批评家称文学为'小道'。或许最重要的是，叶燮这里所谓'末'指不同的和个别的，而'本'则包容和统一了差别。因此要达到'末'，诗歌就必须是原创的，即'独一无二的'和'自己的'。"浸润在中文语境的读者或许根本不会注意到的这一细节，在此却令人意外地得到了充分的阐释和发挥，更重要的是，还随之获得了一种中西比较的视野，宇文所安指出，叶燮诗论中的"本末"顺序，和西方恰好相反，"西方所谓'原创性'把个性定位在'本'上，即'根'上的或'原初'意义上的，而'末'则是一个普泛范畴，它是社会化过程的结果"[284]。类似的发现在此书中还有很多，受惠于西方理论素养的深厚积淀，宇文所安在对王夫之、叶燮的诗论著作进行文本细读的过程中，常能揭示出中西诗论在某些问题上"出人意表"的契合与差异：王夫之"兴观群怨"对诗歌特性和读者情景关系的强调，被指出与伽达默尔（Gadamer）在《真理与方法》（*Truth and Method*）认同读者

283 [美]宇文所安，中国文论：英译与评论[M]，王柏华，陶庆梅译，第547-652页。
284 [美]宇文所安，中国文论：英译与评论[M]，王柏华，陶庆梅译，第565-567页。

"偏见"的观点相近；王夫之"抓住'现量'和真实性问题不放"、"对真实而非逼真的追求使他要求统一的时间和事件"，被视作是"准亚里士多德的要求"；针对《原诗》中"人见法而适惬其事、理、情之用，故又谓之曰定位"的说法，宇文所安认为，"叶燮在创建一个中文版的康德的'自由合律'说（free conformity to law）"；关于叶燮对"才"的论述——"夫才者，诸法之蕴隆发现处也"，宇文所安认为这一观点与康德的立场很一致，"天才是定法者而不是守法者"；宇文所安甚至还在评注《原诗》有关"死法"、"活法"的段落时，比较了叶燮与康德思想的精微差异，指出"康德非常清楚，拿不出任何可用来判断个别事物之的法则；他只能描绘出一个可以判断美丑的基本范围以及判断方式。叶燮关心的是过程，他知道没有什么法或一套法可以事先决定一个自然过程的全貌和一个行动随时出现的情况，因为一个自然过程或行动之所以是自然的就在于它可以自由应对随时出现的情况"[285]。

　　虽然文本细读使得宇文所安的清代诗学研究充满创见与新意，但我们也必须正视，一旦未能准确理解原文本意，这种释读方式很容易就会有误读及过度阐发的危险。例如，正像此书中译者王伯华、陶庆梅所指出的那样，宇文所安将《原诗》中的"譬之国家有法，所以儆愚夫愚妇之不肖，而使之不犯，未闻与道德仁义之人讲论习肄，而时以五刑五罚之法恐惧之而迫胁之者也"一句翻译为"This can be compared to the state's having rules ['laws'] by which they warn against misconduct on the of foolish men and women to keep them from committing crimes, all the while these people have never heard of the discourses or practices of people of virtue, kindness, and righteousness; nevertheless the five punishments are used to terrify them and to intimidate them"，实际上漏译了"与"、"时"二字，从而曲解了整句的意思，在此误读的基础上所作引申论述——"法律方面的另一个类比是'闻道德仁义之人议论习肄'。从这方面看，一个法律条款不足以让人学会以伦理行事，但一个有道德的行为却可以通过它的表现被认识。伦理教育自然而然地产生守法行为，而更高的伦理原则就内含于那些行为之中"——自然是离题千里，与叶燮本人的诗论观点毫无关联，而变成了宇文所安一厢情愿的"自言自语"。[286]另外，这种文本细读的研究方式，还常使宇文所安的论述显得破碎支离，出现了不少无

285 [美]宇文所安，中国文论：英译与评论[M]，王柏华，陶庆梅译，第554-556页。
286 [美]宇文所安，中国文论：英译与评论[M]，王柏华，陶庆梅译，第557-559页。

关宏旨的枝蔓之语。例如，论及《内篇》（下）"或曰，先生之论诗，深源于正变、盛衰之所以然……可乎？"一段时，宇文所安点评到："如果你没有尝试过向别人解释一个复杂的立场——它要求听者必须抛开习惯性反应——你就不会知道，任何稀奇古怪的误解都是意料中事，就像这个想象中的对话者一样。"[287]这样的释读不但毫无必要，还使其研究看起来散漫业余。

更为严重的是，这种文本细读的阐发方式，在操作中太过局限于文本内部，割裂了其与文本外部的文化、社会环境的有机联系，虽相较于"观念史"的做法有若干可取之处，但实际上有可能亦悖离了其"展现思想文本的本来面目"的初衷，成为了另外一种形式的对原文文本的扭曲。关于这点，宇文所安在中译本序中也有所反思，他谦虚地表示："一个作品完成了，摆在我们面前，如果观察仔细，我们总可以看出其中的空隙或漏洞，空隙处漏掉了一些重要东西。《中国文论读本》一书也是如此。"接着，他坦承，《中国文论》除了有漏掉了许多重要中国文论文本这一"漏洞"外，更根本的是忽略了一种可能的研究方向，即，"站在该领域外面，把它跟某个具体地点和时刻的文学和文化史整合起来"、"把批评立场放到文化史的大语境中来考察"[288]。这一表述，一方面当然是宇文所安对个人学术转型的心得自陈——他与孙康宜合编的《剑桥中国文学史》所秉承的"史中有史"理念即是以上反思的继承与发展（详见第五章第二节），另一方面实际上也揭示着 20 世纪 90 年代中后期以来西方人文学界"文化转向"的整体动态。

（3）建构：刘若愚的中西诗学比较及其清代诗学研究

在《中国的文学理论》[289]的"导论"中，刘若愚指出，通过此书的研究，他一方面"是为学习中国文学和批评的人阐明中国的文学理论"，另一方面也"是为中西批评观念较之目前更为充分的融合，铺出一条道路，从而为中国文学的严肃批评提供一个坚实的基础"，更重要的是，也是此书的"终极的目的"，"通过描述各式各样从源远流长、而基本上是独自发展的中国传统的文学思想中派生出的文学理论，并进一步使它们与源于其它传统的理论的比较成为可能，从而对一个最后可能的普遍的世界性的文学理论的形成有所

---

287 [美]宇文所安,中国文论：英译与评论[M]，王柏华，陶庆梅译，第 634-635 页。

288 [美]宇文所安,中国文论：英译与评论[M]，王柏华，陶庆梅译，第 2 页。

289 Liu, James J. Y. *Chinese Theories of Literature*. Chicago: University of Chicago Press, 1975. 此书拥有数个中译本，本书所使用的中译本信息如下：[美]刘若愚，中国的文学理论[M]，田守真，饶曙光译，成都：四川人民出版社，1987 年。

贡献"[290]。事实上，刘若愚的这一经由中西诗学比较最终抵达一种"世界性的文学理论"的构建冲动，贯彻于他的整个学术生涯的始终，从早年出版的《中国诗学》[291]，到上文提及的《中国的文学理论》，再至遗著《语言·悖论·诗学：一种中国观》[292]，我们可以清楚看到他多年来不断完善和发展着的理论构建脉络。深厚的国学素养、中英文写作的典雅流畅的文风以及成为"跨语际批评家"（interlingual critic）的自觉追求等诸种因素结合在一起，使得刘若愚成为了英美学界最具影响力的华人学者之一，他的研究著作——尤其是《中国诗学》、《中国的文学理论》两书——到今日仍是西方学者了解中国诗歌及文学理论的必读书目。正如有论者所言，"国人在英美学界替中国文学拓荒的有两大前辈，小说是夏志清，诗词是刘若愚"[293]。自 20 世纪 80 年代中后期以来，刘若愚的大部分论著都得到了国内学界的积极引介，对其中西诗学比较与普遍理论构建的研究理路也逐渐被国内学人所肯定和接受，近年来，围绕其人其作已有不少研究出现，如詹杭伦的《刘若愚：融合中西诗学之路》[294]、邱霞的《中西比较视域下的刘若愚及其研究》[295]，其内容不但能基本涵盖其所有著述，而且在论述阐发上已达到相当的深度。考虑到这种情况，笔者无意在此复述以上成熟研究的相关内容，接下来仅就清代诗论与刘若愚研究之间的关系进行简要探讨，在审视清代诗论独特价值的同时，也为国内学界的刘若愚研究提供另一可能的视角。

首先，清代诗论是刘若愚中西诗学比较及构建"世界性的文学理论"的重要资源。

在《中国诗学》的第二部分"传统的中国诗歌观"中，刘若愚将中国诗论分为"教化论"（the didactic view）、"唯我论"（the individualist view）、"技巧论"（the technical view）、"妙悟说"（the intuitionist view）四类[296]，这一

---

290 [美]刘若愚，中国的文学理论[M]，田守真，饶曙光译，第 1-9 页。

291 Liu, James J. Y. *The Art of Chinese Poetry*. Chicago & London: The University of Chicago Press, 1962.此书有多个中译本,本书所采用的中译本信息如下：[美]刘若愚，中国诗学[M]，赵帆声，周领顺，王周若龄译，郑州：河南人民出版社，1990年。

292 Liu, James J. Y. *Languages-Paradox-Poetics: A Chinese Perspectives*. New Jersey：Princeton University Press, 1988.

293 刘绍铭，孤鹤随云散——悼刘若愚先生[N]，中国时报（台北），1987 年 5 月 26 日。

294 詹杭伦，刘若愚：融合中西诗学之路[M]，北京：文津出版社，2005 年。

295 邱霞，中西比较视域下的刘若愚及其研究[M]，北京：知识产权出版社，2012 年。

296 [美]刘若愚，中国诗学[M]，赵帆声，周领顺，王周若龄译，第 79-104 页。

具有高度概括性的中国诗论分类方法，无疑极大地便利了西方读者在众多零散的文献材料中，较快地领会到中国诗论的基本风貌和范型，因此，得到了英美主流学界的高度认可。海陶玮（James R. Hightower）在一篇书评中指出，"'传统的中国诗歌观'一节是对四种诗歌态度的简洁描述，这四种态度决定了中国人对中国诗歌的理解和评价，实质上等于对中国诗论的一次全面考察。就我所知，这是用西方语言对这一主题所作的最有见识的描述"[297]。倘细察刘若愚对四类中国诗论观的阐述内容的话，我们不难发现，清代诗论在其中扮演着的重要角色："教化论"的主要例证是沈德潜的诗论观点，"唯我论"的主要例证是金圣叹、袁枚的诗论观点，"技巧论"的主要例证是翁方纲的诗论观点，而"妙悟说"的例证除了严羽的《沧浪诗话》外，就是刘若愚所谓的清代诗论界的"三王"——王夫之、王士禛、王国维——的诗论观点。

其实，若将材料研读的范围做进一步扩展的话，我们会对清代诗论在刘若愚理论构建体系中所具有的特殊地位有更清楚的体认。在《中国诗学》的成书过程中，有两篇刘氏之文尤为引人注意，分别是 1957 年在慕尼黑召开的国际汉学家大会上发表的《若干清代诗论》（"Some Theories of Poetry of the Ch'ing Period"）[298]、1961 年为纪念香港大学建校五十周年而作的《清代诗说论要》（"A Discussion of the Main Features of Poetic Theory in the Ch'ing Period"）[299]。在为后文所作题注中，刘若愚大略交代了这两篇以清代诗论为题的论文与《中国诗学》之间的互文关系："一九五七年愚参加在西德慕尼黑举行之国际东方学会时曾宣读关于清代诗评短文，在该会纪录发表，惟以时间所限，殊未尽意。后又于拙作《中国诗学》（The Art of Chinese Poetry）中讨论有关问题。……但以其为西方一般读者立书，故所论从略。兹再作较详之评论，征引亦稍繁，以为补充。"还在文中表示，"历代说诗之较具系统者，当推清代诸家，矧其说各有渊源，吾人研究清代诗说不啻研究历代诗说

---

297 Hightower, James R. "Reviewed Work(s): *The Art of Chinese Poetry* by James J. Y. Liu." *The Journal of Asian Studies*, Vol. 23, No .2, Feb., 1964, pp. 301-302.

298 Liu, James J. Y. "Some Theories of Poetry of Ch'ing Period." *Akten des XXVI internationalen Oreientalisten-Kongresse*, Wiesbaden, Franzstiener Verlag, 1957.

299 Liu, James J. Y. "A Discussion of the Main Features of Poetic Theory in the Ch'ing Period." *Symposium on Chinese Studies : Commemorating the Golden Jubilee of The University of Hong Kong(1911-1961) [Vol. I],* The Department of Chinese of University of Hong Kong, ed.(HongKong: University of Hong Kong, 1964), pp. 321-342.

不同流派之大成也"，且"爰取清代论诗者数家，依其对诗之基本观念析为四派：曰'道学主义'，曰'个人主义'（或'抒情主义'），曰'技巧主义'（或曰'形式主义'），曰'妙悟主义'"[300]。需特别指出，这里对四类清代诗论的划分与《中国诗学》对中国诗论的划分，在本质上并无二致。《中国诗学》出版后，刘氏 1969 年所发表的会议论文《清初诗学的传统与创造》[301]以及 1975 年出版的《中国的文学理论》中论及清代诗论的大部分内容，皆直接承续自以上三篇文献，且在其基础上又有若干新变。其中，前者将"道学主义"、"技巧主义"归入"传统"一组，将"个人主义"、"妙悟主义"归入"创造"一组，并进而指出，叶燮的诗论在融合"传统"与"创造"上最为成功；后者在修正了艾布拉姆斯《镜与灯：浪漫主义文论及批评传统》[302]中的艺术四要素说的基础上，试图将中国文学理论系统化，并将其分为"形而上的理论"（metaphysical theories）、"决定的理论"（deterministic theories）、"表现的理论"（expressive theories）、"技巧的理论"（technical theories）、"审美的理论"（aesthetic theories）、"实用的理论"（pragmatic theories）六类，这种文论六分法实质上是其诗论四分法的延伸和完善，此外，此书还专设"后期各观念的相互作用"（final interactions）一节，并指出"清代（1644-1911 年），在西方理论的影响渗透进来之前，全部六种中国传统的文学理论都出现了一个最后的发展"[303]。因此，综合以上事实，我们可以判定，清代诗论是刘若愚"跨语际批评"实践中最为倚重的理论资源，正是藉由对清代诗论的长期关注和研读，他才得以顺利完成了自己对中国诗论的整理把握和范型抽绎。

其次，刘若愚在英语世界的清代诗词研究领域中发挥着引领、示范作用。关于这点，主要体现在其座下两位弟子林理彰、麦大伟的研究方向和学术志趣的选择上。林理彰以其对《沧浪诗话》及王士祯诗论的系统研究而闻名于中西学界，宇文所安在《中国文论：英译与评论》中就曾提及，"林理

300 Liu, James J. Y. "A Discussion of the Main Features of Poetic Theory in the Ch'ing Period," *Symposium on Chinese Studies : Commemorating the Golden Jubilee of The University of Hong Kong(1911-1961) [Vol. I]*, The Department of Chinese of University of Hong Kong, ed. p. 321.

301 Liu, James, J. Y. "Tradition and Creativity in Early Ch'ing Poetics." *Artists and Traditions: Uses of the Pastin Chinese Culture*, Christian F. Murck, ed. (New Jersey: Princeton University Press, 1976), pp. 17-20.

302 Abrams, M. H. *The Mirror and the Lamp : Romantic Theory and the Critical Tradition.* Oxford: Oxford University Press, 1953.

303 [美]刘若愚，中国的文学理论[M]，田守真，饶曙光译，第 195-204 页。

章[彰]无疑是英语世界里严羽及其遗产的最博学和最细致的阐释者"[304]。需要指出,林理彰对于严羽、王士禛诗论的兴趣,其实是刘若愚的直接引领和影响下的结果。众所周知,刘若愚在对四类中国诗论"取其长,去其短,清彼之失"的基础上、建立起属于自己的"较完备之诗说"时,对"妙悟主义"诗观(后称之为"形而上的理论")赞赏有加,表示"我对妙悟说颇感兴趣,尽管他们的理论不无有待修正之处"、"他们的境界一说,甚为有用"[305],将"妙悟主义"的核心论点总结如下,"此派之诗观,兼及物我,以诗为外物渗透诗人独有之领悟而显出之形象,同时亦为诗人性情经过一番提炼后而形诸文字之表见",并评价到,"以其反映外物,故不全为个性拘束;以其表见性情,故又能有独特之韵味"、"此种诗观,胜于以诗为宣扬教化之工具,或发泄个人情感之媒介,或玩弄文字之技巧者多矣";事实上,刘若愚所构建的"较完备之诗说"正是对"妙悟主义"诗说的补足、完善和修正,有关这点,我们可以从他的"诗不但为对人生各种境界之探索,亦为对语言文字之探索"的表述、以及他对艾略特"与文字与意义搏斗"(wrestle with words and meanings)说法的征引中窥得[306]。正如詹杭伦所观察的那样:"妙悟主义诗观持有者是刘若愚最推崇的一派诗人……代表批评家是生活在13世纪的严羽,明末清初的王夫之、清代的王士禛和近代的王国维。这派诗论家的观点直接影响了刘若愚形成自己的诗观。"[307]这也就难怪当林理彰在寻找博论选题之际,向刘若愚询问中国哪个诗人与艾略特近似时,刘若愚会直接以"王士禛"的名字作为回复,并建议他将王士禛诗作及诗论作为其博论的研究对象[308]。至于麦大伟,他的《十七世纪中国词人》是英语世界正式出版的首部清词研究专著,具有不容忽视的"拓荒"之功,而此书正是以刘若愚的《北宋主要词人》的研究理念和框架结构为参考而写成的[309]。

---

304 [美]宇文所安,中国文论:英译与评论[M],王柏华,陶庆梅译,上海:上海社会科学院出版社,2003年,第461页。

305 [美]刘若愚,中国诗学[M],赵帆声,周领顺,王周若龄译,第110-111页。

306 Liu, James J. Y. "A Discussion of the Main Features of Poetic Theory in the Ch'ing Period." *Symposium on Chinese Studies: Commemorating the Golden Jubilee of The University of Hong Kong(1911-1961)[Vol .I]*, pp. 321-342.

307 詹杭伦,刘若愚:融合中西诗学之路[M],北京:文津出版社,2005年,第66页。

308 参见附录二《"我更像是个用英语写作的中国老派学者"——林理彰教授访谈录》的相关内容。

309 参见本书第六章第二节"英语世界的词人词作研究——以麦大伟为重点"的相关论述。

由此观之，一方面，刘若愚的中西诗学比较研究受惠于清代诗论颇多，另一方面，由于刘若愚对于清代诗论的强烈兴趣及大力提倡，还直接或间接地培育、牵动了英美学界关注、研究清代诗词作品及诗词理论的风气。国内论者的刘若愚研究对这一事实罕有涉及，以上简要分析，意图抛砖引玉，希望将来学界能对此展开更深入细致的研究。

（4）垦拓：叶嘉莹及其清代词学研究

叶嘉莹是中国古典诗词研究领域当之无愧的耆宿。辗转求学、生活、任教于中国大陆、台湾地区、美国及加拿大的经历，赋予她深厚的中国传统文学素养与广阔的西方理论视野；同时面向中文学界与英文学界著书立说的自觉，又使她蜚声海内外。近年来，她定居中国，任教南开，继续辛勤耕耘于杏坛，勉力于古典文化的承续与推广。或因如此，学界有论者将叶嘉莹及其研究纳至中文学界。笔者认为，如此划分并不妥当：叶嘉莹早年虽浸染于中国传统教育，著述也多以中文发表、出版，但其风格独特的治学路径最终成形于上世纪 60 年代后期赴美交流、访学之后，且其大半学术生涯都在北美汉学研究界度过，因此，将其视为是英语世界华裔汉学家群体之一员，似更符合事实。需更进一步说明，因本书论题以"英语世界"、"清代诗词"为限定语，故笔者仅将叶嘉莹的中文著述作为背景性的参照，而主要将评述对象集中于她所发表的有关清代诗词的英语研究成果上。

1998 年哈佛大学亚洲中心（Harvard University Asia Center）出版《中国诗歌论集》（*Studies in Chinese Poetry*）[310]，无疑是收录叶嘉莹英语论文最完整的出版物。此书收录有十七篇文章，乃是叶嘉莹与美国著名汉学家海陶玮自 20 世纪 60 年代末起的多年合作研究的结晶。其中，由叶嘉莹所作的有 13 篇，由海陶玮所作的有 4 篇；叶氏之文一般先以中文完成，英语翻译或润色多由海氏负责；海氏之文通常先以英文完成，叶氏为其提供后续的批评及建议[311]。十三篇叶氏之文中，有 6 篇直接以清词为研究对象，分别为《论陈子

---

310 Hightower, James R. & Florence Chia-ying Yeh. *Studies in Chinese Poetry*. Cambridge: Harvard University Asia Center, 1998.

311 有关二人的合作方式，叶嘉莹在《中英参照迦陵诗词论稿》序言中做过如下说明："海先生的论文是先由他写为初稿，经过讨论后写成定稿；我的论文是由我先写出来定稿，经过讨论后由他译为英文。……而这一切若非由于海先生之协助把我的论著译成英文，则我以一个既没有西方学位又不擅英语表述的华人，在西方学术界是极难获致大家之承认的。"

龙词——从一个新的理论角度谈令词之潜能与陈子龙词之成就》（"Chen Zilong and the Renascence of the Song Lyric"）[312]、《常州词派比兴寄托之说的新检讨》（"The Changzhou School of 'Ci' Criticism"）、《静安先生之性格》（"Wang Guowei's Character"）、《论王国维词——从我对王氏境界说的一点新理解谈王词的评赏》（"Wang Guowei's Song Lyrics in Light of His Own Theories"）、《说静安词〈浣溪沙〉一首》（"An Interpretation of a Poem by Wang Guowei"）、《王国维〈人间词话〉的理论与实践》（"Practice and Principle in Wang Guowei's Criticism"）。其中，《常州词派比兴寄托之说的新检讨》一文曾发表在《哈佛亚洲学报》上发表[313]，后又收入李又安（Adele A. Rickett）1978 年在普林斯顿大学出版社出版的《中国文学观：从孔夫子到梁启超》（*Chinese Approaches to Literature from Confucius to Liang Ch'i-Chao*）[314]中；《论王国维词——从我对王氏境界说的一点新理解谈王词的评赏》一文，曾收入余宝琳编选的论文集《中国词之声》（*Voices of the Song Lyric in China*）[315]中。2014 年南开大学出版的《中英参照迦陵诗词论稿》（第二版）[316]将《中国诗歌论稿》中 13 篇叶氏之文尽数收入，并附有各篇论文的中文原文；虽然叶氏意识到"……而论文之论说则往往因中西文法不同与思维方法之异，要做很大的调节和改变，而且海先生原是一位重视整体之意旨的学人，其个别之诗词

---

312 叶嘉莹在《迦陵著作集》（北京大学出版社，2008 年）总序中提及此文时，曾如是表示："……至于这一册书所收的最后一篇《论陈子龙词——从一个新的理论角度谈令词之潜能与陈子龙词之成就》一文，则是在这一册书中写作时间最晚的一篇作品。当时我的研究重点已经从唐宋词转移到了清词，只不过因为陈子龙是一位抗清殉明的烈士，一般为了表示对陈氏之尊重，多不愿将之收入清代的词人之中。这正是当年龙沐勋先生以清词为主的选本只因为收入了陈子龙词而竟把书名改为《近三百年名家词选》的缘故。而我现在遂把《论陈子龙词》一文收入了不标时代的这一册《迦陵论词丛稿》之中了。不过读者透过这一篇文稿的论说已可见到，此文已是透过论陈子龙词对前代唐宋之词所作的一个总结，而且已谈到了陈子龙与清词复兴之关系，可以说正是以后论清词的一个开始了。"鉴于陈子龙对清词复兴的作用之关键，为论说方便，笔者姑且违逆学界通行做法，将此文暂列在叶嘉莹的清代诗词研究成果之中。

313 Yeh, Chia-ying. "The Ch'ang-Chou School of Tz'u Criticism." *Harvard Journal of Asiatic Studies*, vol. 35, 1975, pp. 101-132.

314 Rickett, Adele, ed. *Chinese Approaches to Literature from Confucius to Liang Ch'i-Chao*. Princeton: Princeton University Press, 1978.

315 Yu, Pauline, ed. *Voices of the Song Lyric in China*. Berkeley: University of California Press, 1994.

316 叶嘉莹，中英参照迦陵诗词论稿[M]，天津：南开大学出版社，2014 年。

的译文虽极为讲求切当，但在论述时则不愿受中文语法之拘执"的事实而只愿将此书称为"中英参照本"，而非"中英对照本"[317]，但不容否认，各篇文章中英版本在核心意旨上仍是高度一致的。有鉴于此，再兼之叶氏中文原文还具有论述通透详尽、造句流畅典雅等诸多优点，笔者下文引述将皆会以《中英参照迦陵诗词论稿》的中文部分为准。

叶嘉莹的六篇清代词学研究论文主要有三个研究对象：陈子龙及其词作、常州词派之词论、王国维及其词作与词论。根据叶嘉莹在《中英参照迦陵诗词论稿》序言中的自叙，《常州词派比兴寄托之说的新检讨》一文在 20 世纪 60 年代末、70 年代初即已完成，有关王国维的四篇论文完成于 20 世纪 70 年代至 90 年代之间，而《论陈子龙词——从一个新的理论角度谈令词之潜能与陈子龙词之成就》一文则大致完成于 20 世纪 80 年代中后期，六篇文章的发表跨度长达二十余年，其中论词观点既相互关联，又有承递变化，这就决定了我们不能按词人/词派时代之先后，而应按叶氏研究之次序——从常州词派到王国维再到陈子龙——来展开述评；唯有如此，我们才能更清楚地把握叶氏二十年间清代词学研究观点的累聚演进之脉络。

（a）常州词派之词论。常州词派较早进入到叶嘉莹的研究视野，原因有二。其一，浙西词派后期流于浮薄空疏，阳羡词派后期流于叫嚣粗率，且两派皆未建立完整词论体系，常州词派继之而起，其创作及理论皆有建树，影响波及晚清、民初词坛，乃"清代词作与词论之一大宗支"，因此，论清词绕不开论常州词派。其二，"……常州词派所标举的比兴寄托之说，又是中国文学批评理论中，自《诗》、《骚》以来就曾引起过普遍重视的问题，因此，常州派词论实在乃是中国传统文学批评中传世最晚却保留有传统观念最深，因而也最值得我们研讨和重视的一派词论"。关于其研究常州词派的思路，叶嘉莹自述如下，"本书只想以常州派创始人张惠言及其后继之集大成者周济二家之重要词论为主，对常州派词论作一种标举重点的评析，再以现代之文学理论，对其比兴寄托之说试加检讨，以略窥此一派曾影响中国近世之词学既广且久之常州词论，在客观的评定下，其得失利弊与其真正之价值究竟何在"，从中我们不难看到，这一时期叶嘉莹已有用"现代之文学理论"去"检讨"、诠释中国文学理论的初步自觉意识了。正如其所述思路，叶嘉莹先是择取了张惠

---

317 叶嘉莹，中英参照迦陵诗词论稿[M]，第 8 页。

言兄弟及金应珪为《词选》所作几篇序言中的重要条目，逐一辨明他们对于词体"意内言外"的定义、将词与《诗经》类比的说法中的漏洞和错误，不过，也承认这些漏洞、错误大多是张氏兄弟为推崇词体、救偏补弊的主观有意为之，自有其合理性；然后，在详尽论证比兴寄托在词中发展轨迹、判断标准及应持有的解说态度等议题的基础上，指出张氏的比兴寄托说在理论上的错谬偏颇、在实践上的牵强比附之处。接着，叶嘉莹又择取常州词派另外一位重要词论者周济的若干代表观点，指出周氏对张氏词论的完善和补充之处，主要有以下四点："第一，周氏对于寄托的内容，作了较张氏更为具体的说明；第二，周氏对于如何以寄托为词，指点了明白的途径；第三，周氏的由"有"而"无"由"入"而"出"的不拘执于"有"的说法，使作者与读者之思想都有了更可以自由活动的余地；第四，周氏对于读者之以一己联想及心得来解说词意给予了理论的支持，且因不拘指为作者必有何等用心，使常州派跳出了拘执比附的疵议，弥补了张氏的疏失缺漏。"经由对常州词派前后两代词论家之观点的细致考辨、评骘，叶嘉莹总结到，常州词派之"词体宜于表现寄托"、"词之写作当以情物交感为主"、"词之解说可以有别具慧心的领域"等观点，对词体创作及说词论词皆极有价值。其中，叶嘉莹特别指出，周济"临渊窥鱼，意为鲂鲤，中宵惊电，罔识东西"的说法，与艾略特的《诗歌的音乐》（"The Music of Poetry"）、燕卜逊（William Empson）的《多义七式》（*Seven Types of Ambiguity*）等新批评理论著作中的观点极为类似，这一方面说明了常州词派词论之精辟深刻，另一方面也证明了中国传统文学批评在当今及世界的独特价值。[318]

　　（b）王国维及其词作词论。在《静安先生之性格》一文中，叶嘉莹指出王国维性格的三个特点，即，"知与情兼胜的禀赋"、"忧郁悲观的天性"、"追求理想的执着精神"；在《说静安词〈浣溪沙〉一首》一文中，叶嘉莹以对王国维《浣溪沙》（山寺微茫背夕曛）一词的充分细读为例，说明了王国维词作的三重特色，即，"有古诗之风格"、"含西洋之哲理"、"能将抽象之哲理予以具体之意象化"；在《王国维〈人间词话〉的理论与实践》一文中，叶嘉莹大致析辨出了词论的几个要点，其一，"境界"是一种具体而真切的意象表达和感受，其二，经由联想，"抽象之情思"与"具体之意象"间可相互转化，其三，此种联想当以"通古今而观之"为其重要原则。以上三篇文章中，有关王

---

318 叶嘉莹，中英参照迦陵诗词论稿[M]，第 703-770 页。

国维性格的论述，在《论王国维词——从我对王氏境界说的一点新理解谈王词的评赏》（以下简称《论王国维词》）中得到了重申，有关王国维词作的分析，在《论王国维词》中有更为丰富的案例、更为精微的阐读，有关王国维以"境界说"为中心的词论，在《论王国维词》中有更为体系化的论述。因此，《论王国维词》可以说是叶嘉莹在英语世界所发表的有关王国维生平、词作、词论诸方面——乃至有关自己论词体系——的最系统全面的文献。在《论王国维词》的"前言"中，我们可清楚看到叶嘉莹在此文中所寄寓的极高期望，一方面，她试图以近年来她对王国维词论的新理解，来重新探讨和衡量王国维词的成就及特色，另一方面，她表示，"……颇想把近年来我对传统词学和王国维词论所做的理性的研析，与我过去对王国维词的一点感性的偏爱结合起来，为自己多年来对古典诗词的评赏建立一个自我的模式"；换言之，通过此文，叶嘉莹意欲总结自己三十年来的王国维研究心得，同时完整地对自己论诗说词的原则和模式进行展示。此文的第二节"王国维境界说的三层义界"，虽是《迦陵随笔》、《对传统词学与王国维词论在西方理论之光照中的反思》这两篇中文论文[319]相关观点的略写，但却是叶嘉莹"三层义界"说——此即论题所言"新理解"——在英语世界的首次表述；所谓"境界"之"三层义界"，分别为"诗词之内容意境"、"诗与词的一般衡量准则"、"评词之一种特殊标准"。在此文第三节"王词意境之特色与形成其意境的一些重要因素"中，叶嘉莹指出，"词之富于要眇深微的言外之意"乃是词的一大特质，具有此种特质之词，可细分为"歌辞之词"、"诗化之词"、"赋化之词"三类，并认为王国维之词的优胜可贵之处，就在于其兼具以上三类特质，而又不属于其中任何一种。在此文的第四节"王国维词赏析"中，叶嘉莹以她所新总结的"境界"之"三层义界"说为指导，按照叙写景物之"写境"、叙写情事之"写境"、叙写景物之"造境"、叙写情事之"造境"的顺序，分别对王国维的《浣溪沙》（月底栖鸦当叶看）、《蝶恋花》（窈窕燕姬年十五）、《鹧鸪天》（阁道风飘五丈旗）、《浣溪沙》（本事新词定有无）这四首词进行了精心阐读。最后，在第五节"余论"中，叶嘉莹以整个中国词学传统为大背景，对王国维及其词作做出了较为公允的评说："王氏之词就其个人的成就而言，虽不免有过于深狭之病，但若就词这种文类的整体演进而言，则王氏之以思力来安排喻象以表

---

319 叶嘉莹，迦陵著作集·词学新诠[M]，北京：北京大学出版社，2008 年，第 1-55；148-192 页。

现抽象之哲思的写作方式，确实是为小词开拓出了一种极新之意境。如果延拟着我们对词之演进所提出的歌辞之词、诗化之词及赋化之词而言，则王氏所开拓的词境，或者可以称之为一种"哲化"之词。这种超越于现实情事以外，经由深思默想而将一种人生哲理转化为意象化的写作方式，对于旧传统而言，无疑是一种跃进和突破。"[320]

（c）陈子龙及其词作。由于《论陈子龙词——从一个新的理论角度谈令词之潜能与陈子龙词之成就》（以下简称《论陈子龙词》）一文所作时间较晚，故而叶嘉莹能充分利用自己之前累聚的论词观点检讨陈子龙及其词体创作；与此同时，在对陈子龙之词进行研析的过程中，叶嘉莹亦有新的发明创见。叶嘉莹论及唐五代及两宋词体发展演进时，曾将词分为三大类别，"歌辞之词"、"诗化之词"、"赋化之词"，其中，她尤为看重"歌辞之词"，认为这类作品之佳者，"往往可以在读者之心灵中唤起一种深隐幽微的缠绵悱恻的触动，而使之产生了许多言外之感发和联想"；后世词论者常认为"歌辞之词"中的佳者具有"比兴寄托"之意，从而将其视为是"得倚声之正则"，而此后这类早期词之特美逐渐沦丧，叶嘉莹指出，陈子龙对词体复兴的重大意义，正在于其对此脉的起振救衰。上述词史及词类观，叶氏之前著述亦有详论，此即对过往累聚观点的利用。在《常州词派比兴寄托之说的新检讨》一文中，叶嘉莹曾借讨论常州词派词论的机会，对词中比兴寄托的发展轨迹、判断标准及应持有的解说态度进行了系统论述，其中，就比兴寄托的解说态度而阐论时，她按照词中有无比兴寄托之意而将词分为四类，其一，"一望而知其但为艳词"，如欧阳炯的《浣溪沙》（相见休言有泪珠），其二，艳词中较佳者，如温庭筠《菩萨蛮》（小山重叠金明灭），其三，由作者生平遭际或自身学养，而词中自然流出心绪者，如韦庄、欧阳修之词，其四，确有比兴寄托之词，如辛弃疾的《菩萨蛮·书江西造口壁》。《论陈子龙词》在此基础上则进一步提出了与"比兴寄托"之意偶合的令词的潜能（potential effect）之发展的三个阶段与三种质素，即，第一阶段乃"令词之特美与中国诗歌中以美人为喻托之传统相结合的结果"，代表作为温庭筠的《菩萨蛮》（小山重叠金明灭），第二阶段乃"令词之特美与诗人之忧患意识相结合的结果"，代表词人有韦庄、冯延巳、李璟、李煜，第三阶段乃"令词之特美与作者之品格修养相结合所产生的结果"，代表诗人为晏殊、欧阳修。从比兴寄托之词的分类到令词潜能发

---

[320] 叶嘉莹，迦陵著作集·词学新诠[M]，第 771-803；804-903；904-914；915-935 页。

展三阶段、三质素说，我们明显可从其中看出其间的承续新变，此即叶氏此文的新发明创见。依新提出的令词潜能发展三阶段、三质素说，叶嘉莹指出，与柳如是之间的浪漫情事，使陈子龙之词暗和了歌辞之词的基本性质（令词潜能发展的第一阶段的特质），而陈子龙身处明清天崩地坼之际以及自身的学养、性情又分别赋予其词作以令词潜能发展的第二、第三阶段之特质，因此，"正是这种种因缘巧合的异数，遂使得陈子龙的词不仅重新振起了令词中这种潜能之特美，而且更以其感发之潜能中的真而鲜活的生命，开出了有清一代的'词学中兴之盛'"。最后，叶嘉莹还择选了陈子龙的《踏莎行·寄书》、《忆秦娥·杨花》、《点绛唇·春日风雨有感》作为其词具有令词潜能发展三阶段特质的词作代表，并对其进行的兼具感性与理性之美的释读。[321]

　　经由上述对叶嘉莹清词研究的英文成果的概览，再结合其相关中文著述，我们可以清楚地看到她的说词论词所具有的"中西合璧"的特质，具体言之，其研究既有中国传统的兴发感动、知人论世的感性"涵泳"，又有西方条分缕析、缜密严整的文本细读，更能在中西理论的互通、互证、互释的基础上，阐发出中国传统文论的独特价值及现代意义。有关这一研究范型，以上六篇论及清词的英文论文或多或少皆有体现，然而，更清晰、系统的表述出现在《迦陵随笔》、《对传统词学与王国维词论在西方理论之光照中的反思》这两篇中文论文中[322]：叶嘉莹在这两篇论文中，简要绍述西方的现象学、诠释学、符号学、接受美学、新批评等理论的同时，又以令人信服的方式将其贴切地运用至中国古典词及词论的评赏分析上，并表示"希望能通过西方理论的观照"，对中国古典诗词传统及诗词理论，"作一种反思，以确定其在世界性文化的大坐标中的地位究竟何在"，还指出，选择"以西释中"的研究方式，一方面是因为"这些传统词学，与西方现代的一些文论颇有暗合之处"，另一方面则是因为中国古典诗歌在当代的传承已出现了很大危机，"我们对古典的教学和研读都不应该再因循故步，而面临了一个不求新不足以自存的转折点"；更难能可贵的是，作者在"以西释中"时，并未偏信盲从其中任何一方，而时刻保持着一种清醒理性的立场，指出自己的研究"既不想对西方理论作系统性的介绍，也不想把中国词学完全套入西方的理论模式之中"，而只是"想要借用西

---

321 叶嘉莹，迦陵著作集·词学新诠[M]，第 629-702 页。

322 两篇文章皆被收入《迦陵著作集·词学新诠》（北京大学出版社，2008 年）中，以下引文皆出自此书。

方理论中的某些概念，来对中国词学传统中的一些评说方式，略作理论化的分析和说明而已"——这种对中国文论价值的独特性的体认及着眼于具体文学批评实践的理念，使叶嘉莹的研究既区别于刘若愚对"世界性的文学理论"的构建冲动，也比宇文所安还原理论原貌的文本细读要走得更远。

总之，叶嘉莹的包括清代词学在内的中国古典诗词研究成果，无论是在研究对象的择取还是在研究理念的生成上，在英语世界皆有垦拓之功。孙康宜曾评价到，叶嘉莹之研究"既重感性之欣赏，又重理性之解说，对词学研究者无疑是一大鼓舞，同时也为北美词学指出明确的研究方向"，其"影响力无远弗届"[323]，堪称知言。

（三）清代诗词理论研究的"新变期"

英语世界中国文论研究的第三时期为"新变期"，始自 20 世纪 90 年代，且预计今后仍将持续。这一时期，"后结构主义、文化研究、新文化史与新历史主义（文化诗学）等对汉学研究的递相羼入，使范型的转型成为可能，由此使英美汉学与作为更大背景的国际知识与理论格局在新一轮的转换中紧密地勾连在了一起"，其中，"相对于其他思潮，文化研究对学科改造的重要性，以及其汇聚各种思潮的能力尤显突出"。在"文化转向"的整体背景下，前一阶段所建构的所谓"中国文学理论"事实上亦被解构、弃置了，文学理论与文学史、文学批评之间的界限，文学与文化之间的界限，都变得更为模糊，且由于跨学科研究在实际操作规程中日益成为常态，英语世界的中国文论研究事实上走向了一种"泛文论"研究，像性别理论、传播理论以及书写理论等，就是其中最显著的几类话题模式[324]。

在"新变期"阶段，英语世界虽然仍有学者坚持按照 20 世纪 70 年代以来形成的"中国文学理论"的概念逻辑和框架结构，展开对特定清代诗词理论的研究，如施吉瑞对袁枚、郑珍诗论的研究，以及林理彰对王士禛"神韵说"的继续探讨等，但从整体来看，受文化转向影响而产生的"泛文论"的研究实践和操作规程，已经且今后还将持续成为英语世界清代诗词研究领域的

---

323 [美]孙康宜，北美二十年来的词学研究——兼记缅因州国际词学会议[M]// [美]孙康宜著；李奭学译，词与文类研究，北京：北京大学出版社，2004 年，第 161-173 页。

324 黄卓越，海外汉学与中国文论·英美卷[M]，北京：北京师范大学出版社，2018年，第 73-115 页。

主流。本阶段，"性别理论"无疑是对清代诗词理论研究影响最大、最深刻的话题模式。一方面，在这一理论的"烛照"下，明清两代的许多女性文论文本——无论是女性所作还是男性所作的有关女性文学的文本，得以浮出历史地表而呈现于研究者的视野当中，如孙康宜、苏源熙合作编写的《中国历代女作家选集：诗歌与评论》一书，"有六分之一的篇幅都用来翻译介绍有关妇女文学创作的中国传统理论和评论"[325]；另一方面，一些传统的理论术语因之获得了重新的阐述和演绎，如孙康宜在《何谓"男女双性"？——试论明清文人与女性诗人的关系》中将"清"这一本来极具男性化色彩的美学概念与女性诗词创作联系在一起，认为"清"即为中国古典的"男女双性"（androgyny），指出藉由"清"的诗学，男女两性文人可"找到最大的共识"[326]；更须注意的是，本阶段的研究者惯以性别理论或女性主义的某一特定主题为出发点，灵活地调取包括但不限于文学及批评文本、各种不同性质的文化文本等信息，在将新近出现的各式文化理论囊括进研究实践的同时，又时常伴随着发明和建构新理论的冲动，这实际上在消弭了创作与批评、文学与文化的界限的同时，又创造了一个新的富有学术潜力的言说范型。除"性别理论"外，"传播理论"、"书写理论"也是本阶段颇有存在感的话题模式，像孙康宜的《明清女诗人选集及其采辑策略》、方秀洁的《书写自我、书写人生：沈善宝性别化自传/传记的书写实践》等就是其中的代表性研究成果。

　　当然了，最集中、最典型的体现英语世界"新变期"阶段的包括清代诗词理论在内的中国文学研究领域变化情况的论著，非2010年出版的、由孙康宜、宇文所安主编的《剑桥中国文学史》莫属了，它提倡的"史中有史"、"文学文化史"的研究理念，既是对英语世界中国文学研究未来风气的引领、示范，又是对英语世界上世纪90年代以来的具体研究成果的总结、升华——文学史的宏观书写与作家作品及理论的微观研究之间双向互动、生发的关系，在此再明白不过了。

325 孙康宜，钱南秀，美国汉学研究中的性别研究[J]，社会科学论坛，2006，（21）：102-115。

326 [美]孙康宜，文学经典的挑战[M]，南昌：百花洲文艺出版社，2002年，第304-314页。